絶対、好きにならない

幻冬舎ルチル文庫

CONTENTS ✦目次✦

✦カバーデザイン＝コガモデザイン
✦ブックデザイン＝まるか工房

イラスト・乃一ミクロ✦

絶対、好きにならない

1

事の起こりは、二か月ほど前から付き合っていた相手からの一言だった。

「ナオのことが、本気で好きになったんだ。ハヤトとは別れたから、今度こそきちんとナオと付き合いたい」

十日振りに会った彼――「つきあい始めて」二か月になる相手から言われて、天宮尚斗《あまみやひさと》は眉を顰《ひそ》めた。

ナオ、というのは尚斗の「夜」の、つまりは同類が集まる店やそこで出会った誰かと「付き合う」時限定の呼び名だ。

通常の男女はどうだか知らないが、尚斗と彼が出会った店つまり男同士で恋愛する者が集まる界隈《かいわい》では、たとえ恋人同士であっても本名を名乗り合うことは稀《まれ》だ。付け加えれば、尚斗が「つきあう相手」との連絡に使うのはスマートフォンの通信アプリのみに限定している。関係解消時の後始末が、簡単だからだ。何しろ、件のアプリをアンインストールするだけでいい。

もっともその「簡単」の前に、目の前の「厄介事」をできるだけ穏便に片づけるというとてつもない難題があるわけだが。

「そうなんですか。あいにくですが、お断りしますね」

ため息交じりに即答した尚斗に、相手はぎょっとしたように腰を浮かせた。

「いや待て、待ってくれ。ナオ、」

「おつきあいする前に、条件を出しましたよね。破ってるのは承知されていますよね？」

「それは」と言ったきり口ごもった様子からすると、一応覚えてはいるらしい。察して、ほんの少しだけ安堵《あんど》した。

「ひとまず、座ってください。変に目立つのは困るんです」

「あ、……ああ」

またしてもため息交じりになった尚斗の言葉に、相手――テルという呼び名の彼は、ようやくそこがいわゆる一般の喫茶店だということを思い出したらしい。今さらのように周囲を見回すと、首を縮めて腰を下ろした。

日常の行動範囲から大きく外れたこの店を待ち合わせ場所に指定したのは、日曜日の昼間の呼び出しというあり得ない状況が起きたためだ。とても厭《いや》な予感がしたため、あらかじめ店には連絡を入れ「一番人目につかない席」を指定し、通常はやっていないという予約扱いをゴリ押しした。さらに、落ち合うのはその「席」でとテルにはくどいほど念を押した。

……つくづく正解だったとはいえ、あくまで店の片隅なので騒がれたら目立つのは必至だ。

それは御免被りたい。

「どうしてハヤトさんと別れることになったんです？　あんなに仲睦《なかむつ》まじかったのに」

尚斗本人は一度も話したことがない、テルの五年越しの恋人――ハヤトの姿を、思い出す。

同類が集まる店で見かける彼は、いつも決まってテルと一緒だった。露骨な触れ合いこそないものの、手を繋《つな》いだりどちらがもう一方の肩や腰に触れているのはよく目にしたし、互いを見る目やアイコンタクトする様子で想い合っているのは傍目《はため》にも伝わってきた。

尚斗の理想そのものの、恋人同士だったのだ。だから二か月ほど前にテルから声をかけられた時は、とても嬉《うれ》しかった。

その二日後にラブホテルで待ち合わせて、そのまま「つきあう」ことに決めたくらいに。

「それは――その、」

「もしかして、ハヤトさんにバレたんでしょうか。おれ、何かヘマをやらかしましたか？」

尚斗とテルの関係は尚斗からすればこちらの横恋慕であり、テルからすればハヤトと尚斗の二股進行中となる。

けれど、「そのせいで別れた」と言われても困るのだ。せっかく見つけた理想のカップルを壊すつもりは、尚斗にはさらさらない。むしろ、今後も長く続いてくれることを心底願っていた。

テルと会った時の尚斗の一番の楽しみが、ハヤトとの馴《な》れ初《そ》めを含めた惚気《のろけ》話を聞くことだったのだ。だからこそ、ハヤトには絶対にバレないよう最大限の努力をしてきた。

「会うホテルは毎回変えてたし、落ち合うのも室内限定でしたよね。予定もハヤトさん優先で、おれは後回しにしてましたよね？　連絡は必要事項に限定したはずだし、その履歴は」

「メッセージの最後に読んだら即削除って、毎度書いてあればそうするさ。言われた通り、ナオとの予定は紙にもデータにも残してない。それで二度も約束をすっぽかしたはずだ」

「じゃあいったいどこから――この前友達に聞いた限りでは、おれの噂《うわさ》にテルさんの名前は出てないって」

これまで尚斗が「つきあってきた」相手は、全員が恋人かパートナー持ちだ。にもかかわらず、一度も「現在進行形で相手に気づかれた」り、噂になったことがない。

残念なことに、「それ以外で知られた」ことなら何度もある。その全部が笑えないことに同じ理由、なのだが。

「いや、ナオは完璧だったと思う。――オレが、自分でハヤトに話した」

「は……？」

何だソレ、と呆《あき》れるのと同時に「やっぱりか」とため息が出た。

「さっき言ったように、ナオが好きなんだ。何があってもオレを優先して、何時《いつ》誘っても応じてくれて、愚痴でも泣き言でも黙って聞いてくれた。一番辛くて苦しい時に支えになったのが、ハヤトじゃなくナオだった。それに、その……ナオだって、いつまでも日陰の身なのは厭だろ？　オレだってナオをそんなふうに扱いたくなくて、それで」

「――……お返ししておきますね」

テルの言葉が終わるのを待たず、尚斗は手早く手を動かす。外した腕時計とカフスボタンを、まとめてテルの前に置いた。一か月ほど前、テルから贈られた品だ。

「は、……え？　ナオ？」

「今日、この場でお別れします。今後どこかでお会いすることがあっても、その時はお互い無関係の他人ということで。連絡用のアプリはＩＤごと消去してください。おれも、ここを出たらすぐにそうします」

絶句したらしい相手を前に、淡々と言って席を立った。伝票を手にレジへ向かい、支払いとは別に用意していた予約料と書いた封筒を置いて店を出る。日曜日の午後も早いこの時刻、駅に近い通りは人通りが多い。

足を速めたとたん、肘《ひじ》を掴《つか》まれた。うんざりしながら振り返ると、いつも鷹揚《おうよう》に笑っていたはずの男がやけに剣呑《けんのん》に見下ろしている。

「別れるって、どういうことだよ」

「言った通りです。手を離してください。もう、おれとあなたは無関係ですので」

「な、……んだよそれ、おまえあれだけオレを」

「こちらが出した条件を、ものの見事に破っておいてよく言えますね？」

こういう時は、真顔で通すのが吉だ。周囲に聞かれたとして、それが無関係の他人であれば——詳しい事情を知らなければ、感情も露《あら》わな方と冷静な方では後者の方の言い分の方が信頼性が高くなる。

「条件、ってそんなもの……二か月もつきあっていれば」

「無効だと言った覚えはありませんけど？」

「ナオっ」

日曜日の午後で、私鉄駅の近くだ。どうやら人目を引いたらしく、こちらを見る人が増えてくる。

周囲を見回し、閑散とした路地へと足を向ける。夕方から開くのだろう数軒の飲み屋の並びにあった小さな社の参道に入って立ち止まると、ちょうど三方を壁に挟まれる形となった。

「絶対、ハヤトさん以上におれを好きにならない。最優先で最重要な条件だと何度も言ったはずですよね。ついでにハヤトさんと別れたら、その時点でおれとも終わりだってことも」

最後通牒《さいごつうちょう》とばかりに言い放った尚斗に、テルは大袈裟《おおげさ》に全身を震わせる。それへ、あえて淡々と言い放った。

「条件前提のおつきあいだと、最初に念を押したはずです。だいたいテルさんだって、おれの噂を知った上で声をかけてきたんでしょう。おれがどんな人とつきあって、どういう理由で別れているのかも」

「ま、待ってくれ。けどナオはオレが好きだろ？　だからあんな自分に不利なつきあい方をして、ハヤトに遠慮して我慢までして」

「あいにくですが、おれがテルさんの誘いを受けたのは『テルさんとハヤトさんが本気で想い合っていたから』です」

するりと宣言するなり、テルの顔が白くなった。

「ハ、ヤトとよりを戻せばいいのか？　だったらオレと」

「戻せたとして、おれとの関係まで続けられるんですか。それを、ハヤトさんが許してくれるとでも？」

呆れて言った尚斗に、テルは白くなっていた顔を赤くする。

「おれは一対一のおつきあいはしない主義なんです。ハヤトさんと別れるのにおれとは続けたいと言われても、困ります」

「……ハヤトがいないオレには興味がない、とでも？」

「そう思っていただいて構いません」

「誰のために、別れたと……っ」

「おれは、そんなこと望んでいませんし。頼んだ覚えもありません」

声を荒げた男を、尚斗はあえて不思議そうに見上げた。

「――……ったって、ことかよ……」

黙り込んでいたテルが、間合いの後で唸《うな》るように言う。初めて耳にした尖《とが》った響きにも無反応を通すと、怒りを含んだ目で睨《にら》みつけられた。

「噂は本当だった、ってことか。健気《けなげ》に見えるのは全部嘘《うそ》で、実際は人のものを奪うのを楽しんでいるだけの――そのくせ飽きたら棄《す》てる、見た目がキレイなだけの性悪な……毒花」

「聞き飽きた話ですけど、まさかご存じなかったとでも？　……っ」

他人事のように返したとたん、いきなり肩を押されて足元が蹈鞴《たたら》を踏んだ。ブレた上体を立て直す前に、右の後ろ頭に尖った重い痛みが走る。思わず顔を歪《ゆが》めたのと前後して、傾いた肩と背中が反動のように何かにぶつかった。

痛みと衝撃で目の前が眩《くら》んで、気がついた時には背中をつけた壁伝いに腰が落ちていた。

中腰のままで辛うじて顔を上げ、

「痴話喧嘩《ちわげんか》にしても、手を出すのはどうかと思うが？」

「……え、」

目の前に突然現れた、落ち着いたブルーグレイの背中に虚を衝《つ》かれた。

「な、んだよおまえ、部外者は引っ込……」

「あいにく、部外者とも言えないんでね。――大丈夫か？　だから俺も一緒に行くと言ったろうに」

後半の台詞とともに、ブルーグレイのコートが振り返る。大きく顎《あご》を上げる角度で目が合って、尚斗はただ瞠目《どうもく》した。

年の頃は尚斗と同じくらい。すっきりした目元と描いたように通った鼻筋に、やや大きめの唇がバランスよく配置された容貌は、近寄りがたいと思わせるほど端整だ。にも関わらず「人懐こい」と感じさせるのは、やや下がり気味の眦《まなじり》と柔らかい表情のせいだろう。

「ナオ？　痛むのか。どこをぶつけた？」

いかにも親しげに身を屈《かが》め、尚斗の頬に触れてくるその男とは間違いなく初対面だ。呆気《あっけ》に取られてただ見返していたら、男はわずかに眉を顰めた。

「見せてみろ。……——おい、血が出てるじゃないか」

「え、」

頬に触れていた大きな手が肩に落ちて、ぐいと引き寄せられる。気がついた時には男の腕に抱き込まれる恰好《かっこう》で、ずきずきと痛む後頭部の髪をかき分けられていた。

男の肩越しに、愕然《がくぜん》とした様子で突っ立っているテルと目が合った。

「そこの角でぶつけたんだな。気分は？　かなり痛むか。吐き気は？」

「ぁ、」

「……もう次の男か。ふざけやがって——人が、必死で……っ」

放り棄てるような声音は、侮蔑と嫌悪にまみれていた。顔を顰《しか》めた尚斗が言い返す前に、すぐ傍で低い声がする。

「残念ながら、まだ次の男とは言えないな。こちらが一目惚《ひとめぼ》れして追い掛けているだけだ」

「正気、かよ。そんな性悪」

「その性悪に、そちらはずいぶん執心だな。ところでこのナオの怪我《けが》は立派な傷害事件になると思うんだが？　救急車と警察に通報した方がよさそうだ。犯人は目の前にいるし、全部見ていたから証人には俺が」

切りつけるように冷ややかな声に、嘲る顔で見ていたテルが瞬時に肩を跳ね上げるのが見えた。さあっと顔を青くしたかと思うと、じりと後じさって言う。

「お、オレは関係ないっ」

身を翻したテルが駆け去っていくのを呆気に取られて見送っていたら、じくじくと痛む箇所をそっと押さえられた。思わず「いっ」と声を上げたのへ、低い声が淡々と言う。

「動くなよ、本当に血が出てるんだ。しばらく圧迫しておいた方がいい。――で、どうする。救急車を呼ぶか、警察に通報する？」

「いえ、大丈夫です。あの程度なら慣れてるので」

顔を向けようにも、頭はがっちり固定されたままだ。とはいえ、この痛みは傷口のものだと経験値でわかる。病院に行ったところで薬を塗って絆創膏《ばんそうこう》を貼られるのがせいぜいだし、警察に至っては通報した方がよほど後が面倒だ。

「慣れてる、ね。さもありなん、だな」

ぽつりと落ちてきた声の、呆れと侮蔑を含んで冷ややかさにむしろ安堵した。

尚斗を「ナオ」と呼ぶ見知らぬ相手が、純粋な意味での助力をしてくれるわけがないのだ。

「ありがとう、ございます。あとは自分で」

ため息を押し殺して、尚斗は男が圧迫してくれている箇所に手を伸ばす。予想外にも慎重に、自分で押さえるのを手伝ってくれた。当てられているのは、おそらくハンカチだ。

「ご面倒をおかけしました。こちらにできる範囲になりますが、何かお礼を」

「礼、ね」

一歩引いた距離で見下ろす男の顔つきは気遣っているふうだが、ぶつかった視線には見事に色がない。どうやら、感情とは無関係に表情を作るのに長《た》けているらしい。

「関わりたくないなら金品にしますか？　あいにく相場がわからないんですが」

ああした修羅場には慣れていても、助けが入ったのは初めてなのだ。とはいえ、見知らぬ相手に借りを作ったまま、後々に足を引っ張られるのは避けたい。

「金、ね。悪くはないけど、他のものがいいな」

「他、というのは？」

「一応、確認させてくれ。噂のナオはアンタで間違いない？」

「……ありません、ね」

予感を覚えて、尚斗はため息を押し殺す。

ろくでもない噂持ちの「ナオ」は、その界隈でも嫌悪や侮蔑の対象だ。にも関わらず、誘いの声はうんざりするほど多い。

そういう手合いの動機の多くが、好奇心か嗜虐心《しぎゃくしん》だ。「実際どうなのか試してみたい」か、「そういうヤツならどんなふうに扱ってもいいだろう」という。

「つきあう相手は恋人持ち限定の、二股同時進行のみ。最大条件が、恋人以上にアンタを好きにならないことだと聞いたが」

「その通り、ですけど」

「ずいぶん自《うぬ》惚《ぼ》れた条件だよな」という副音声が聞こえた気がして、今度こそため息が出た。

「それで？　結局のところ、あなたの望みは何なんでしょうか」

無償の親切なんて奇跡みたいなもので、まず現実には起こりえない。そのくらい、厭というほど知っている。

うんざりしたのが顔に出たのか、色のない目でこちらを見ていた男が鼻先で笑った。

「アナタ、はなしだな。レイでいい」

「れい、……？」

さらに警戒を強めた尚斗に、男——レイは傲慢に宣言した。

「取り引きってことでいい。アンタ、今日から俺の恋人な」

2

水面に浮かぶような感覚とともに、目が覚めた。

「………？」

小さく瞬《しばた》いて、尚斗は周囲を見回す。目に入ったのは落ち着いた木目の家具と、自宅アパートとは比較にならないほど広い窓だ。ベッドの下にあるらしい間接照明で室内はうっすら見えるものの、分厚く引かれたカーテンの向こうはまだ暗い。ベッドサイドにあったデジタル時計が表示する時刻は、午前四時半過ぎだ。

ビジネスよりランクが上の、いわゆるシティホテルだろうか。部屋の広さとゆったりした配置で、それなりに上等な部屋だと察しがつく。

……どうして自分は、こんなところにいるのか。

浮かんだ疑問に眉を寄せたタイミングで、背後にあったぬくみに抱き込まれる。首の後ろにぐりぐりと押しつけられているのは、間違いなく誰かの顔だ。

顎を引いた先に見える青い服は、おそらく備え付けの寝間着だろう。さらに下、尚斗の腰には同じ色の袖《そで》が――尚斗のよりも明らかに長くて太い腕ががっちりと回っている。互いの凹凸を合わせたように重なって、絡め合った脚が互いに素肌なのはどうやら尚斗が寝間着の上しか着ていないせい、で。

肉食獣に捕獲された草食動物に、なった気がした。

身体《からだ》の一部に、違和感があったからだ。「つきあっている」相手と使ったホテルで、朝を迎えた時と同じ——。

「いや待って」

ホテル泊まりはよくあることだが、朝まで一緒などあり得ない。相手の恋人にバレる確率が跳ね上がるような真似《まね》をやらかすなど、金を積まれても願い下げだ。

「つきあっている」相手に尚斗が望むのは、「自分が完全に寝入ってから帰ってほしい」というだけだ。それだって時間と状況が許せばの話だから、事がすんだ早々にベッドの中から相手を見送ることだって珍しくない。

最近のテルは、その意味では困りものだ。「朝まで一緒にいたい」なんて、それこそ恋人のハヤトに頼めばいいはず、で——……

「え、あれ？」

そのテルには、昨日呼び出されたその場で別れを告げたはずだ。

だったら、……今、背後から尚斗を抱きしめているのは誰なのか。

同時進行できるほど器用じゃないから、尚斗が「つきあう」相手は常にひとりだ。行きずりの関係では過去に痛い目にしか遭っていないから、今はいっさい応じていない。

もっとも友人によると「ナオ」の噂の中には「常時味見相手を探している」というものがあるらしいが——まさか今回、何かに血迷って実行してしまった、とか？

……いずれにしても、逃げるが勝ちだ。

細心の注意を払って、まずはと絡んだままの脚をそっと逃がす。とたん、待ち構えていたようにぎゅうぎゅうに抱きしめられた。体格でも力でも敵いようがないのは明白で、尚斗は物理的な意味で呼吸を詰まらせる。

「……おはよう。案外、早起きなんだな」

耳元で響いた擦《かす》れ声にびくんと跳ねた肩ごと、いきなり視界が反転した。気がついた時には尚斗は仰向《あおむ》けに転がされていて、ずしりとした重みにのしかかられている。

至近距離から見下ろす顔は、観賞用かと思うほど端整だ。目の毒と言いたくなるほど甘く愛《いと》しげな表情を浮かべているのに、見事なまでに目には感情の色がない。

ちぐはぐさに混乱して、その後で思い出した。

別れ話で激高したテルを、いとも簡単に撃退した男だ。人懐こい表情とは裏腹の、冷め切った視線で尚斗と捉えて言い放った台詞《せりふ》が、

(取り引きってことでいい。アンタ、今日から俺の恋人な)

「……――レイ？」

「俺の名前、ちゃんと覚えてたな。上出来」

艶《つや》やかな笑みとともに、額にキスが落ちてくる。それは瞬いている間に眦に移って、当然とばかりに唇を覆った。

「――ン、ぅ……」

唐突さにぴくりと揺れた尚斗に頓着する様子もなく、唇の輪郭をなぞった体温が合わせを探ってくる。するりと歯列を割られ、無防備だった舌先を搦め捕られて、そっと歯を立てられた。ついでのようにやんわりと吸い付かれて、無意識に喉が鳴る。

「アンタ意外とっていうか、本気で敏感なんだな」

いったん離れていった唇が、言い終えるなりまた呼吸を塞いでくる。唇の裏や頬の内側を尖った体温になぞられて、勝手にびくんと腰が跳ねた。同時に身体の奥からじわりと浮かんだ熱は数時間前までの行為の名残に違いなく。

「ん、……ぁ、ぅ……っ」

笑ったままのキスに、鎮まっていたはずの熱を煽《あお》られる。頬を撫《な》でていた指が耳朶《みみたぶ》へと移ったかと思うと、摘《つ》ままれて弄《いじ》られる。ぞくぞくと肌の底を走る感覚を奥歯を噛んで堪えていたら、じき指先はうなじから首へ、鎖骨へと落ちていった。

「え、――あのちょ、……っ」

「まだ時間は早いし、もうちょっといいよな」

「れ、ぃ……っ」

するりと動いた長い脚が、掛布の下で尚斗の膝《ひざ》を割る。軽くすり合わせられた先、身体の中で最も過敏な箇所をじかに掠《かす》める体温に、自分が下着をつけていないのを改めて思い知った。

びく、と小さく揺れた腰を煽るように互いの脚をすり合わせるようにされて、知らず喉から音のような声が出る。尚斗の両肩の上に肘をついた男が、面白そうにその様子を眺めて笑う。思わず目を眇《すが》めた様子にすら興が乗ったのか、くすくす笑いのままうなじのあたりに食らいついてきた。

うなじから耳朶へ、今度は鎖骨へと動いたキスが、時折肌の上にやんわりと歯を立てる。数時間前の名残を再燃するには十分すぎる刺激に、びくりと背すじが跳ねた。その直後、脇腹から腰へと辿っていった手のひらの体温が、躊躇《ためら》うことなく脚の付け根へと落ちていく。

「――……れ、……待っ、朝、から……っ」

「まだ夜のうちだろ。っていうか、アンタ頬《ほ》っぺた熱……慣れてる割に、って違うか。慣れてるくせに時々反応が擦れてないんだ」

言葉とともにやんわりと握り込まれたそこは、いつの間にか熱を帯びていた。こんなふうに朝から挑まれるなど滅多にないことで、そんな自分に戸惑う猶予もなくかたちを変えていたそこを絶妙な動きで煽られる。

「……ン、……や、っ」

耳朶を齧《かじ》られ、耳の輪郭を舌先で辿《たど》られる。笑いを含んだ吐息が肌を掠める感触に、知らず大きく腰が捩れた。

「あー……もう物足りないんだ？　欲しくなった？」

嘲りに似た声音とともに、長い指が腰の奥に触れる。ひくつくように動いたそこを、焦らすように丁寧に撫でられた。

昨夜、目の前の男にさんざん刺激された場所だ。尚斗にとっては馴染みの行為で、けれどレイとは「初めて」だったから少し緊張して――けれどそれが木っ端微塵になるくらい、さんざんに煽られ翻弄された。

「や、――れ、……っン、」

思い出すなり、じわりと何かが滲《にじ》む。それを待っていたように、指先が奥へと沈んだ。呼吸を詰めて受け入れたはずが馴染むのは呆気なくて、ゆるゆると動く指を取り込んだそこはすぐさまゆるやかに蠢《うごめ》き始める。

こうなると、制御なんか不可能だ。馴れきった身体はさらなる刺激を期待して、内側から暴走し始める。気がついた時には、尚斗はぎゅっとレイの首にしがみついて自分から腰を動かしていた。

「れ、い――……も、無理、はや、く」

「ん。素直でよろしい」

返る声が、違えようのない嘲笑を含むことすらどうでもよかった。膝を掴まれ大腿《ふともも》を固定されて、腰の奥に男の体温が押し込まれる。大きく跳ねた背が、さらに深く押し込まれる刺激に仰《の》け反《ぞ》っていく。――直後、後ろ頭にヒリつくような痛みが走った。

「ちょ、アンタ頭っ……」

慌てた声とともに、大きな手のひらが首の後ろに差し込まれた。軽くなった痛みに安堵した後で、昨日そこに傷を作ったのを思い出す。手当してくれたのはもちろんこの男で、数時間前の行為の際にも同じように細心の注意を払ってくれた。

にもかかわらず今の今、尚斗を見下ろす目は冷えきったように無機質なまま、で。

「んぁ、――ぅ、ン……っ」

（さしずめ、『つきあい始めたばかりの恋人同士』ってところだな）

ゆったりと襲ってくる波に追い上げられながら、思考のすみに浮かんだのは昨日の「話し合い」でこの男が提示した条件――「設定」だ。

（まず先に、俺の方がアンタに一目惚れしてずっと追い掛けていた。アンタの方は、さっきのをきっかけに俺が気に入った。ちょうどあの男と別れた後ってことで、意気投合してホテル行きになってそのままつきあうことにした……ってあたりか）

脳内に蘇《よみがえ》ったその声が終わるのとほぼ同時に、限界を超えた波が破裂する。急速に高みから落とされる感覚にベッドに沈んだ尚斗の上、深く腰を押し込んだ男に背骨が軋むかと思うほどの力で抱きしめられた。

どうやら相手も終わったらしい。察して密かに安堵していると、天井しかなかった視界に端整な顔が入ってきた。すいと寄ってきたかと思うと、鼻先をすり寄せられ呼吸を奪われる。湿った音がするほどの勢いで口の中を探られて、余韻を残す腰が小さく震える。それも、続けて頬にキスを落とした男が腰を引くことで遠ざかっていった。

「やっぱアンタすっげ、……ところで今さらだけど身体は？　動ける？」

顎の付け根にキスを落とした男が、互いの額を合わせるように顔を寄せてくる。台詞の割に悪びれた気配はなく、表情は愛しげなのに目だけが何かを観察するように色がない。

「た、ぶん……それなりに、慣れています、から」

「確かに慣れてたな。ま、アンタなら当たり前か」

あっさり退《ど》いた男が、摑んだ掛布で尚斗の下肢を拭《ぬぐ》う。とたんに熾火《おきび》のように揺らめいた悦楽に困惑して、慌てて自分でも布をたぐり寄せて身体を隠した。

その様子を面白がるように眺めていたレイが、ベッドの上に座ったまま自身の膝に頬杖《ほおづえ》をつく。皮肉っぽく言った。

「『ナオ』は別れ際はもちろんベッドでも泣かないって噂だったが、違ったわけか」

「嗜虐趣味な人って、意外に世の中には多いですから」

「何だソレ。もしかしてアンタそっちの気もあるの？」

「ないです。単に、以前そういう人がいただけで」

「可哀相《かわいそう》だから恋人にはさせられない」という理由で挑まれた結果、翌日になっても動けず仕事を休む羽目になったのだ。さすがに懲りたため、以降そういう趣味の人は避けている。

思い出して遠い目になっていたら、不機嫌そうな声がした。

「条件に追加。他の男の話は今後いっさい禁止」

「は、い？」

「やっと手に入れた恋人の口からそんなもの、聞きたいわけないだろ。わかった？」

「なるほど」と思い頷《うなず》くと、レイが顔を寄せてきた。いかにも愛しげな、蕩《とろ》けそうな表情とは真逆の冷えきった視線にネコ科の猛獣を連想しながら、唇を齧るだけのキスを受け入れる。

昨日から何度も思ったことだが、やっぱりこの男はちぐはぐだ。喩《たと》えて言うなら砂糖だと思って嘗《な》めてみたら塩だった、とでも言うような。

ちぐはぐさ加減だけを言うなら、尚斗だって似たようなものだけれども。

「それにしてもアンタ、見た目と身体は本気で極上なんだな」

吐息が触れる距離でぽつんと言われて、何となくほっとする。同時に、数時間前にこの男から言われた台詞を思い出した。

（安心していい。俺は絶対、アンタを好きになったりしない）

早朝からホテルのビュッフェでモーニングなんて、生まれて初めてだ。

「アンタ、和食と洋食どっちがいい？　ていうか、何が食べたい？」

「あ、いえ。おれ、自分で」

「俺が取ってくるから、どっちか決めて。ああ、何か食べられないものはある？」

肩を押されるように座った席は、大きな窓のすぐ傍《そば》だ。矢継ぎ早に言われた内容に困惑して、尚斗は慌てて顔を上げる。

「いや、でもそこまでしてもらうのは」

「俺がしたいからさせて？　それとも、そういうのは迷惑？」

落ち着かなくて腰を上げかけたら、今度は両方の肩を押されて席に戻された。妙に悄気返《しょげかえ》った顔で、そのくせ甘えるように言われて尚斗はどうにも返答に詰まる。

何しろレイは見た目も極上な好青年だ。早朝のビュッフェは客数もまばらだが、それでも視線が集まってくるのがわかる。

目立ちたくないなら、選択肢はひとつだ。ため息交じりに、尚斗は言う。

「じゃあ……すみませんけど、和食でお願いします」

「和食ね。すぐ取ってくるから待ってて」

甘ったるい顔で言ったレイが、離れ際に尚斗の頬をするりと撫でていく。彼を追って離れた視線のいくらかが戻ってきたのを察して、尚斗はわざと窓の外へと目を向けた。

朱を帯びて明るくなりかけた空が、ビルを始めとした建物のシルエットで切り取られている。明暗差のせいで鏡になった窓に薄く映った自分の姿に、厭なものを見た気分になった。

尚斗の容姿は、自他ともに認める母親譲りだ。そしてその母親は仕事先でも恋人からも「百合の花」に喩えられるそれを、最大限に使用するのに長けた人だった。

清楚《せいそ》で儚《はかな》げで、年齢より遙《はる》かに若く見えるのに「可愛い」でなく「綺麗《きれい》」と表現される。色素の薄い肌は白く、明るい栗色の髪は色だけでなくウェーブまで天然だった。

並んでいると、姉妹に間違われることすらあったのだ。容貌だけでなく骨の細さまで受け継いだらしく、尚斗の身長は平均を軽く下回っている上に体格だって貧相だ。男のくせに「華奢《きゃしゃ》」だとまで言われる。

(何で男になんか生まれたのかしらねえ。勿体《もったい》ない)

真顔の母親が言った通り、不本意ながら尚斗の容姿は人目を引くのだ。今のようにオーダースーツで顔を出し、髪の毛を整えていたらなおさら。

——あの後、尚斗は少々の時間をかけてシャワーを浴び、身なりを整えた。次に浴室に入ったはずのレイはどういうわけだか先に身支度をすませ、ネクタイを締める尚斗を珍しげに眺めていた。

(ところでアンタ、ここから直に出勤できる?)

言われて、ようやく今日が月曜日だったと思い出した。慌てて目をやった時計は午前六時を過ぎたところで、焦ったところで待っていたように言われる。

（アンタんちから職場までどのくらい時間かかる？　あと、ここからアンタんちまでと）

現在地は、昨日の喫茶店からほど近いシティホテルだ。それならと安堵しておよその時間の目安を告げると、レイは頷いて提案してきた。

（だったらモーニングに行こう。ここのビュッフェは味がいいんだ）

呆気に取られている間に客室から連れ出され、エレベーターに押し込まれた。下降を始めた箱の中、尚斗は思わずレイの袖を引く。

（あの、ビュッフェとかまずいんじゃあ……誰かに見られたりしたら）

（時間差でお互い一目惚れして、電撃的につきあい始めたばかりの恋人同士なのに？）

甘やかすような声音とともに指先で頬をつつかれて、「そうだった」と思い出す。「相手の恋人」にバレないための配慮は、今回に限って必要ないのだ。

「それにしたって、勝手が違いすぎ……」

ため息とともにこぼれたのは、本気の本音だ。思いついて目を向けた先、料理が並んだテーブルの間を歩くレイを眺めて、尚斗は改めて昨日のことを思い出す。

（取り引きってことでいい。アンタ、今日から俺の恋人な）

唐突にそう言い放ったレイは、そのまま尚斗を近くの薬局に連れ込んで買い物をし、場を借りて手当をしてくれた。その後は近くのティールームに連れて行かれ、改めて話し合うこととなった。

（さっきも言ったように、俺は金品よりもアンタを恋人にしたい）

（……今日が初対面ですよね？）

（アンタはそうでも、こっちはよく知ってる。何しろ有名だからな。儚げ美人な上につきあってみるとやたら健気で献身的で、ベッドの上でも極上。なのに、どういうわけか恋人持ちしか相手にしない。本気になって恋人と別れて正式に申し込むと、必ず速攻で棄てられる。仲が良すぎるくらいの連中に限って引っかかるから、実は別れさせるのを楽しんでるんじゃないか、とか？）

（そこまで知っていて、何故《なぜ》おれなんです？）

面と向かってそこまで言われたのは初めてで、さすがに声が胡乱《うろん》になった。

その時、尚斗のスマートフォンが震動した。表示された通信アプリの通話受信画面に表示された「テルさん」の文字が面倒ですぐさま電源を落とすと、見ていたレイが面白がるように口の端を歪める。

（ずいぶん好かれてるんだな。執着、の方が正確な気もするけど）

（あいにくですが、おれもそれなりに相手を選ばせてもらっているので）

（選んだ結果がアレなわけか。あとアンタ、ここ最近別れるまでのサイクルが短くなってるんだって？　毎度揉めてるようだし、そろそろ食傷気味なんじゃないの）

「つきあう相手」との持続期間が、ここ一年ほどで四分の一以下にまで短くなっているのは事実で、尚斗は浅く息を吐く。

(ではお訊《き》きしますが、あなたには熱愛中の恋人がいる、と?)

(その場限りか割り切って遊ぶ相手には事欠かないが、恋人は作ったことがない。今後もその気はいっさいない)

(残念ですが、そういう方は対象外ですので他を当たってください。お礼については、何か別のかたちで)

(けど、長年ずっと諦めきれない相手ならいる)

語尾を遮る一言に、思わず顔を上げてどきりとした。

今の今まで冷め切った表情をしていたレイが、別人のように柔らかい顔をしていたのだ。斜めにずれた視線はひどく切なげで苦くもあるのに、口元だけが緩んでいる。

これまで何度となく、見てきた顔だ。本当に大切な、誰よりも愛しい人を想う時の。

(——諦めきれない、というのは?)

(ありがちな片思いってヤツだな。何度も告白して、そのたび断られている。……今は相思相愛の相手がいて、見るからに幸せそうだ)

(長く親しくされている方、なんですか?)

(何でわかった?)

間髪を容れずこちらを見た彼の、表情は柔らかいが目線は見事に無機質だ。ある意味、とてもわかりやすい。

（何となく、ですけど。そんなふうに見えました）

（遠い親類だけど、一緒に暮らしていたこともあるんでね。告白する前も後もつきあいは変わってない。向こうからも連絡が来るし、普通に会いもする。——最近は、ろくでもないオマケがついて来るようになったけど）

最後の一言がとても厭そうなのは、つまり「相思相愛の相手」も含めた三人で会っているということか。

（もちろん邪魔をする気はないが、彼の方は俺の状況が気になるらしい。そろそろちゃんとしたパートナーを見つけたらどうかと言われた）

（何度も告白してきた相手に、ですか）

尚斗には理解不能な話だ。想い人の側もだけれど、それ以上に本意でもない「提案」をわざわざ叶《かな》えようとするレイがわからない。

（彼にとっての俺はどうにも目が離せない弟のようなもの、らしくてね）

軽く肩を竦《すく》めたレイが、わずかに目の色を強くする。それが、詮索するなという意味なのはすぐにわかった。

（後腐れなくカムフラージュにできる相手を探していたところで、偶然さっきの修羅場を見かけた。それで、アンタの噂を思い出した）

それで互いの条件が一致するんじゃないかと思ったのだそうだ。

(彼よりアンタを好きになることは絶対ないと言い切れるんでね。他に条件でも?)

(ですけど、おれは)

(言っておくが、アンタが『次』を見つけるのはそう容易《たやす》くないぞ。今日のアレでまた噂が上塗りされるだろうしな)

告げられた内容に、「さもありなん」と思ってしまった。

テルとつきあうまでに、三か月近くかかっているのだ。そして経験上、「次」を探す間に過去の相手やその元恋人及びそれ以外の妙なのに絡まれるのもわかりきっている。

思うだに億劫《おっくう》だが、だからといって諦めて「ひとり」でいるつもりはない。

けれど——目の前の男の申し出に頷きさえすれば、その全部を回避することができる。

改めて、尚斗は「レイ」と名乗った男を見つめた。

いかに上等とはいえ、目立つ容姿は尚斗の好みとは言えない。結果的に助けてもらったとはいえ、ここまでの経緯から印象が「いい」とも言い難い。

何より、レイ本人はまったくと言っていいほどこちらに興味がない。それも単なる無関心ではなく、明らかな嫌悪寄りだ。

……でも。レイが今言ったように、確かにその方が「都合がいい」。

大好きが大嫌いに裏返るのはよくある話だが、その逆はまず聞かない。そして今聞いた限り、レイの「片思いの相手」への気持ちは相当な筋金入りだ。

（追加だ。カムフラージュとはいえ恋人になるなら、役割は果たす。さっきのヤツもだが、アンタの前の相手が絡んできた時はそれらしく助力もする）

傾きかけていた天秤《てんびん》が、さらに角度を深くした気がした。

「元恋人」なら観念して相手もするが、別れた相手本人が諦めきれずに——となると本気でキリがないのだ。頷くだけでその解決策まで手に入るなら、それ以上のことはない。

そして何より想い人について語る時の、レイの表情はどうにも捨てがたい。

最終的に、尚斗はレイの提案に合意したわけだ。そこからは、互いの条件をすり合わせに入った。

とは言っても、こちら側の条件は今までの相手と同じだ。互いのプライベートを詮索しないことと、レイは必ず想い人を優先すること。たとえば尚斗と一緒にいる時に連絡が入ったとしても、想い人の都合を先にすること。

（あと、先方におれの存在が知れるのだけは避けて……って、もしかしてこの場合、相手の方への報告が前提になります？）

（そうなるな。実際に会わせるかどうかは状況次第だが）

（その際は早めに予告をください。あと、もうひとつ重大な条件があります。想い人さんの話を、できるだけ聞かせて欲しいんです）

(……はあ？　何だそれ、アンタ正気かよ)

虚を衝かれたらしく、ずっと冷ややかだったレイの目が丸くなる。その様子に、どうしてかネコ科の猛獣を連想した。

(これもいつもの条件のうちですので。その人がどれだけ好きかとか、どんなところがいいのかとか楽しかった思い出とか。言える範囲で構わないので、できるだけ盛大に惚気ていただければと。あ、お相手の名前を含めたプライバシーはいっさい言わないでくださいね。あとあとトラブルになっても困るので)

最後の最後に保険をかけて、尚斗は改めてレイを見た。

(こちらからは、それだけです。そちらからの条件についてお訊きします)

胡乱に思ったのか、顰めた顔でこちらを見ていたレイがおもむろに口にした「条件」は

――

「待たせてごめん、これでどうかな」

横合いからかかった声で、我に返った。瞬いて顔を上げた先、器用にもふたつのトレイをそれぞれ手にしたレイが柔らかい笑みで見下ろしている。

「あ、……りがとうございます。すみません、そんなに持たせて」

「俺がやりたかったんだからいいって。それよりお代わりが欲しかったら遠慮なく言って」

にこやかに言って尚斗の前とその横にトレイを並べたかと思うと、レイは当然のように隣に腰を下ろしてきた。

「え、何で隣……」

「昨夜から今朝にも無理させたろ？　だから食べさせてあげようかと」

「遠慮します、自分で食べます」

するりとトレイに伸びてきた手にぎょっとして、慌てて自分で箸を取った。そそくさと味《み》噌汁《そしる》の椀《わん》に口をつけると、すぐ横でくすくすと笑う声がする。

大根下ろし添えの焼き魚に、青菜のお浸しに薬味入りの卵焼き――とトレイの上を眺めて、尚斗は少しだけ困った。

ほとんど好き嫌いがない尚斗だが、唯一苦手なのが葱《ねぎ》類の食感なのだ。

とはいえ、ビュッフェで残すのはマナー違反だ。それならと真っ先に箸で割って、卵焼きを口に入れる。歪みそうになる口元を引き締めて味噌汁で流し込み、ほっと息を吐いた。

とたん、目の前にあった残りの卵焼きが動いた。

え、と目で追った先、箸で摘まんだそれをレイが自分の口に放り込む。満足げに飲み込むのを啞然《あぜん》と見ていたら、少し困ったように顔を寄せてきた。

「ごめん、アンタこれ嫌いだったんだな。卵だけなら平気？」

「あ、えと、はい……」

「じゃあそっちを取ってくるから待ってて」

言うなり腰を上げたレイを、まだ呆然《ぼうぜん》としたまま見上げた。

「いやあの、そのくらい自分で」

「俺がそうしたいんだから、アンタは素直に世話焼かれてて」

言葉とともに鼻の頭を摘まれて、生まれて初めての扱いに思考が真っ白になった。言葉もなく長身を見送った先、四人席で向かい合って座っていたカップルとまともに目が合う。

男女に揃《そろ》っても凄《すご》い勢いで視線を逸《そ》らされて、ようやく「見られていた」ことに——男ふたりが四人席で隣同士に座って互いの食事をやりとりするという状況が傍目にどう見えるのかに気がついて、とんでもない羞恥《しゅうち》に襲われる。そんなこと。ふつうのカップルだって人前ではやらないはずだ。

火照《ほて》った顔を窓の外へ向けると、今度は通りを行く人の視線が気になった。自意識過剰は承知でつい俯《うつむ》いていると、上から声が落ちてくる。

「お待たせ……って、どうしたの、もしかして食欲ない？　だったら粥《かゆ》とかでも、」

「いえ、平気ですっ、食べます」

尚斗の前に卵焼きを置いたレイが、またしても踵《きびす》を返す。それを、慌てて袖を摑んで引き留めた。

「そんなこと言って、アンタ昨夜もろくに食べてなかったよな。今日も仕事だろうにそれで保《も》つのか？　それと、アンタはもう少し太ってもいい、抱き心地はいいけど細すぎて下手したら壊しそうだ」

「大丈夫です食べられます、からレイも座ってください。その、できれば向かい、に」

そういう台詞を吐くならもっと時と場を考慮するか、せめて声を落として欲しい。切実に訴えたとたん、見下ろす目が愉快そうに細くなった。

身構えたのとほぼ同時に、立ったまま腰を折ったレイが顔を寄せてくる。吐息が触れるほどの距離で、頬を撫でられた。

「やっと恋人同士になったのに、何で？」

「……っだから、こえ、おおき――」

「ここで照れるとか、アンタ本気で可愛いよなあ……そのくせベッドでは情熱的だし？」

つまり、「その前提を事実として徹底する」のがレイ側の条件だったわけだ。

（俺の好きな人はやたら聡《さと》くて、嘘をついてもすぐバレるんだ。それだとカムフラージュにならないだろ？　熱愛中の恋人がいるのに他に手を出すのはナシだろうし、俺にも大人の事情ってもんがあるんでね）

つまり、身体の関係も込みだということだ。てっきりフリだけだろうと思っていただけに意外すぎて、どうやらまともに顔に出ていたらしい。鼻で笑って、レイは続けた。

（恋人として、ちゃんと大事にするさ。不本意だけど、アンタをあの人だと想定すればどうにかなるだろ）

（わかりました。ですが、それならこちらも条件を追加させてください）

いったん合意したものを、今さら断るのはナシだ。なので、尚斗はいったん不要と判断していた内容を口にする。

（ホテルに行った時は、おれが完全に寝付くまで傍にいてください。眠ってしまったら、すぐ帰っていただいて構わないので）

（何だその条件。ふつーは朝まで一緒にとか言わない？）

（言いませんし、特に望んでもいません）

「何その顔、真っ赤っかなんだけど。マジで可愛い、ってこれ以上は他のヤツに見せるのも勿体ないよなあ。ああそうだ、今度アンタの好き嫌い教えてよ、そしたらさっきみたいなことも起きないだろ」

またしても頬を撫でられて、そこがやたら熱いことに気がついた。いつの間にか隣に座っていたレイに目を向けると、滴るように甘い笑みを向けられる。

「食べ物に限らず、まずは嫌いと苦手だな。好きや希望はその後で」

「嫌いと苦手が先、ですか？」

「可愛い恋人に不愉快な思いはさせたくない。基本だろ？」

「想い人さんにもそうしてるんですか？　その、食事の世話をしたりとか」

　ベッドをともにした昨夜、この男は尚斗が戸惑うほど優しかった。目線の色のなさを思うに装ったものなのだろうが、今だってやりすぎだと思うほど先回りされ、気遣われている。

　問いが意外だったのか、レイは肩を竦めて声のトーンを落とした。

「逆。俺があの人に甘やかされてる。ガキの時の三歳差ってデカくてさ、こっちが世話焼こうとしても相手にしてもらえない」

「え、でもずいぶん手慣れた感じが」

「その場限りでつきあってたヤツ相手にシミュレーションやり込んだんで。本番のつもりであの人にやってみたら、全然似合わないから無理に背伸びすんなって大笑いされた」

　そう言うレイの言葉面と声音は、わかりやすく拗《す》ねたふうだ。行儀悪く頬杖をついたかと思うと、天井を見上げるようにして言う。

「向こうが年上だからってだけじゃなく、何っか敵《かな》わないんだよなー……そこが悔しいんだけど」

「――本当に、好きなんですね。その人の、こと」

「は？」

　我に返ったようにこちらを見るレイの目は、とても胡乱だ。それに構わず、尚斗は笑う。

「まだ時間はあるんですよね？　だったらもう少し、その人の話を聞かせてください」

3

「天宮、例の企画書は？　まだなのか」

唐突に、横合いからかかった強い声で集中が途切れた。

我に返って瞬いて、尚斗はのろりと顔を上げる。自席の真横に立っている、太鼓腹の上司を見上げて言った。

「……あ、はい。今、半分ほど、で」

「時間がかかりすぎだ。昼までに仕上げてデータを送って来い」

「わかりました」

押しつけるような物言いをされるのはいつものことだから、事務的に返事をした。ふん、と鼻を鳴らして離れていく上司を数秒見送って、すぐさまパソコンの画面に意識を戻す。

指摘された書類は、ほんの小一時間前に渡されたものだ。どうやら営業部からの依頼で、午後の社内ネット会議で行うプレゼンテーションの資料らしい。

小耳に挟んだところによると、営業からの依頼が入ったのは一週間前だったらしいが。

思考を消して、尚斗は手元にある書類と画面を見比べる。逐一チェックしながら修正し三度ばかり見直した後で、念のため印刷し最終チェックをすませておいた。

直接声をかけると叱責《しっせき》されるため、メールの件名に「先ほどの書類です」と記して上司のパソコンにデータを転送する。前後して同僚から回ってきた書類を作成しているうち、ふっと周囲が静かになった。見ればとうに時刻は昼休みに入っていて、室内の席に残っているのは電話当番らしき後輩だけだ。

小さく息を吐いて、途中のデータを保存する。デスク下に置いていたコートを手に、後輩に声をかけて廊下に出た。

尚斗が勤務しているのは、業務用の空調設備の購入設置からメンテナンスまでを請け負う会社だ。入社当初に本社ビルに配属され、一年未満で現在のこの支社に異動となった。

雑居ビルの一フロアを借り切ったここに職員食堂はないが、休憩室での飲食は自由だ。飲み物のみならずカップ麺のような食べ物の自販機もあるらしいが、尚斗本人はそこへの出入りを禁じられている。かといって部署で食べる気にはなれないため、天気がどうあれ必ず戸外に出向くようにしている、のだが。

「いい天気、……けど寒い、な」

ビルを出るなり目に入った空は青く晴れ渡っていて、降り落ちる日差しはいかにも暖かそうだ。にも関わらず、空気は肌を切るように冷たい。

作り置きを適当に詰めた弁当箱と保温の水筒を手に、コートの背中を丸めて歩道を行く。ものの数分で辿り着いた公園が、尚斗の昼食スポットだ。人気のほとんどないその端を歩いて、奥にある腰高の花壇の縁に腰を下ろす。

昨日の今朝でアレだったから懸念していたが、慣れが大きいのか幸いにも身体はそこまできつくない。安堵して膝で弁当を広げたところで視線を感じて顔を上げると、対角線上にあるブランコの傍にいた女性――幼い子を連れた母親が警戒した顔でこちらを見ていた。

今の尚斗の恰好は、少々くたびれた地味なスーツにごついフレームの瓶底眼鏡だ。そこに、実は扱いやすい天然のくせ毛をいかにも持て余したふうにぼさぼさにして目元を隠している。

上司の尚斗への評価は「地味で冴《さ》えない上に使えない」だが、まさにそれを体現したようなと言っていい。けれどそれは裏返せば、不審者めいて見えるのかもしれない。

「年単位でここでお昼してるんだから、もう馴染《なじ》みのはずなんだけどなあ」

尚斗と前後して支社に配属された年下の同期は、それぞれ去年の春と秋に他へ異動した。前者は上司に推挙され、後者は視察に来たお偉いさんに気に入られての栄転だ。引き換え、今の尚斗は後輩にまで顎で使われる立場になっている。

それに甘んじているのは――あえて顔を隠し俯き加減でいるのは、単純に目立ちたくないからだ。

母親譲りの自分の容姿を、尚斗は幼い頃から持て余していた。

たとえば母親のように派手好きで機転が利くなら、目立つことを逆手に取って人に好かれる手段にできるならこれ以上の武器はない。実際、尚斗の母親はそうして生きてきたたし、きっと今もそうしている。

けれど、尚斗にそれは無理だ。話し上手ではないし、人当たりがいいわけでもない。母親からは「気が利かない」、「せっかくの見た目が宝の持ち腐れ」と言われ続けてきたし、やっとできたはずの友達は「何か違う」、「ひさとくんておもしろくない」と呟《つぶや》いて離れていった。

だから中学卒業後、バイトしながら夜間学校に通い始めてすぐに眼鏡を買った。軽い近視と乱視だと言われたのにあえて一番分厚いレンズを選び、伸ばした前髪で顔を隠した。

そうすれば、「気が利かない役立たず」として扱ってもらえるからだ。見た目だけで期待されるのはもちろん、その後勝手に失望されるのにも懲りた。

……厭なことを思い出したせいか、一気に食欲が失せた。中身が半分残った弁当を片づけて、熱いお茶を口に運ぶ。そのタイミングで、電子音が鳴った。昨日いったんアンインストールし、その後再びインストールし直した通信アプリの着信音だ。

予想外のことに瞬いて、ポケットからスマートフォンを引っ張り出す。アプリのトーク画面に表示されているアイコンは、今朝別れたばかりのレイだけだ。

『今日の夕飯を一緒にどうだろう？　待ち合わせは――』

誘い文句から始まる内容は具体的な待ち合わせ場所と時間で、今日の今日にかと戸惑った。そこを狙《ねら》ったように、立て続けに電子音が鳴る。連続して表示されたスタンプはピンクや赤のハートだらけで、ありえなさに固まってしまった。

「想い人さんを想定してコレ、……てことは、喜びのあまり舞い上がってる演出、とか？」

思わず首を傾《かし》げたら、今度はまったく別の電子音が鳴った。スマートフォンのナンバーへの通話着信だ。

新たに表示された「非通知」の文字に、眉を寄せる。昨日から今朝にかけて、数としては二桁近くかかってきた電話だ。もちろん、尚斗はいっさい応じていない。

「番号違い、なんだけど。早く気付けばいいのに」

このナンバーを知っているのは、職場の総務関係のみだ。友人とは別の通信アプリでやりとりしているし、母親とはとうに没交渉で番号変更そのものを知らせていない。

妙に長く続いた音とともに、着信表示がかき消える。再び表示されたトーク画面を眺めて、躊躇いがちに決断した。

「この時間にここ、ならいったん帰って支度しても余裕で間に合う、はず」

ひとつ頷いて、メッセージの打ち込み画面をタップする。目につくハートのスタンプの群れに、どう返信すればいいかと少々悩んだ。

間合いが悪い時は、とことん悪いものだ。

ということを、尚斗は改めて、しみじみと思い知った。

レイとの約束の時刻を軽く四十分近く超えた今、尚斗がいるのは待ち合わせ場所まであと十数メートルの距離にある地下鉄の出口だ。今すぐ飛び出しても土下座ものの遅刻なのに、どうにも足が前に動いてくれない。

事の起こりはごく単純だ。終業十分前になって、いきなり上司から「明日の朝一番に提出」の書類を振られた。書面を確認した限り、それを終えてアパートに帰っていたのでは約束に間に合わない。

（あの、自分は今日は予定があって）

決死の訴えは予想通り黙殺されて、腹を括《くく》ってとにかく急いだ。いつも以上に神経を尖らせて作業を進め、やっと終わったと安堵した時にデスクの端に置かれた「本日中に営業に提出」という付箋つきの書類が目に入った、わけだ。

付箋の文字は斜向《はすむ》かいの席の後輩のものだが、その時点で部署にいたのは尚斗のみだ。放置して帰る選択肢はなく、超特急で打ち込みをし確認した――そのタイミングで、当の営業が顔を見せたのだ。

微妙に不機嫌そうな様子で「書類は」と訊かれて、印刷したばかりの書面を差し出した。頼まれた修正をその場でこなし、指示された通りにデータを送付して、やっとのことでビルを飛び出した時にはとうに約束の時刻すら過ぎてしまっていた。

スマートフォンを確認するゆとりができたのは、二度の乗り換えを終えた後だ。電車のドアに背中を預けて通信アプリを開いたら、レイから心配と懸念のメッセージが届いていた。

急な残業が入って遅れることを謝罪し、最寄り駅への到着時刻を併せて送信する。安堵して、ふと目をやった窓に映っていた瓶底眼鏡にぎょっとした。

「ナオ」になるための準備を、見事に忘れていたのだ。かといって、これからアパートに戻ったのでは遅れは軽く一時間半を超えてしまう。何より、つい先ほどもうじき着くと連絡したばかりだ。

動揺のあまり固まったところで、目的の駅名がアナウンスされる。ぐんと電車が減速する感覚に観念するしかないと思い知り、ホームに降りるなりレストルーム目指して急いだ。

……眼鏡を外して髪こそ整えたものの、首から下は仕事用の地味なスーツにくたびれたコートだ。これでは「ナオの出来損ない」状態でしかなくて、会ったところで一緒に歩くのは厭がられるに決まっている。

やっぱり今日は帰ろうと、思ったタイミングを狙ったように電子音が鳴った。

『もう着いてるよね。今どこ？　迷ったなら迎えに行くよ』とのメッセージに、「逃げられない」ことを思い知った。決死の覚悟で地上に向かう階段を上がってきた、のに――あと少しのところでこうして動けなくなっている。

「ナオ？」

ふと上から聞こえた声に、びくんと肩が跳ね上がる。足音を立てて降りてくるレイと目が合って、今度こそ諦めがついた。

「……、すみません、遅れ、ました……」

「いや。仕事もあったのに、来てくれてありがとう。会えて嬉しいよ」

そう言うレイの視線が、ゆるりと尚斗の顔からその下へと移る。柔らかい笑みがすっと消え、打って変わって眉を顰める様子に慌てて謝罪を重ねた。

「その、着替える時間がなくて……この恰好ですし、今日の約束はなかったことに、」

ブルーグレイのコートから覗《のぞ》くレイのスーツは、今朝とは違う上品なベージュだ。その横に今の自分が並ぶのかと、思っただけで心臓が冷えた。

「それだけ急いでくれたってことだよな？　ありがとう、嬉しいよ。それより具合はどうかな。仕事はきつくなかった？」

言葉とともに、手の甲でするりと頬を撫でられた。震える肩が目についたのか、同じ手で今度はそちらを軽く叩《たた》かれる。

今朝にも思ったことだけれど、レイの距離の詰め方は魔法のようだ。気がついたら傍にいるし、あれと思った時にはもう触れている。

けれどこの男は己が目立つことを、もう少し自覚すべきだ。階段を行き来する人の視線が、今は肌で感じるほど痛い。きっと、不釣り合いだと思われているに違いない。

「……っへいき、です。でもあの、そういうはなし、は」

「恥ずかしいんだ？　アンタ、そういうところ可愛《かわい》いよな。見た目とのギャップが凄すぎ」

周囲を気にする素振りなど欠片もなく、吐息が触れる距離で囁《ささや》かれる。当然のように肩を抱かれ、階段を登るよう促された。

「夕飯だけど、ナオは何が食べたい？　アンタ、和食の方が好みなんだよな？」

「え、……いえ、別におれは何でも……？」

戸惑う尚斗を見下ろして、レイは甘やかすように笑う。

「俺は、ナオが行きたい店がいいんだけど？」

「ええと、その……おれはそういうのに詳しくない、ので。どうしても食べられないものはないですから、レイが決めた店ならどこでも、」

「そんなこと言ってると、そのへんの裏道にあるラーメン屋に連れ込むぞ」

「あ、はい。じゃあそこで」

「は？　それ、本気で言ってる？」

「えと、はい……？　その、お昼があまり食べられなくておなかが減ってるので、夜はちゃんと食べられると思うんです、けど」

素直に言ったのに、何やらとても妙なものを見たような顔をされた。気を取り直したように「じゃあこっち」と促され、連れて行かれたのは大通りに面したビストロだ。

外観はもちろん内装も立派できらきらしていて、それだけでひどい気後れがした。「ナオ」

ならともかく今の自分には無理だと足を止めてみても、やんわり背中を押されてしまう。最終的に案内されたのは広くて品のいい個室で、ほっとすると同時に自分には場違いだと思う。

向かい合わせの席についてすぐに、レイが店員にオーダーを告げる。ふたりになるのを待っていたように言った。

「そういや、聞こうと思ってたんだけど。アンタの誕生日っていつ？」

不意打ちの問いに数秒ほど思案して、「あれ」と思った。

「今日って、一月……何日でしたっけ」

「ちょ、それ今訊くこと？」

く、と喉で笑ったレイがあっさり教えてくれた日付に、今になって気がついた。

「あー……だったら今日、ですね。おれの、たんじょうび」

「……は？　何だそれ、証明できる？」

短く発したレイの声が、鋭くなる。こちらを見る目が急速に冷えるのを知って、尚斗は瞬く。

「できますけど、条件的に見せるのはナシですね。それより何の証明が必要なんでしょうか」

訥々《とつとつ》と続けた言葉に、レイが不自然に黙った。ややあって、ため息交じりに言う。

「……ま、いいけどさ。で？　アンタは何が欲しいんだ？」

「？　特に、欲しいものはないですけど」

「誕生日にソレはないだろ。アンタと俺は一目惚れの恋人同士で、一番燃え上がってるはずの時期だぞ？　だいたいアンタ、今までの相手には相当我《わ》が儘《まま》言って貢がせたって話――」

言いかけたレイが、尚斗の手元に目をやって急に黙る。眉を寄せて言った。

「アンタ、いつもの腕時計とカフスは？　そういや昨日からしてなかったけど、他にもいいヤツ持ってるよな？」

続けてレイが口にしたのは、確かに尚斗が一時期身につけていたブランドの名前だ。

「昨日までしていたのは、テルさんにお返ししました。それ以前のも本来の持ち主に返したので、手元には残っていません」

は、とレイが吐いたのは声なのか、それとも吐息だったのか。いつもは鋭い切れ長の目が、まん丸になっているのを初めて見た。

「いや待て本来の持ち主って……アンタが貰《もら》ったものだろ？　それを言うなら昨日のスーツはフルオーダーだろうし、コートだって上物で」

「あのスーツとコートはイレギュラーと言いますか……以前の方に急にテイラーに連れて行かれて、その場で採寸されたんです。返品は無理ということで、お別れする際には交渉して買い取りました」

わざわざ色合わせまでして作っただけあって、あのスーツとコートは「ナオ」の容姿によく合うのだ。件《くだん》の相手の仕事はどうやらそちら関係だったようで、関係が続いた約二年の間に「一年分の『ナオ』の服装一式」が揃ったのは僥倖《ぎょうこう》だったと当時もつくづく思った。

「買い取っ……マジか。何でそこまで」

「気に入ったからですね。社割を使ったとかで、ずいぶん安く買えたと聞きましたし」

とはいえ、当時の尚斗にとってはけして「安く」はなく、なけなしの貯蓄がほぼ底をついた上にカードローンまで使う羽目になった。ほんの数か月前まで結構な返済に追われてもいたが、それでもあの時の自分の判断は正しかったと思う。

こっそり自画自賛したタイミングで、料理が運ばれてくる。横顔に店員の視線が刺さってくるのがわかって、尚斗はつい身を縮めた。

容姿だけでなく「どんな服装をしているか」でも、人の印象は大きく変わる。それは、他人からどう扱われるかにも直結する。

それを、尚斗は身に染みて知っていた。

「ナオの服装」を身につけるようになってから、誘ってくる相手の傾向が変わった。ありていに言えば、以前とは比較にならないほど「まともな人」と縁が繋がるようになった。

「つまり、以前よくつけてた宝石つきのタイピンやら、馬鹿高そうな腕時計やらは買い取らなかったから手元にない、と？」

店員が出ていくのを見届けて、レイはじろじろと尚斗の袖口やネクタイのあたりを見た。

今の尚斗がしている腕時計は価格で言えば五桁《けた》前半の、それなりに裕福な学生なら簡単に手が届くものだ。カフスやタイピンに至っては、ごくシンプルなシルバーの量販品になる。

それでも尚斗にとっては愛用品だ。正社員としての初任給で買ってからずっと使っているため、愛着も強い。

「他の人に買っていただいた品をつけていくと厭がる方が多かったのもありますね。いずれにしても分不相応ですし、管理にも困るので」

「……アンタに強請《ねだ》られてローンで買わされた、とか聞いたけど」

「おれから強請ったことはないです。とだけ、言っておきます」

つきあう相手と会う時に贈られた装飾品を身につけていたのは、相手が望んだことに加えて自宅に置いておくのが怖かったためだ。尚斗の住まいは築五十年を超えるアパートで、窓はもちろん玄関の鍵だって防犯などと口にするのがおこがましい程度のものでしかない。

もうひとつの理由は、身につけていれば別れの際にその場で返せるからだ。正直、別れた後でそのためだけに顔を合わせるのは避けたい。

小さく息を吐いて顔を上げると、とても胡乱な顔のレイと目が合った。信用されなくても無理はなしと苦笑した尚斗から、すいと視線を外して言う。

「いきなり誕生日だと言われても、今から祝うのは無理だぞ。それなら、次の機会に食事なりデートなりプレゼントでも」

「あ、それ別にいらないです」

「は？」

今度こそ、ぽかんとした顔をされて尚斗は苦笑した。

「特に欲しいものもありませんし、高価なものはいずれお返しすることになりますから二度手間でしょう」

「いや、待てアンタな」

「今日会って訊かれなければ、誕生日自体忘れていたと思いますし。あ、でも、今こうして一緒に食事してもらっているのはすごく嬉しいです。ありがとうございます」

誕生日の夜に「誰か」といられるのは、何年ぶりだろう。例年、いつのまにか過ぎているのが普通だったのを思えば、つくづくいい日になったと思う。

「……アンタはよくても俺がよくないんだけど？」

ほわほわした気分で頰を緩めていたら、行儀悪くテーブルに頰杖をついたレイに睨まれた。

「一目惚れした可愛い恋人の、つきあい始めて最初の誕生日だろ。もちろん日を改めてちゃんとセッティングするけど、今日だってまだ時間はある。できたての恋人として訊くけど、アンタは今日、俺に何をして欲しい？」

「今日、何を……？」

おうむ返しにした尚斗をまっすぐに見据えて、レイは頷く。

「今からデパートに駆け込んで、即決できるなら何でも買ってやるよ。届くのが後日になるけど、ネットで注文してもいい。もちろん別れた後で返す必要もない。豪勢なホテルに泊まりたい、とかでもいい。とにかく希望を言ってみな」

そうは言っても予算てものがあるけどさ。柔らかい笑みで続けたレイに、けれど尚斗は途方に暮れた。

これまでの相手は決まったように「ナオに相応しいもの」を贈ってきたからだ。たまに希望を訊かれて答えても、必ずと言っていいほど却下された。

(何だそれ、ナオには似合わないだろ)

(妙な遠慮するなって、ああやっぱりぴったりだ)

そんな言葉とともに差し出された品は、けれど尚斗からすれば贅沢品だ。「ナオ」に似合っていたとしても、「尚斗」には分不相応でしかない。

受け取って身につけたのは、その方が面倒がないからだ。黙って相手に任せておく方が、大抵のことはうまくいく。長く続くつきあいでもなし、波風を立てても意味はない。

ずっとそう思って望みなんか口にせずにいた、のに――気がついた時にはぽろりと言葉がこぼれていた。

「いっしょに、ケーキをたべたい、です」

「へ？」

間の抜けた声にそろりと顔を上げると、つい先ほどまでいかにも愛しげな顔をしていたはずのレイがまん丸になった目でこちらを見ていた。

「ケーキ？　だったらここでデザートでも追加――」

「ここ、じゃなくて。そのへんの公園でいいので」

「公園ってアンタ、今は真冬……じゃあ喫茶店か？　専門店やデパ地下がいいなら」

「スーパーで売ってる、上に苺《いちご》が乗ってるのがいいです。ちょうどふたつパックですし」

思い切って言い終えた尚斗を眺めて、レイは怪訝《けげん》そうに顔を顰めた。

「何でスーパー？　せめてコンビニスイーツとかさ」

「無理ならいいです。なかったことに」

「だから待て、無理だとは言ってないだろ」

スマートフォンを取り出したかと思ったら、どうやらマップ検索したらしい。呼び出した店員にデザートを断ると、尚斗を促し支払いを終えて店を出た。まだ人通りの多い道を、尚斗の手首を摑んで急ぐ。

「急ぐぞ、でないとスーパーが閉まる」

「はいっ」

辿り着いた閉店間際のスーパーで、店員を捕まえ売り場を尋ねた。駆け足で行ってみれば、洋菓子売り場には苺ケーキのパックがひとつだけ残っている。

けれどレイは、パッケージに貼られた見切り品シールを見るなり眉を顰めた。

「なあ、こっちの栗かフルーツパイの方がいいんじゃないか？」

「だったらいらないです。……あの、今さらですけどレイって甘いものは苦手ですか？」

今になって、その可能性に気がついた。それに、食べるにしても「何でもいい」とはいかない人だっている。スーパー売りの、見切り品シールつきともなればなおさらだ。

「だったらやめておきましょう。すみません。我が儘な上に勝手ばかりで」

「いや待て勝手に決めるなって……あー、せっかくの誕生日ケーキがコレで、おまけに見切りって――でもアンタは本気でコレがいいんだよな？　マジかー……」

遠慮がちに頷いた尚斗に、レイは苺ケーキのパッケージを手にしたまま微妙な顔をした。短く息を吐いてから言う。

「ケーキだけじゃ味気ないだろ。ワインも買おう」

当然のように手を引かれて、別の売り場へと移動した。その後は完全にレイのペースで、彼が持つ店内カゴの底が見えなくなる頃に会計を終えて店を出た。

「あとはどこで食べるか、だな。アンタ、ラブホとかでも平気？」

「任せます。あと、それおれが持ちます」

上質なスーツにコートが似合う男前に、スーパーの袋は不似合いすぎて注目の的だ。なので手を伸ばしたのに、レイはあっさりそれを退けた。

「それはナシ。誕生日をさっき知ったってだけで手落ちなのに、慌てて買ったお祝いまで持

「たせてどうすんだよ」

「でも、それはおれの我が儘で」

「ついでにアンタ、実は鈍くさいだろ。下手に持たせたらどっかにぶつけて、ケーキが潰れてワインまみれになりそう」

「う」

　言い返せない尚斗を見下ろして、レイはひどく甘い顔で笑った。


　レイが向かった先は、実は尚斗にとってあまり馴染みがないいわゆるラブホテルだった。無人のフロントでの手続きを終えて足を踏み入れた室内は、半分以上ベッドで占領されている。それをまじまじと眺めていると、隙間《すきま》に近い空間に置かれたテーブルに買った物を広げていたレイが面白いものを見たような顔で言う。

「そんなに珍しい？　まあ、アンタにはこういう場末っぽいホテルは似合わないけどな。フロントでも他の客からすごい見られてたし」

「見られてたのは、おれじゃなくてレイだと思うんです、けど？」

　今の自分は「ナオのなり損ない」だ。それよりも見るからに端整な男前の方が、明らかにフロントでも浮いていた。

「で、アンタはここが気に入らない？　だったら移動するけど」

「いえ、別に。どうせすることは同じですし」

皮肉めいた顔をしていたレイが、尚斗の返事に瞠目する。それで、自分の言葉がどう聞こえるかに気がついた。

「いえそのどうしてもしたいってわけじゃなくて、確かに昨日のホテルとは違いますけどベッドも広いし布団も清潔だし虫の被害もなさそうですし？　お風呂とトイレは丸見えですけど他の誰かが入ってくるわけでもないですし……ええと、あの！　そうだケーキ！　いただいてもいいでしょうかっ」

「もちろん。支度できたからこっちにおいで」

収拾のつかなさに強引に話をねじ曲げたら、露骨に楽しそうな声で呼ばれた。あえて気付かないフリでひとつしかないソファのレイの横に腰を下ろすと、目の前に紙皿が置かれる。苺のケーキの横には、プラスチックのフォークまで添えられていた。

「え、おさら……？」

「パックのままはあんまりだろ。あと、これ」

渡された紙コップの中身は、濃い紫色のワインだ。受け取って目を丸くしていると、腰が触れるほど近く寄ってきたレイが自分が持つ紙コップをぶつけてくる。

ぺこんと、間の抜けた音がした。

「ナオの誕生日に乾杯。おめでとう。アンタが今、ここにいてくれて嬉しい」

思いのほか柔らかい声で言われて、咄嗟《とっさ》に返事が出なかった。そんな尚斗に苦笑して、レイは指先でこちらの紙コップをつつく。

「ほら、ナオも飲んで。それとも俺に飲ませて欲しい？」

「っ、い、ただきます……」

そっと口に含んだワインは渋味が薄くて、どちらかと言えば甘い。

「あと、ケーキな。先に食べてもいい？」

ことさらに軽く言って、レイがケーキにフォークを突き立てる。

ここまでの男前に、プラスチックのフォークと紙皿のケーキは不似合いだ。今さらにそう思った時、咀嚼《そしゃく》していたレイが軽く眉を上げた。

「へえ？　意外と悪くない」

「……嫌い、じゃないですか？　安っぽい、とかは」

（スーパーで売ってるケーキ？　そんな安っぽいもの、ナオには似合わないよ）

ふっと脳裏をよぎった記憶に、思わずそう問い返していた。

「何ソレ、アンタの希望で買ったんだけど？」

「以前、そう言われたことがあるんです。……ありがとうございます、ずっと誰かと一緒に食べてみたかったんです」

胡乱そうなレイに小さく本音を告げて、尚斗は自分のケーキにフォークを入れる。

口の中に広がる甘酸っぱさに、ずっと固く閉じていた「どこか」がふわりとほどけたような気がした。柔らかくなったそこから滴った何かが、言葉となってこぼれていく。

「……おいしい、です。本当に、ありがとうございます」

「どう、いたしまして？」

隣のレイが、じっとこちらを見ているのを承知で尚斗はケーキだけに意識を向ける。

「今日のところはこれで勘弁な。誕生日の夜ってことで明日の朝までここで過ごすとして、アンタ今週の土日は空いてる？」

「土曜、……大丈夫です、空けます」

「その言い方だと予定があるよな？」

一拍言い淀《よど》んだのを追及されたあげくじいっと見つめられて、尚斗はつい下を向く。

「友達と、ランチの約束が。その、会うのは半月ぶり、で」

「だったら土曜の午後……夕方でもいいか。友達と別れた後で連絡して。そのままホテル泊まりで、日曜には誕生祝いの仕切り直しするから」

思いがけない言葉に反射的に顔を上げると、柔らかい笑みを浮かべたレイと目が合った。

「いえ、もうこれで十分――」

「アンタはよくても俺がよくない。やっと捕まえた可愛い恋人の、初めての誕生日に計画性皆無なんかあり得ない」

憤然と言われて、かえって当惑した。

「で、もそれだとせっかくの週末が……想い人さんとの予定とか」

「あっちは長距離ドライブに行くんだってさ。アウトドア野郎につきあって川辺で魚釣ってバーベキューするとか。そんなの誘われても真っ平だね」

「せっかく誘ってもらったのに、ですか？　それだと想い人さん優先の条件が」

「——……大好きな人が、その恋人と存分にいちゃつくところを見せつけられろ、と？」

「ぁ、」

じろりと睨んできたレイの、いかにも厭そうな顔つきに「それは確かに微妙かも」と思う。

「そういうわけなんで、どこで何したいかはアンタが自分で考えて決めて。あと、土日はスーツ禁止。もっとラフな恰好してきて。でないと思う存分遊べない」

「ええええええ……」

呻《うめ》くように言った尚斗は、どうやらとても情けない顔をしていたらしい。不機嫌から一転したにっこり笑顔でレイが言う。

「ついでに週末までに少なくとも二度は夕食に誘うから。いちいち帰って着替えるのも面倒だろうし、今日みたいにまっすぐ来ればいい」

「それだとレイにまで恥をかかせることになります。それにあの、無理して時間を作らなくても時間があって気が向いた時だけで」

常に相手優先で、全面的にこちらが合わせる。それが当然で、それしか知らないのだ。

戸惑う尚斗に、レイは拗ねたような顔をした。

「やっと両思いになった恋人に、毎日でも会いたい俺の気持ちを無碍《むげ》にすると？」

「でも、あんまりしょっちゅう会ってると早く飽きませんか？　新鮮味がなくなるとか」

いつか誰かに言われたことを口にしたら、レイは呆れ顔で尚斗を見た。

「それ言ったら、俺はとっくにあの人に飽きてるはずだぞ。あいにく、年々深みに嵌《は》まっていく自覚があるんだが？」

「年々深みに、ですか。ところでレイとその想い人さんの初対面っていつ頃です？　遠縁って言ってましたし、物心ついた頃から仲が良かったとか？」

「いや初対面は俺が小学生の時。あっちは中学生で、夜に外をフラついてた俺を放っとけないとかで声かけてきた。今でもだけど、真面目で融通が利かないせいで何かと損しがちだけどそこが真っ直ぐで眩しいってか、そのうち誰かにぶっ壊されそうだから俺が守ってやらないと……って、昨日もさんざん話したはずだけど、アンタ本気でコレ聞きたいの？」

今まで「つきあってきた」人たちと同じように、レイは「想い人」の話になると饒舌だ。するっと答える途中で我に返ったらしく、今さらに微妙な視線を向けてきた。

「聞きたいから条件に挙げてます。ついでに昨日レイがちらっと言ってた中学生のレイと高校生の想い人さんとの十日間の逃避行？　のことももっと詳しく聞きたいです。もちろん、差し支えのない範囲で十分なので」

「まあ確かに、昨日も今もアンタはすんごい楽しそうだけどさあ……」

フォークを持ったまま天井を仰いだレイが、短く息を吐く。おもむろに、尚斗を見た。

「一応言うけど、アンタ自分の誕生祝いの話題がそれでいいのか？」

「もちろんです。というか、むしろそれが聞きたいです」

「……あ、そう」

やけにまじまじと尚斗を見るのは、おそらく呆れているからだ。承知の上でじっと見返していると、レイは「あー……」と呻いて額を押さえた。

「繰り返しになっても文句言うなよ？　あと、週末の予定決めも忘れずにな」

4

一週間が、こんなにも早かったのは初めてだ。

重いような浮いたような複雑な心境で、尚斗は小さく息を吐く。

朝のターミナル駅は人で溢《あふ》れている。目の前の改札口から流れ出た人は、それぞれに左右の流れに合流していく。

そんな中、尚斗は通路に等間隔で建つ柱のひとつに寄りかかって友人を待っていた。

友人とのランチの後、レイと合流し「ナオの誕生日の仕切り直し」をする予定の土曜日
――週末が来たのだ。

レイからは予告通り、あの後も二度ほど夕飯に誘われた。いずれも泊まりまでは至らず別れたけれど、必ず何かを企むような顔で念を押された。

(日曜にどこで何をするか、決まった?)

(何なら土曜の泊まり先も指定していいぞ。予算の上限はあるけど、できるだけアンタの希望に沿うようにするから)

「休日の過ごし方って、家か図書館か書店で本を読むくらいがせいぜい、だしなあ」

俯いた先、身につけてきたのは手持ちの中で一番マシな私服だ。とはいえ、このままレイの横に立てと言われたら全力で辞退したいが。

誕生日の翌日、仕事を終えて帰宅するなり手持ちの服をひっくり返した尚斗は、案の定途方に暮れた。

「ナオ」の服装は基本がスーツなため、私服選びの基準は「尚斗」だ。つまり「目立たない」のが前提で、黒にベージュに灰色と地味な色しかなく、当然のことに「ナオ」には似合わない。

パニックになりかけて、思い出して友人に連絡を入れた。会う時刻を早めて私服を見立て

てほしいと頼んだら、友人のアヤは即答で了承してくれた。

（つまり、ナオで着せ替えしてもいいってことだね？　やった！　実は前からやってみたかったんだ。じゃあ時間は――）

予想外の食いつきに呆気に取られながら肯定したら、アプリ通話の向こうで友人は歓声を上げてデパートが開店する二十分前を指定してきた。

それ自体はとてもありがたいのだが、実は尚斗はブティックの類《たぐい》が苦手だ。着せ替えなら ぬ試着までセットになるともはや鬼門と言ってもいい。

「そんなこと言ってるどころじゃない、よね……」

ため息まじりに顔を上げた時、改札口の奥からこちらに向かって手を振る人――友人のアヤが目に入った。くせのない明るい色の髪を首の後ろに束ねるといういつものスタイルで、早足に改札口を抜けてくる。

「久しぶり、元気？」

「まあまあかな。アヤは？」

「相変わらずってとこかな。で、私服だけど、ナオはどういうのがいいの？」

いきなり本題に入ったアヤは、細身の彼には大きすぎる鞄《かばん》を肩にかけている。尚斗の姿を上から下へと何往復か眺めたものの、表情に呆れや侮蔑は感じられない。

「休日に、人と会う予定が入りそうなんだ。とにかく見目がいい人だから、一緒にいて浮かないようにしたいんだよね。けど、おれの私服ってこんなのばっかりで」

「シンプルで悪くはないけど、色と形がナオには合ってないよね。顔色悪く見えるし、せっかくのスタイルが台無し。……ちなみに今回の予算はどのくらい？」

気を遣ってくれたのだろう、最後の一言は耳元で囁かれた。擽《くすぐ》ったさに首を竦めて、尚斗は数字を口にする。

「ごめん、少なすぎて厳しいようならもう少し何とかするから」

「手持ちが今の感じなら、それを使いながらイメージの切り替えをすればいいよ。全体のバランスと、あとは色と素材かな。ってことで、ひとまずコレ着てみて」

言葉とともに、アヤの肩にあった鞄を押しつけられた。反射的に受け取った背中を押されて、そのまま構内にあるレストルームの個室へと押し込まれる。

「え、あの、アヤ、これ」

「今着てるのはそのバッグの中に入れて。待ってるから急いで」

言葉とともに、目の前で扉を閉じられて啞然とした。とはいえ、ああいう時のアヤには何を言っても無駄だ。観念して、尚斗は鞄の口を開く。

「ナオ」の唯一の友人となるアヤとは、同類が集まる店で知り合った。なので互いの本名も職業も、住所はもちろんスマートフォンのナンバーすら知らない。たまにこうして会うことはあっても、一緒に買い物というのは今回が初めてだ。

にも関わらず、鞄の中にあった服一式のサイズがぴったりなのはなにゆえか。

疑問符を浮かべたまま個室を出るなり、順番待ちの短い列から注目される。満面の笑みで壁に凭《もた》れていたアヤに近づくと、肩を掴まれ狭い通路で反転させられた。

「やっぱり似合ってるなあ。それ、ナオにあげるから今日はそのまま着てて」

いやそれは、という反論は、目の前の鏡に映る自分を見た瞬間に喉の奥で蒸発した。

「え、……誰コレ」

「ナオに決まってるけど？」

「いや、うんそれはわかる、んだけど」

身につけたトップスは、これまで一度も着たことのない淡い藤色だ。それに細身のベージュのボトムを合わせ、上から黒いコートを羽織る。

藤色以外は馴染みの色だ。ボトムもコートもシンプルで癖がない。

なのに、別人かと思うほど似合っていたのだ。先ほどまでのどこかもたついたような雰囲気が消え、顔周りだけでなく全体がすっきりと明るく見えている。

「いつものスーツもいいんだけど、印象がちょっと硬質寄りになるんだよね。こっちの方が僕が知ってるナオに近い」

「アヤが知ってる、おれ？」

「そう」と頷くアヤの満足げな様子に首を傾げて、尚斗は言う。

「ええと、これ全部でいくらかな。予算内で足りる？」

「いらない。職場で余ってたサンプルだし」

「でもこれ、ものはいいよね。肌触りが全然違う」

「何人もが着て洗濯もしてるから古着と一緒だよ。職場にはサイズが合う人がいないから、ナオがいらないいなら捨てるだけ」

「だけど」

「気になるならお茶でも奢《おご》ってもらおうかな。あと、僕の好きに着せ替えさせて」

「……お茶だけでなくランチ代も出す。着せ替えは、おれでよければ存分にどうぞ」

「やった！　ナオで着せ替えー」

楽しげに笑ったアヤが、軽く背を押してくる。レストルームを出ると、人の流れに紛れて駅前の通りに向かった。

「ナオ、もしかして今日の夕方か夜にでも誰かと約束してる？　それって、ナオがテルさんと別れたのと関係があるのかな」

通りを歩きながらストレートに訊かれて、ぴんと来た。

「発端、て意味ならある、かな。それはそうと、もうそれ噂になってるんだ？　まだ別れて一週間も経《た》ってないし、いつもの店には近づいてもないいんだけど」

約半年前にアヤと飲んだ時、「そろそろテルとは終わりそうな気がする」とは話した。それが、「別れた」と断言するのなら――

「ナオは来てなくても、テルさんの方がね」

「……だよねえ」

いつものパターンで噂が走ったわけだ。察して、尚斗は短く息を吐く。

「話は買い物とランチの後でいいかな。その、確かに今日の夕方から約束があって」

「了解。ああ、でも服の見立てならいつでもつきあうよ？　遠慮しないで声かけていいから」

爽やかに笑うアヤの年齢は、尚斗より少し上くらいだ。尚斗のと色味が近いさらさらの髪は本人曰《いわ》く染めているとのことだが、これまで一度も根元の色が違うのを見たことがない。

見かけ倒しでちぐはぐな尚斗とは違って、アヤは存在そのものが「綺麗」だ。繊細に整った顔立ちにすっと伸びた背すじが相俟《あいま》って、どこか凛《りん》とした空気を感じさせる。成人男性の平均を超える身長はレイよりやや低く、細身なのに貧相さを感じさせない。身につけているものはもちろん全体の雰囲気に統一感があって、年単位のつきあいになる尚斗ですら時折見とれそうになる。

「ナオって嫌いな色はある？　これだけは避けたいとか、絶対着たくないとか」

「特にはないかな。できれば目立ちたくない、くらいで」

「残念だけど、それは無理だと思うよ」

苦笑交じりのアヤに肩を押されて、尚斗は通りに面したブティックに足を踏み入れる。そこからは、アヤの独壇場になった。

四軒の店を梯子《はしご》して、結局何回脱ぎ着したろうか。それぞれで少なくとも一着分は支払いをして、無事ランチの店に入ることができた。なのに予算内ですんだのだから大満足だ。

朝の「噂」の続きが出てきたのは喫茶店に移動した後だ。オーダーしたブレンドとアメリカンが目の前に置かれたのを機に、尚斗の方から切り出した。

「テルさんと別れた理由だけど、テルさん本人がハヤトさんにバラしたって」

「それも噂になってた。テルさんが完全に開き直ってたから、ハヤトさんが怒り狂って暴露したらしいよ。あと、そのテルさんがさ」

ナオは思慮から身を引いているだけで、実はまだテルを愛している——と、周囲に言い回っている、というのだ。

「絶対よりを戻せる、だって自分はナオの運命の恋人だから……とか言いながら、ナオの連絡先や居場所を探りまくってた。アレ、全然別れたつもりはないと思うよ?」

「うぇ……何そのアイシテルとかうんめいのこいびととか」

「いい歳して言うことじゃないけど、それが噂に拍車をかけてるみたいでさ。以前ナオがつきあってた人まで捕まえてさんざん追及したあげくひとりで語ってるって。結果、ナオはテルさんをキープしたまま次を探してるとか、今度こそ同時進行で何人も相手にするつもりだとか。好き勝手言われてるけど、あれ放っておいていいんだ?」

カップを手にしたアヤの、ひどく心配げな気遣う顔にふと気持ちの底が温かくなった。

「別にいいよ。人の口に戸は立てられないっていうし。おれが言い訳すると、かえって変な尾鰭《おひれ》がつくだけだ」

「ナオ、でも」

人は基本的に自分にとって都合がいいこと、信じたいことしか見ないものだ。それが事実かどうかなんて、思い込みの前には些末《さまつ》なことでしかなくなる。

子どもの頃、尚斗とその母親は近所の噂話を理由に住んでいたアパートから追い出されたことがあるのだ。とはいえ、その全部が嘘だったかと言えばけしてそうではなく。

「おれのせいで、テルさんとハヤトさんが別れたのは事実だしね」

「だけど、ナオから誘ったわけじゃないだろ。声をかけてきたのはテルさんの方で」

「そうだけど、受けた時点で共犯かな」

あの界隈で「ナオ」が嫌われるのは当然だ。恋人同士にとっては敵でしかないのも。

そして、そのスタンスを選んだのは尚斗自身だ。

苦笑いした尚斗に複雑な顔をしたアヤが、短い息を吐く。

「それで、ナオはその後テルさんとは？」

「会ってないし、アプリも消したよ。こっちの情報は漏らしてないし、テルさんがいそうな場所には近づかない。万一出くわしても、今は間に入ってくれる人がいるから」

別れた相手やその恋人に絡まれると言っても、場所は同類が集まる店周辺でのことだ。付け加えれば「次」を探す必要がない今、尚斗が近づく理由もない。

「それ、ナオに次の人ができたってこと？　いつ、どこで知り合ったの。さっきの言い方だと、テルさんとの別れ話にも絡んでたりする？」

ずいと身を乗り出して言うアヤに、尚斗は苦笑した。

「成り行きと利害の一致かな。それと今までとは違って、好き嫌いなしの取り引きだから」

「何それむしろ怪しくない？」いつの呼び名教えてよ、リサーチしてみるからさ」

「心配ないない。ここだけの話だけど、そその人には長年片思いしてる人がいるとかで」

レイとの取り引きとお互いの都合について説明したのに、アヤは胡乱そうな顔になった。

「それってナオのこと馬鹿にしてない？」

「そこまでの興味もないと思うよ。今週だけで何度も会ったけど、おれに対して持ってるのは嫌い寄りの無関心ってとこかな」

「だからナオ、それでつきあうのは」

「今はおれもその方が楽なんだ。相思相愛の恋人って設定はちゃんと守ってくれてるから、それで十分かな。それよりオープンな恋人同士、っていうのが慣れなくて疲れるかも」

上辺だけと知っていても甘く構われるのは嬉しいし、時折感じる冷ややかさだって「絶対、好きにならない」証拠だと思えばむしろ安心材料でしかない。

「……ナオはさ、そろそろ決まった相手を見つけようとは思わないんだ？」

「ないなあ。どう考えても無理だし、向いてないいんじゃないかな」

真顔になったアヤの問いに、尚斗は肩を竦めた。

人には向き不向きというものがあるのだ。どうしたって、無理なものは無理でしかない。

「フリの相手で構わないってナオが言うなら、僕が恋人に立候補するよ？」

「何言ってんの。アヤは特定の相手は作らない主義だろ」

同類から蛇蝎《だかつ》の如《ごと》く嫌われている「ナオ」は、どこに行っても「ひとり」だ。その場限りの誘いをかけられることはあっても、わざわざ隣に座って世間話につきあってくれるようなもの好きはまずいない。

二年足らず前に、そうしてくれたアヤ以外には。

「前にも言ったけど、おれ、アヤとだけはそういう意味ではつきあわないよ？　世界におれとアヤのふたりだけになっても避ける。だって、それだと友達じゃいられなくなるだろ」

「ナオ、」

「でも、ありがとう。心配してくれるのも、気にかけてくれるのも嬉しい」

言いながら、自分の頬がふにゃと緩むのがわかった。

じっと尚斗を見ていたアヤが、仕方なさそうなため息をつく。

「わかった。けど、その新しい相手と何かあった時はすぐ連絡して。僕でよければ相談に乗るから、ひとりで考え込まないで」

それでも放っておけないという風情のアヤに苦笑しながら、もしかして「兄」がいたらこんなふうなのかと思う。同時に、一週間近く考えてまだ答えが出ない悩みを思い出した。

「だったらちょっと相談いいかな。明日、どこに行きたいか決めておくようにって言われてるんだけど、……実はまだ全然決まってないんだ」


朝に目を覚ました時に誰かの体温に抱き込まれている、というのはどうにも不思議だ。

枕に頭をつけたままで、尚斗はぼんやり瞬く。閉じたままのカーテン越しにもまだ暗い室内で尚斗にぴったりくっついて眠る男――レイは、まだぐっすり眠っているらしい。

「意外とつきあいがいい、っていうか」

寝入るまでは傍にいて欲しいが、寝てしまったら早々に帰って構わない。それが尚斗の「条件」で、だから目覚めた時に「ひとり」なのは当たり前だった。

なのに、この男はそれが当然とばかりにこうして朝まで一緒にいる。

(無理に一緒にいなくていいですよ。おれひとりでも、チェックアウトはできますから)

誕生日の翌朝にそう言った尚斗に、レイは「あり得ない暴挙を聞いた」ような顔をした。

(やっと手に入れた最愛の恋人を、ホテルにひとり残して帰れと?)

起こさないよう息を潜めて見つめた「恋人」の寝顔は、やっぱり見とれるほど端整だ。改めて感心して、この男の告白を何度も退けたとはどんな人なんだろうと思う。

(恋人として、大事にするさ)

(不本意だけど、アンタをあの人だと想定すればどうにかなるだろ)

「有言実行、だよね。よくやるっていうか、……続かないと思ってたけど」

昨夜もせがんで話してもらったけれど、レイの「想い人」への気持ちは相当だ。これまで聞いた内容は断片でしかないけれど、それでもレイにとってその人が「なくてはならない存在」なのは伝わってきた。

(たぶん恩人、でもあるんだよな。あの人がいたから救われたっていうかさ。今も、一緒にいるだけですんごい安心するし)

最も苦しかった時期にずっと傍にいてくれた人だ。一緒に暮らした中学三年の一年間は今のレイにとっても最大の宝物なのだと話したレイは、見ているこちらが切なくなるほど優しい目をしていた――。

それほど好きな人を尚斗に重ねようなんて、無謀としか言いようがない。どんなに頑張ったところで、かえって違和感が増すに決まっている。

「時々、ものすっごいつめたーい目でおれのこと見てるもん、なあ……」

なのに「熱愛中の恋人同士」の設定を貫くのは、レイにとっては「想い人」の望みが最優先だからだろう。

「それ、でレイ、が報われるわけじゃない、のに」

だからこそ、「そこまでの想い」をもっと詳しく訊いてみたいと思うのだ。尚斗が知らない、きっとこれからも知る機会など訪れない気持ちを、せめて断片だけでも味わってみたい。

――誕生日の翌日もこんなふうに抱きしめられたまま目を覚まして、朝食をともにした。駅近くでの別れ際には人気のない路地に連れ込まれ啄《ついば》むだけのキスとともに「また連絡する」と頬を撫でられた。

その後二度ほど夕食をともにした後にも、最後まで「家まで送る」と粘られたのだ。もちろん断ったものの、結局は駅のホームで見送られることとなった。

そして昨日、アヤと別れて合流した後に連れて行かれたのが和風創作料理の店だったのも、尚斗の好みをおよそ把握したからで。

（こういう場所の方が気楽だろ？）

誰もが「完璧な恋人」と評するはずと確信できるほど、優しく甘やかしてくれるのだ。そんなレイから唯一つけられた文句と言えば、

（アンタさ、もっと甘えろよ。あと、変に遠慮せず自分がどうしたいのか言え。俺にできることなら協力するし、叶えてやるから）

「それが、本当にすき、ってこと？――……っ」

呟いた直後、尚斗の腰にあった腕がいきなり動いた。え、と思った時には深く抱き込まれ、身体の上にずしりとした重みが乗る。

「れ、」

思わず名前を呼びかけて、けれどすぐに気づく。間近のレイの瞼《まぶた》は落ちたままで、耳につく呼吸音も深い。どうやら、まだ起きたわけではないらしい。

「……、――」

音に近い声音とともに、レイの額が尚斗の喉元に埋まる。擦りつくような仕草に猫を連想し、とはいえネコ科の猛獣の方だと改めて思った。同時に、少々困った心地になる。

例の「設定」に則《のっと》ってというのか、昨夜も結構な長時間をベッドで過ごしたのだ。「完璧な恋人」らしく、そういう時のレイはひたすら甘く優しいくせに意地が悪い。さんざんに翻弄され半泣きで懇願して、それでもまだ焦《じ》らされたあげくいつの間にか記憶が途切れている、というのがレイと「した」時の定番だ。

おまけに、と尚斗は目線を落とす。レイは素肌のままなのに尚斗だけ寝間着を着ているところからすると、どうやらまた彼に「事後のお世話」をされてしまったらしい。

(風呂?　一緒に入ったけど)

誕生日の翌朝の肌のすっきりさ加減に疑問を覚えてそろりと訊いてみたら、当然とばかりにそう言われた。そのくせレイ本人は今と同じく、何も身に着けていなかった。

(可愛い恋人の世話はしたいもんだろ。……俺？　別に面倒だしどうでもいい)

「いや、だから何でそうなるの……」

「――は？　何が」

思わず呟いたら、予想外にも返事があった。いつの間に目を覚ましたのか、少々不機嫌そうな顔をしたレイがじっとこちらを見上げている。

「お、はようございます……？」

「おはよ。相変わらず慣れないんだな、アンタ。そういうところが可愛いんだけどさ」

無防備に緩んだ顔をしたレイが、欠伸《あくび》混じりに言う。と、いきなり動いた彼に首の後ろを摑まれた。わ、と上がった声ごと呼吸を奪われて、尚斗は思わずすぐ傍の胸板に指を立てる。

「……っん、ぅ――」

唇を食《は》んだキスが、歯列を割って深くなる。容赦のないキスに無意識に逃げた腰を、きつく抱き込まれた。

「――、ンぅ……っ」

思わず声を上げた顎を、するりと動いた指に摑み直される。大きな手のひらに腰から背中を撫でられて、肌の底に残っていた昨夜の名残が再燃するのがわかった。

口に出す気はないが、レイと「する」こと自体はかなり好きだ。ああした行為を嫌う者は滅多にいないだろうけれど、相手がレイとなるとこれまでとは少々意味が違ってくる。

おそらく尚斗とレイは身体の相性が「とてもいい」のだ。こんなふうに触れられるだけで残滓《ざんし》が蠢くなんてレイが初めてだし、白状すると「最中」に泣きが入るなんてこともレイとつきあうようになってから体験した。

「ぅン、……れ、ぃ――……」

顎を摑んでいた指が、うなじを滑って肩へと落ちる。もう一方の手には腰から大腿のあたりを撫でられて、勝手に腰が小さく揺れた。

もしかして、これから「する」気だろうか。

それはそれで構わないというか、予定が確定するならむしろ大歓迎なのだが。

思考の隅で思ったのを見透かしたように、キスが離れていく。喘《あえ》ぐ唇を指で拭われる感触にどうにか瞼をこじ開けると、吐息が触れるほど近く見下ろす男と目が合った。

「やっぱ複雑怪奇ってか、わけわからないよな、アンタ」

「は、い……?」

複雑そうに言われて返答に詰まった尚斗の頬をするりと撫でて、レイは身軽く起き上がる。つられて肘をついた尚斗を、優しく引き起こしてくれた。

「加減はしたはずだけど、動ける？」

「う、……だいじょうぶ、です……」

毎度のことだが、こうも赤裸々に聞かれると非常に困る。なので俯き加減に返したら、苦笑交じりの声が落ちてきた。

「支度して、朝食行くか。で、そろそろ行き先決まった？」

「えー……その、やっぱりまだっていうか。レイに、決めてもらった方が」

「却下。決めるのは主賓」

あっさり言い切って尚斗を浴室に追い立てたレイは、もしかしたら尚斗が困っている様子を面白がって見ているのではあるまいか。

熱いシャワーを頭から浴びながら、尚斗は再び頭を悩ませる。

（明日の、予定？　え、ナオの誕生日ってこの前の月曜だったんだ？）

昨日それを相談した時、アヤは瞠目《どうもく》した後で「申し訳ない」と言いたげな顔をした。

（そういや、その手の話はしたことなかったよね。この後の約束って何時？　何かプレゼントしたいんだけど、一緒に探す時間ある？）

（いいよそんなの、今日は朝から付き合ってもらったし、服まで貰ってるんだから）

（それとこれとは話が別。今、ナオが欲しいものって何？　頼みたいことでもいいよ）

真剣な顔で言われる面はゆさに、いつになく顔が緩むのが自分でもよくわかった。

（え、と……せっかく会ったんだから、残りの時間はアヤとゆっくり話したい）

一人住まいで家族とも無縁な尚斗にとって、気軽に雑談できる相手はほとんどいない。そういう意味で、アヤとの約束は毎回楽しみにしているのだ。

（何、その殺し文句……じゃあ決まったらメッセージででも知らせてくれる？）

（それが決まらないから、今相談してるんだけど）

（彼氏の時より気楽に考えればいいよ。——で、明日のデートプランだっけ）

増えた難題に困惑した尚斗をよそに、アヤは思案顔で顎に手を当てる。

（無難なところで近場のデートスポットかな。テーマパークとか、観光地とか）

（それ言ったら本当に行きたいのかって追及された。遠慮はいらないからちゃんと考えろって）

（だったらナオが好きでよく行く場所とか、行きたいのに行きそびれてるところとか？）

顔を付き合わせて悩んだものの、結局アヤと別れるまで答えは出なかったわけだ。

「レイが決めた方が絶対早いし。失敗もないと思うんだけど、なあ……」

揃って出向いたビュッフェで、やはりというか至れり尽くせりに世話をされる。途中、お茶を取りに席を立ったレイを見送りながら、ついそんな言葉がこぼれていた。

「あのねー、きのうのくじらがねー」

すぐ近くでそんな声を上げたのは、小学生くらいの男の子だ。両親らしきふたりと同じテーブルについて、嬉しげに両手を振り回している。こんなに大きかったの、と声が続いた。

唐突さに気を引かれて耳を傾けたところ、どうやら昨日母親と水族館に行ったらしい。同行していなかったと思しき父親に、一生懸命にその大きさを説明している。

ふいに、小学校での遠足に参加できなかったことを思い出した。理由は簡単で、母親の恋人が尚斗の顔を見たいと言ったから。

(授業もないんだし、学校は休めばいいわね)

行き先が水族館だと聞いて、ずっと楽しみにしていた。自分なりにいろいろ調べて作った質問のメモは、束になっていた。

けれどどうしても行きたいと訴えた尚斗の前で、母親は欠席の連絡を入れた。

(我が儘言わないでちょうだい。水族館なんて、そのうち連れて行ってあげるわよ)

にも関わらず、その日尚斗の顔を見るなり男が発したのは「何でそんなの連れてきた?」の一言だ。結局、それきり尚斗に水族館を巡る機会は来なかった——。

「どこに行くか、そろそろ決まった?」

声に目を向けると、傍に戻ったレイが尚斗の前に湯飲みを置くところだった。

考える前に、勝手に言葉がこぼれていた。

「あの、……できれば水族館、に」

「へ? すいぞくかんって、……何でまた」

「その、昔からずっと行ってみたく、て」

尚斗の向かいに腰を下ろしたレイが、胡乱げな顔で声を低くする。

「それ、本気で言ってる?」

「無理ならいいです。ただ、その時はレイの思うようにしてもらえたらと」

今の時点で、十分な配慮をしてもらっているのだ。レイが気乗りしないものを、押し通すつもりはない。

「――……しばらくここで待てるか？」

ややあって耳に届いたため息交じりの言葉の意味が、すぐにはわからなかった。思わず首を傾げた尚斗の鼻の頭をちょんとつついて、レイは言う。

「そんな顔すんなって。それでなくとも人目引いてんのに目の毒ってか、……あー、とりあえずレンタカー借りられるかどうか訊いてくるから。声かけてくるヤツがいても相手にすんなよ。いいな、わかった？」

強い口調で言われて、反射的に頷く。よし、と頷いて離れていったレイの背中が見えなくなる頃に、ようやく彼が自分の「希望」を叶えようとしてくれているのだと知った。


レイが借りてきたのは、白くてころんとしたフォルムの車だった。

免許を持たない尚斗は、基本的に車とは無縁だ。母親も運転しない人だったため「家の車」があったことがない。辛うじて身近で接する機会があるのは滅多に乗らないタクシーと、職場の営業車だが、目の前の車はそのどちらともまるで見た目が違っている。

「もしかして、軽だと気に入らない？」

物珍しさにまじまじと見入っていたら、車を持ってきた——運転してきた人と話していたはずのレイがいつの間にか傍にいて、皮肉っぽい顔でこちらを見ていた。

「どうしても厭なら変更するけど？　ただ、その場合昼近くまで待つことになるんだよな」

「いえ、可愛いなと思って。これに乗れるんですよね。中、見てもいいです？」

「は？　え、いいけど、え？」

何故か絶句した様子のレイをよそに、尚斗は期待混じりに後部座席のドアを開ける。覗き込んだ車内は女性好みだろうパステルカラーとキャラクターで彩られていて、こんな車が世の中にはあったのかと妙に感動した。

「いやアンタ、その車でいいんだ？　文句とか異存は」

「ええと、文句……何に対して、でしょうか」

ひとしきり堪能して顔を戻すなりレイからやけに物言いたげな問いを投げられて、意味がよくわからなかった。なので素直に訊き返したら、どういうわけだか複雑怪奇な顔をされる。

「あー……ありがちなところで何でわざわざ軽なのか、とか。特定の車種以外は乗りたくないとか、ナンバーが気に入らないとか？」

「……？　レイがそう思うなら、昼まで待ちます、よ？」

「いや俺じゃなくてアンタが——……あー、んじゃ出発な。アンタは助手席に乗って」

何かを振り切るように頭を振ったレイの運転で、一般道から高速道路に乗り換える。一貫して静かな運転は、車に慣れず酔いやすい尚斗にも快適だった。

約二時間で辿りついた広い駐車場は、三分の二近くが埋まっていた。レイに促されて向かった施設の出入り口には、青を貴重とした大きな看板が掲げられている。そこに描かれているのはイルカとアザラシ、あるいはオットセイだろうか。チケット売り場近くのゲートには、すでに入場待ちの列ができていた。

開園と閉園の時刻が表記されたすぐ傍、掲げられた料金表を見上げた尚斗は予想以上の高額さに瞠目する。

「ナオ、これ」

「あ、はい……えっ」

差し出されたそれを受け取ってから、入場券だと気がついた。あの、と見上げるなり肘を取られ、列の最後尾についたかと思うと気がついた時にはゲートを抜けてしまっている。

慌ててポケットを探って、隣で案内のパンフレットを広げていたレイに紙幣を差し出した。

「は、何?」

「さっきのチケット代です。あと、レンタカーのお金も、後で精算――」

「あのさあ、今日ここに来たのはアンタの誕生祝いなの。恋人としては当然、出したいわけ」

呆れ混じりの声とともに、紙幣を握らされて返された。そのまま手を引かれて向かった先は明かりが絞られていて、青い大きな水槽が見えてくる。

「でも、ガソリン代だってあるのに」

「じゃあ割り勘代わりに質問。何で急に水族館？　アンタ、こういう場所は興味がない……ってより、むしろ嫌いなんじゃないの」

相変わらずの直球に返事に詰まって、尚斗は苦笑する。

「嫌い、ってわけじゃないですよ。単に縁がなかったというか、……あまりいい思い出がないだけ、で」

「それ、大枠で分類すると嫌いの部類だから。そんで？　困りに困って、自棄になって指定した？　……にしてはさっきはどう見ても本気っぽかったんだよなあ」

肩を竦めてこちらを見て、レイは続ける。

「ずいぶん悩んでたし、まず決まらないだろうと思ってこっちでプランは考えてたんだ。それが今朝になっていきなり、だからさ」

「す、みませ……勝手なこと、を」

「希望言えって言ったのは俺だし、責める気はないよ。だから、何で急にココがいいと思ったのか、教えて？」

どうしてレイがそこに拘《こだわ》るのかと、思った。

どれほど擬態しても結局は「設定」であって、事実があっても結局は真似事だ。だったら尚斗がどう思おうが関係ない、はずで。

なのに無視できないのは、こちらを見るレイの目に温度がないからだ。それこそネコ科の猛獣が獲物を見つけたとでもいうような。

「……小学校の遠足の行き先が水族館で、すごく楽しみだったのに参加できなかった、ことがあるんです。それで」

「そんなん就職するか、早けりゃ高校生の時にでも自力で行けたんじゃないの」

「ゲート前まで行ったことなら、あります。ただ、どうしてもその先に入れなくて」

正社員になって初めての給料を貰った日、ふと思い立って「行ってみよう」と思った。行き方はもちろん施設についても下調べをし、絶対余るくらいの資金も準備して出かけたはずが、結局はチケットを買うことすらせずにまっすぐアパートへと引き返した。

ひどく、場違いだと感じたからだ。喩えて言うなら望まれておらず許可も出ていない場所に、強引に入り込もうとしているような――自分は異分子だと突然思い知らされた、ような。

内側で蘇ったその感覚に、連鎖的に思い出したのは先日レイと一緒に食べた苺のケーキだ。

……スーパー売りの上に苺が乗ったあのケーキは、尚斗の記憶の中では初めての「誕生日ケーキ」だった。小学校に上がる前、おそらく気まぐれに母親が買ってくれた。

嬉しくて、とても美味《おい》しくて忘れられなくて、だから次の年の誕生日に思い切って強請ってみた。鏡台を見たまま「わかったわ」と返事をした母親はけれど当日は手ぶらで帰宅して、落胆顔になった尚斗に心底呆れたような表情を見せた。

（そんな顔しなくてもいいでしょ。いつか、そのうち買ってくるわよ）

「いつか・そのうち」が頭についた予定は、まず叶うことがない——誰かから聞いたその言葉通り、その約束が果たされることはなかった。

それを思い出したのがやはり正社員になって初めての誕生日で、思い切って自分で買ってみたのだ。ひとりでふたつなんて滅多にない贅沢《ぜいたく》だとわくわくしながらフォークを入れてみて、それが記憶ほど美味しくないことに落胆した。捨てるなんてあり得ないと数日かけて食べ終えたものの、最後はほとんど義務みたいに口に入れていた。

レイと一緒に食べた時は、あんなに美味しかったのに。

こうしてレイと訪れた水族館には、抵抗なく入ることができたのに——落とし気味の照明の下、どこを見ても気を引かれるのに。

「たぶん、おれはつまらない人間なんだと思います。本をよく読むのも好きだから、ではなく時間つぶしなのかも。何を見ても、していてもほとんど興味が持てませんから……もしかしたら自分だけでは何も楽しめない、のかも」

自分の口からこぼれた言葉が、妙にすとんと胸に落ちた。

一面ガラスの向こうを、大小の魚が泳いでいく。単独で悠然と、あるいは群れのかたちを変えながら水中を行く彼らの方が、もしかして尚斗よりもずっと「楽しむ」ことを知っているのではなかろうか。

……いつから「そう」だったのかは、自分でもわからない。けれど、ひとりでする食事や外出は、尚斗にとってはモノクロ映画のイメージだ。色もなく淡々と、ただそこにあるだけ。そうしているだけ。

——それが、「誰かと一緒」になると色を帯びるのだ。例えて言うならモノクロで無音だった映像が、フルカラーの音つきになる、ような。

納得したのかどうか、レイは「ふうん」とだけ言った。話の終わりを宣言するように、手の中の冊子を広げて言う。

「そんで？　アンタ、何を見に行きたい？　ここ広いからな、優先順位決めて回らないとショーとか見られないぞ」

ショーの類は、結局見に行かないことにした。

というより、それどころではなくなった、という方が正しい。

レイが選んだこの水族館は、巨細《こさい》水槽で有名なのだそうだ。照明が絞られた中、藍色に沈む水中を泳ぐ生き物はひどく幻想的で、ずっと見ていても飽きなかった。

足を止めて見入っているところをレイから「ショーの時間が近いけど」と声をかけられ、「今はいいです」と断る。それを二度ほど繰り返し、結局三度目に「水槽の方をゆっくり見たいです」と断った。何か所かでは時間も忘れてガラスにへばりつき、途中にあった売店でもじっくり商品を眺めてしまう。正直、昼食を摂《と》る時間すら惜しかった。

その様子を、レイは苦笑交じりに——けれどどこか怪訝そうに見ていた。

「アンタさ。今思ったけど、コレとよく似てるよな」

ふいに彼がそう言ったのは、ほかよりさらに薄暗いエリアに入って間もなくのことだ。その視線は、視界を占める巨大な水槽に向けられている。藍色に見える水の中、音もなくふわりふわりと浮遊する無数の半透明——つまりは海月《くらげ》だ。

返答に困って、尚斗はただ瞬いた。

レイの横顔には、見事なくらい色がない。表情があったところで本音と乖離《かいり》していることが多いとはいえ、これでは褒められているのか貶《けな》されているのか予想することもできない。

……海月に喩えられて喜ぶ人はそういない気がするから、たぶん後者だろうとは思うが。

「こうやって見ると見とれるほど綺麗なのにぐにゃぐにゃ形が変わって、どうにも摑み所がない。捕まえるのは案外簡単なのに、実際に触ると毒を持ってる」

「どく、……ですか」

「テル、だっけ？　一応はつきあってた相手なのに、ずいぶん見事に切り捨ててたよな」

「それは——約束というか、前提条件を破ったのはあちらですから」

「ああ。『絶対、好きにならない』ってヤツ?」

尻上がりの声音が揶揄《やゆ》だとは、すぐにわかった。それだけ聞けば面白がるふうなのに、ついとこちらを見る目はしんと冷えている。

「あの時のアンタは容赦がなかったよな。一応でも好意を持ってつきあってた相手から、ちゃんと恋人になろうって言われてあの反応。正直、見てて気の毒だったぞ」

「そう言われても。条件は条件ですし、約束は約束ですから」

「噂通りの毒花だって身構えてたってのに、つきあってみれば全然我が儘言わないし、高価《たか》いものを強請りもしない。むしろ食事代だのホテル代は割り勘希望だし?」

「だって、その。レイとはカムフラージュ、で」

「そこはお互いさまって結論が出てたはずなのに、未だにどっか遠慮がちだよな。今日の予定だって早々に適当な観光地の名前でも出しておけばこっちだってそういうもんだと思ったのに、アンタ本気で悩んでたろ」

言われて、尚斗は返事に窮した。ややあって、短く息を吐いて言う。

「おれの希望を真っ向から訊かれたのって、あれが初めてなんですよ」

「は? ……え? 何だソレ、うっそだろ」

「苺のケーキのことは、一度だけ言ったことがありますけど。即座に安っぽくて似合わないって却下されて、有名店の限定ケーキとかを持って来られました。……でも、おれが欲しかったのはあの苺のケーキ、で」

ひとりで食べても味気ないけれど、「誰か」と食べる甘味は好きだ。滅多にない機会だけれど、そういう時は宝物みたいに大事に食べている。

けれど尚斗が「食べたい」と思うのはいつでもあのスーパーの、苺が乗ったふたつパックだ。

「いや待て、けど有名店の限定の方が味はいいだろ」

「そう、かもしれませんけど。でも何となく敷居が高いというか」

「ナオ」の服が「尚斗」には似合わないと、思い知った時とよく似た感覚だ。問題は服やケーキにあるわけではなく、それに「足りない尚斗」にある。

自嘲気味に思った後で、ふと我に返る。――こんな陰気な話、続けたところで相手には鬱陶しいだけだ。

「ところで、レイは想い人さんとはよくこういう施設に来たりしてるんですか？」

わざと会話をすっ飛ばしたら、瞠目していたレイと目が合った。広い肩を竦めて言う。

「ガキの頃に、あっちの家族と一緒にならそれなりの年になってからはなあ……あっちの趣味は食べ歩きなんだが、こういう場所の食事は値段ばっかりで美味しくないんだとさ」

「え、でもここのお昼は美味しかった、と思いますけど」

「確かに美味《うま》かった。すぐ傍に漁場市場があるからその関係かもな」

「だったら次の週末にでも誘ってみるのはどうです？　ここ、絶対今日だけじゃ回りきれないでしょうし。レイだって、案外こういうところが好きみたいだし」

尚斗が水槽に貼りつくことができたのは、傍にいるレイも同じくらい楽しんでいるのが伝わってきたからだ。そうでなければ気持ちが萎縮して、ショーには行かないなんて我が儘は言えなかった。

「野郎ふたりでここで遊べと？」

「それ、現状そのまんまですけど。想い人さんてレイには甘いみたいだし、きっと応じてくれるんじゃないかと」

何度も告白したレイに「恋人を探せ」というのは無神経だと、最初は思った。けれどレイから聞いた限り、彼《か》の人は真正面からレイと向き合った上で――向き合ったからこそ、そう言ったのだ。

「優しい人、ですよね。ちゃんとレイのことを見て、考えてくれてるように感じます」

人は、何かに夢中になると――新たに大事だと思うものができると、それまで持っていたものを色褪《いろあ》せたように感じてしまいがちだ。どんなに大切でも、どれほど苦労して手に入れたものであっても、自分の手の中にあって当然だと思った時点で優先順位は落ちていく。

それは、けして悪いことじゃない。「大事なもの」は人それぞれで、状況により時により立場によっても変化していく。何を先にするかを決めるのは、あくまで本人だ。

何度も告白され、それを断って、それでも近しい存在でいる。それはとても難しいことだ。レイが彼の人を本気で想っているから、彼の人にとってのレイがある意味で「特別」だからこそ、「そのままの関係」でいられるのだと思う。

「……アンタさあ。何でわざわざ恋人持ち選んで相手にしてんの」

ため息まじりの声に視線を上げると、露骨に胡乱な顔をしたレイと目が合った。

「今までの相手からも、恋人との惚気を聞いてたんだよな。つきあってる相手の、二股相手との話を聞いてそうやって嬉しそうに笑ってるとか意味不明すぎて不気味なんだけど?」

「仲睦まじいカップルの話って、聞いてるだけで癒やされますよね？」

「ぜんぜん、まったく、まるっきり。しの、……ってあの人が言う分はまあ、声だけ聞くようにしてるからいいけどさ」

ぽろりとこぼれかかったのは、彼の人の名前だろうか。忌々しげで、そのくせどこか愛しげなレイの表情は、どう見ても「本物」だ。尚斗に向けられる「見た目だけ」のものとは、全然違う――。

「おれは、そういうのを聞くのが好きなんです。人それぞれってことですね」

にっこり笑顔で言い切ったら、とても胡乱そうな顔をされた。

やけに長いため息をついて、レイは尚斗に向き直る。

「そろそろ閉園近いな。土産物《みやげ》、見に行くか」

意趣返しにしたって、意地が悪すぎる。……とでも言うべきか。

「絶対わざとだよ、ねえ……?」

駅前のロータリーに突っ立ったままレイが運転する車を見送った後、ついこぼれた台詞がそれだった。

この駅から自宅に辿りつくまでは、三度の乗り換えが必要だ。そこも薄々察していたらしく、レイからは再三「家まで送る」との申し出があった。それを断固として断って現在に至るわけだが、

「どうするんだよ、コレ」

何とも言えない気分で、尚斗は両腕に抱えたそれ——小学生ほどの大きさのペンギンのぬいぐるみを眺めてみる。

二十一時前の駅周辺は煌々《こうこう》と明るく人通りも多い。「ナオ」の姿でそんなものを抱えていれば、人目が集まるのも当然だ。

「だからって、棄てられない、し。……何でわざわざプレゼント、とか」

透明のビニール袋越しにもわかるふくふくした感触に、気持ちは確かに癒やされる。それと相殺される勢いで「見られている」わけだが、それにしたって。

「おれがこれ気にしてるって、どっからバレた……？」

ひとまずはと尚斗は歩き出す。薬局へと向かいながら、水族館を出る前にもう一度寄った売店での会話を思い出した。

（それ、買うんですか。大きすぎて邪魔になったりしません……？）

（こういうのはでかい方がいいんだ。欲しがってたし、贈り物と言えば断れないだろ）

あっさり言ったレイが、迷うことなくこのペンギンを買った上に包装を断るのを聞いた時には驚いたし、同時に少々もやりともした。

尚斗自身も、気になっていたからだ。とはいえ六桁近い値段と一メートル超えの高さだけで、「自分も買う」なんて選択肢はなかった。

（コレ、アンタへの誕生日プレゼント。俺だと思って大事にしてね？）

満面の笑みでそのペンギンを押しつけられた尚斗がぽかんとしている間に、レイはとっとと運転席に戻っていた。気がついた時にはもう車はロータリーを出るところで、つまり後の祭りだったわけだ。

ひとまず目立たないようにと、薬局で買った黒いゴミ袋をペンギンの頭から被《かぶ》せて電車に乗った。乗り換えのターミナル駅でコインロッカーに預けておいた元々の服に着替えたついでに、髪を乱して眼鏡をかける。

レストルームの個室を出た自分は「大きなゴミ袋を抱えた冴えない男」そのもので、妙に安堵した。

(買った物は宅配便で送っときなよ。お泊まりデートにその荷物はないと思うよ?)

昨日のアヤの提案に、心底感謝だ。あの買い物までロッカーに詰め込んでいたら、到底全部は持ち帰れなかった。

ペンギンを抱えて目当ての路線のホームへと向かう。無事電車に乗って、ようやく安堵した——時、横顔に強い視線を感じた。

全身が緊張したが、ややあって視線はすぐに外れた。息を吐き、無意識に腕の中にいるペンギンを抱きしめて気付く。見られていたのは尚斗ではなく、コレの方かもしれない。

力を緩めてゴミ袋に額をつけた時、電子音が鳴った。どうにかスマートフォンを引っ張り出したものの、見ていたようなタイミングで音が途切れてしまう。

一瞬だけ目に入った「非通知」の文字に、知らず眉が寄るのがわかった。

息を吐いて音を消し、もう一度コートのポケットに落とす。とたんに伝わってきた震動に指先でポケットを開けてみると、明るくなった画面にあるのは先ほどと同じ三文字だ。

今週になって、毎日のように来るようになった着信だ。頻度としては日に二、三度ほどで、昨日アヤといる時もレイと合流してからも——水族館にいる間だって、当たり前のようにかかってきていた。

「絶対、番号間違えてるし。大事な相手だったらすぐに気付く、よね?」

関係ないと放置を決め込んで、尚斗はちょうど着いた駅で電車を降りた。

距離でいえばここが最寄りだが、尚斗が使う駅は他にも複数ある。遠いところだと徒歩三十分になるが、そこも含めた自宅周辺の駅近辺では絶対「ナオ」にはならないと決めていた。

「つきあう」相手と会う時は、ターミナル駅で着替えを含めた支度をして「ナオ」になってから移動する。それは尚斗なりの「最後の防御」だ。地味で冴えない「天宮尚斗」と、「ナオ」の接点は極力少ない方がいい。

「自意識過剰、かもしれないけどさ」

自宅アパート近辺の建物は築年数が長く、合間を走る路地は自転車すら引っかかるほど狭く入り組んでいる。宅配業者や郵便局員ですら迷うことがあるというその路地を、尚斗はいつも迂回《うかい》して帰宅するのだ。中には街灯が届かない暗がりもあるが、だからこそ万一尾《つ》けられても気付くことができる、はずだ。

尚斗が住むアパートは築年数が半世紀を超えて、かなり古い。その二階、階段を上がってすぐが尚斗の城だ。玄関から見渡せる四畳半の部屋の、入ってすぐ右手に申し訳程度の台所がある。トイレと風呂は共同という時点で、今時滅多にない。

玄関ドアを背中で閉じて、ようやく深い息を吐く。しゃがみ込んでゴミ袋を剝ぐと、透明なビニール越しにペンギンに睨まれた……ような気がした。

「ゴミ袋に入れたのは悪かったって。あと、おれ――ナオがここに住んでるのは内緒でよろしく。たぶん、イメージ丸潰れだからさ」

妙な後ろめたさを覚えながら、ビニール袋を剝いで奥の窓際に座らせた。それから、尚斗は急いで着替えを用意し共同の風呂へと向かう。

――スーパーのケーキなんか似合わないと言われても、尚斗にとってのそれは贅沢品だ。

制服は、気持ちの切り替えに有効だという。身につけることで気構えが変わり、自分自身の立ち位置を明確にする。自分自身が何者であるかを、「特定」することができる。

オーダーのスーツを着て、分厚い眼鏡を外して髪の毛を整える。その準備があればこそ、尚斗は「ナオ」になることができる……。

(何でわざわざ恋人持ち選んで相手にしてんの)

水族館での、レイの言葉を思い出す。

答えは簡単で、「そうしないと手に入らないものがある」からだ。それがどうしても欲しいから、尚斗はちぐはぐだと知りながら――分不相応だと知りながら、「ナオ」でいることを選んでいる。

たとえ、それを得られるのが刹那のことであっても。

……手のひらで掬《すく》った水のように、すぐにこぼれ落ちてしまうものだと知っていても。

5

「じゃあ、……行ってきます」

玄関ドアを開ける前に、つい振り返ってそんな声をかけていた。

独り暮らしの部屋だから、当然返事などない。けれど狭い部屋の奥の窓際、座布団の上にいるペンギンのぬいぐるみが、気のせいかこちらを見ているように感じた。

「えと、今日はたぶん、いつも通りだと思う、から」

早口に言って外に出て、慌て気味に玄関ドアを施錠しそそくさとアパートの敷地を出た。

愛用のマフラーに顎まで埋《うず》めて、通勤用の最寄り駅へと向かう。

自宅から会社までは、電車の乗り換えも含めて三十分ほどだ。愛用の腕時計はいつもの電車に間に合う時刻を指していて、ほっとすると同時に気恥ずかしくなった。

子どもじゃあるまいし、出かける前にぬいぐるみに声をかけるとか。思いつつ、ついついやってしまうのはきっと、あのペンギンの風貌がどことなくレイを思わせるからだ。

レイ本人が聞いたら間違いなく、微妙な顔をするだろうけれども。

――レイからあのぬいぐるみを貰って、今日で三日になる。

あの夜にアプリ通話をかけてきたレイは、昨日にも通話を寄越した。メッセージでいいのにと伝えたら、盛大に拗ねた声で言われたのだ。

（だから、アンタと俺は熱愛中の恋人同士だっての。大丈夫か、アンタ。下手したらあの人

に会わせたとたんにボロ出しそうなんだけど）

（え。会わせてもらえるんですか？）

（だからそこで喜ぶな。あと、アンタに会いたいのは俺！　明日も仕事だろ、夜は空いてる？）

空いてますと返したら、じゃあとばかりに待ち合わせ時間と場所を告げられたわけだ。念押しなのか、通話を切った後で改めてメッセージまで送られてきた。

というわけで、今日の尚斗は「ナオ」の私服とコートを会社最寄り駅のコインロッカーに預けてからの出勤となった。

「お、天宮か。おはよう、悪いが始業後すぐ行ってもいいか？　頼みたい書類があるんだ」

支所が入った階でエレベーターを降りるなり、横合いから声がかかる。慌てて向き直って、すぐさま「おはようございます」と頭を下げた。

「その、仕事の割り振りはおれには決められません、ので……申し訳ありませんが、係長に」

「わかってる。話はこっちが通すんでよろしくな」

ひらりと手を振って、その人――実は尚斗の上司と同期だという営業課長が離れていく。

先週末にひとりで残業していた時に、書類を確認しにきた人なのだ。大柄で、それに相応しく脚が長い。

あの日の書類の期限は、実は当日の営業時間内だったらしい。尚斗がそれを知ったのが週明けの一昨日《おととい》で、それと同時にあの人が去年の秋に異動してきた営業課長だと知った。何でも支所のテコ入れのため、鳴り物入りでやってきた凄腕なのだとか。

「そういう人が、何で昨日も一昨日もわざわざおれ指名で仕事持ってくるとか……」

(急だが、こちらを今日の昼までに仕上げて欲しい。——天宮くんに頼んで構わないな？

もちろん、本人に営業まで届けてもらいたい)

二日前の月曜日の午前中に部署を訪れた営業課長は、開口一番にそう言った。

直後に周囲から向けられた視線に、射殺されるかと本気で思った。渋々承諾した上司からは「どうやって取り入った」と言われ、先輩や後輩からも「点数稼ぎ」だの「賄賂でも渡したんじゃあ」などという台詞を貰った。

……ちなみにメモ書きのみでその書類を回してきた後輩からは、陰で思い切り詰られた。

(他人の仕事を奪ってまで自分の手柄にするとか、天宮センパイってやっぱりもの凄い腹黒いんですねえ)

書類そのものは早々に仕上げて営業に届けたが、初めて足を踏み入れる場所にがちがちに緊張してしまい、何をどう喋《しゃべ》ったのかも覚えていない。自席に戻ってみればいつも以上の仕事が積み上がっていて、またしてもひとりだけ残業する羽目になった。

そうして今日に至っても、やっぱり陰でひそひそとやられている。

こちらは指示された仕事を、ひたすらこなしているだけだ。付け加えれば先週末のあの時の自分はとにかく焦っていて、営業課長への対応もぶっきらぼうになっていた気がする。

正直、不興を買ったとばかり思っていたのだ。これはまた左遷に遭うのかと半ば覚悟もしていた、のだが。

「態度は普通、だし。仕事の期限にも余裕があるし、……本人不在でもちゃんと伝達して受け取り人決めてくれてるし」

昼休みに弁当と水筒を手にビルを出ながら、先ほど訪れた営業課を思い出す。

課長は不在だったが、すぐに別のスタッフが受け取って確認してくれたのだ。ちなみに昨日一昨日は在室していた課長本人が、わざわざドア口まで足を運んでくれた。

「そこまでされる理由は、ないと思うんだけど」

公園で、すでに定位置となっている花壇の縁に腰を下ろす。冬場な上に曇り空だからか、園内の人影はやや離れた滑り台の傍、に――

「っ……テル、さ……？」

反射的に、眼鏡の弦を押さえていた。自分の服装を見下ろして、ちゃんと「冴えない天宮尚斗」だということを再確認する。

水曜日の昼間に、どうしてテルがここにいるのか。浮かんだ疑問の答えを探すより先、何かを探すように周囲を見回していたテルがこちらを向いた。

弁当の包みをいじるフリをしながら、心臓が早鐘を打っていた。尻の下、煉瓦《れんが》から伝わる冷たさとは別にひやりとするものが腹の底からせり上がってくる。

「お、天宮か。ここで昼にするのか？」

不意打ちでかかった声に反射的に顔を上げると、例の営業課長がいた。昼食を買いに出たのか、コンビニエンスストアの袋を手にしている。

「あの、すみませ――えと、頼まれた書類はさっき、」

「確認させてもらった。で、休憩中に仕事の話で悪いが先方から連絡があって一部変更を頼みたいんだ。内容のメモ書きはおまえの机に置いてきたから、できれば十四時までに」

「わ、かりました。すぐ戻って修正します」

渡りに船とばかりに腰を浮かせた尚斗に、営業課長は不思議そうにする。

「そこまで急がなくても構わないぞ？」

「いえ、思ったより寒かったのでやっぱり戻ろうかと思っていたんです」

言ってそそくさと弁当を包み直すと、怪訝そうに見ていた課長が苦笑した。

「だったら道連れだな。一緒に戻るか。――……ところで訊いておきたかったんだが、今週の書類はきみがイチから仕上げたんだな？」

成り行き上、並んで公園を出て歩き出してすぐに思いついたように課長が言う。

「は、い。あの、もしかして不備や間違いが」

「それはないよ。それで、先週末のあの書類なんだがきみが頼まれたのはいつだった？」

不意打ちの問いに、咄嗟に返答に詰まる。それでも辛うじて声を絞った。

「……っ、すみません。提出が遅れてご迷惑を」

「責めているわけじゃなく、単純に不思議だと思ってね。今週明けに頼んだ書類は期限前に丁寧に、ミスなしで仕上げてきたのに先週末のアレは連絡もなく期限切れだったろう？」

「それ、は……その、」

「きみの名前で提出された書類はミスや確認不足が多い上、明らかに別人の作り方や文章が混じっていたと聞く。が、昨日一昨日提出分には不思議とそんな箇所が見当たらなくてね」

声音は穏やかだけれど、静かな圧がある。観念するしかないと奥歯を噛んで、尚斗はそろりと口を開く。

「あの書類をおれが受け取ったのは当日の残業中、です。期限は、付箋で知りました」

「なるほど」

頷いた課長が指で顎を撫でた時、ちょうどビルの前に着いた。さりげなく見渡した周囲にテルの姿はなく、とたんに肩から力が抜ける。そこで、別の声が課長を呼ぶのが聞こえた。

振り返った課長が、声の主に挨拶《あいさつ》を返す。立ち竦んでいた尚斗にさりげなく先に行くよう促してくれた。課長と、おそらく来客だろう人に会釈をして、尚斗は急いでエレベーターに乗り込む。狭い箱の中、ついぐったりと壁に凭れてしまった。

「何で、……テルさんが、あんなとこに」

オフィス街のど真ん中にあるあの公園を、この時刻に訪れる人はそう多くない。たまに親子連れを見るものの、多くは休憩中の会社員だ。

あそこでテルを見たのは初めてだけれど、それを偶然で片づけてもいいものか。

落ち着かない気分で部署に戻ると、今日の電話番になっている後輩が退屈そうな顔でスマートフォンをいじっていた。尚斗を見るなり、顔を顰めて言う。

「うっわ、もう戻ってきやがった……って天宮サン、もう外出しませんよね？　だったら電話番頼みます。どうせ暇なんだし、いくら何でもその程度ならできますよねえ？」

「え、……いやでもおれには絶対無理だから電話番はするなって、係長からきつく」

「そんなもん、黙ってりゃいいんですよ。どうせ電話なんか滅多にかかってこないんだし。じゃ、オレ忙しいんで」

言い捨てた後輩が出て行ってしまえば、部署にいるのは尚斗だけだ。あの後輩に限らず、部署の人がいる前で自作弁当を広げるのは避けたかったので正直安堵した。

急いで食べ終えた弁当箱を片づけてみれば、昼前には数枚しかなかった書類が分厚い束になっていた。それは毎度のこととして、肝心の営業課長のメモが見当たらない。上から順に丁寧にめくっていくと、中ほどにあった営業とは無関係の書類にクリップで留めてあった。

そのメモを確認し、すぐさまディスプレイに向かったのはもちろん逃避だ。

もちろん偶然に決まっている。あれだけ用心してきたのだから自宅バレなどあり得ないし、職場に至っては論外のはずだ――。

「あの！　すみません。さっきの資料の件なんですけどっ」

「え、あ、うわ、はははいっ⁉」

唐突にかかった声に驚いて、手元のキーボードがエラー音を立てる。狼狽《うろた》えながら振り返ると、そこには見覚えのある女子社員がいた。尚斗と目が合うなり、思い詰めたようだった表情が不穏なものに変わる。

「あの、武藤《むとう》さん、は」

「……出かけてます、けど。あの、何か」

「出かけって——嘘でしょ、あれだけ急いでって……他に誰かいないの⁉」

「あ、あの！　おれ、でよければっ」

「本当っ？　じゃあお願い、ええと書類の下書きは、」

駆け寄ってきた彼女が、武藤のデスクの上を探している。予感を覚えて自分のデスクに積み上がっていた書類を崩してみると、たった今、彼女が口にしたタイトルが目に入った。

「あのっ、これで間違いないですか⁉」

「それ！　超特急で急いでほしいの、午後イチでコレがないととんでもないことに——」

鬼気迫る勢いで言われてざっと眺めてみれば、それは今日の午後から予定されている遠隔会議用のプレゼンテーション資料で、それこそ音を立てて血の気が引く。

「すみません、すぐやります五分だけいただけますかっ」

「ご、ふん？　て、え、でも」

「申し訳ないです、おれ仕事が遅いんでどうしてもそのくらいはかかります。代わりに送り先を指定いただければ仕上がり次第即データ送りますし、印刷も転送しますから」

「あ、……はい。じゃあ、お願い、します……？」

先ほどまでの勢いはどこへ行ったのか、彼女の声は空気が抜けかかった風船のようだ。ちらりとそう思って、すぐに尚斗はその思考を振り払う。途中だった営業資料を画面上で保存し、新しく文書を作るべくソフトを立ち上げた。


「何があった？」

二日ぶりに会ったレイがそう言ったのは、比較的敷居が低めの和食屋にて食後のデザートを待っている時だった。

素できょとんとして、尚斗は向かいの席に座る男を見返した。

久しぶりに残業せずにすんだ上に着替えを用意してきた今日、尚斗が待ち合わせ場所に着いたのは約束の十五分前だ。その十分後にやってきたレイは相変わらずのスーツ姿で、アヤが選んだ私服にコートの自分に「これでよかったのか」と少々怯んだ。

（似合ってるけど、この前ともまた雰囲気が違うな。その服、アンタが自分で選んだ？）

（えと、友達、に頼んで……）

（もしかして、土曜に会った友達？　何だよそれ、私服だったら俺が選びたかったのに）

肯定したとたんレイに拗ね顔をされるという予想外はあったものの、幸い周囲から胡乱な目で見られることはなかった。鏡で確かめた限り、レイの横にいると「激しく不釣り合い」とまではいかなかったはず、なのだが。

「何かって、あの……おれ、何か失敗してますか」

「そうじゃなくて、アンタの顔。いつになく心細げに見えるんだけど？」

「えっ」

予想外の言葉に、思わず自分の頬を押さえてみる。そのままぺたぺた触っていると、レイが呆れ気味に――けれどひどく優しい顔でこちらを見て言った。

「自分で顔触ったところでわかるわけないだろ。……で？　何があったんだよ」

「何って、特には、何も」

「そんな顔してそれが通じるとでも？」

ぴんと来ずに、「はあ」と首を傾げてしまった。

「ナオ」でいる時によく「人形みたいな」と表現される尚斗が、幼い頃から今に至るまで言われ続けている言葉は「何を考えているかわからない」だ。未だ職場で「表情がなくて陰気」と評されていることを思えば、そんなはずはないのだが。

「自覚がないのかよ。……あー、アンタそういうとこ、とことん鈍かったよなあ」

あっさり言ったレイが、ちょうど運ばれてきたデザートを尚斗の方に滑らせる。結果、あんみつと葛餅が尚斗の前に並ぶこととなった。

「俺はいらないから、アンタが食べて」

「えと、ありがたくいただきます？」

実はこれもここ最近の恒例だ。レイ自身は「食べられるが別に好きでもない」と知っているので毎回素直に受け取っている、のだが。

「何笑ってんのアンタ。そんなに甘いのが嬉しい？」

「や、そうじゃなくて……おれ、そんなに甘い物好きに見えます？」

「実際に好きだろ。ふつーに食事してる時と全然顔違うんだけど、自覚ないんだ？」

デザートを食べ終えたタイミングで言われて、「そうなのか」と思った。納得して頷いていると、何かに気づいたようにレイが言う。

「もしかして、誰かから似たようなこと言われた？」

「言われた、と言いますか。今日、たまたま職場の人からお菓子を貰うことになって」

昼休みに会議用プレゼン資料の件で駆け込んできた彼女が、帰り際に声をかけてきたのだ。あの時超特急で作った資料で無事会議を終えたと聞かされて心底安堵したところに、個別包装のマドレーヌを差し出された。

（本当に助かったわーありがとうね。これ、貰い物だから失礼かもだけど）

思いがけなさにわたわたしていたら「もしかして嫌い？」と気遣われて、反射的に「いえ好きですっ」と即答してしまったわけだ。それもこれもきっと、こんなふうにレイと甘いものを食べる機会が増えていたからに違いなく。

「……何、俺以外に餌付けされてんの。凄くムカつくんだけど」

「餌付けって言い方はちょっと」

「論点が違う。ついでに何でその話で急に可愛くなるかな」

「可愛い、ですか」

言われ慣れない形容に、思わず首を傾げていた。そんな尚斗を、レイはここ最近になって見せるようになったやけに切なげな顔で見つめてくる。

「このまんま帰すのは惜しいんだよなあ……アンタ今夜の予定――は、俺が駄目なのか。すんごく抱きたい気分なんだけど」

大仰なため息をついたレイに、促されて席を立った。どっちが払うかという毎度の攻防の果て、いつも通りレイが二人分の支払いをすませて店を出る。

今回の和食屋は、駅から少し離れた住宅街寄りにある。歩いて十分ほどの距離を肩を並べているうち、ふと先ほどのレイの言葉の意味に気がついた。

「今夜って、もしかして想い人さんと約束？」

「――前から思ってたけどさ。アンタ、何でそういうところだけ聡《さと》いんだよ」

「レイがわかりやすいんだと思いますけど。駄目って言いながら嬉しそうだし、すごく目が優しくなってるし」

尚斗を見る時は大抵冷えている目の色が、柔らかく綻《ほころ》ぶ。それは、冷たい人工物に生命が吹き込まれ、体温が宿ったような変化だ。陳腐な言い方をすれば、モノクロがカラーになったかのような。

「……それを自分のことみたいに喜ぶアンタはもっと謎なんだが？」

「幸せなカップルを見るのが、おれの最大の趣味なので」

「アンタねえ」

ため息をつくレイを微笑《ほほえ》ましく見上げていたら、いきなり後ろ頭を摑まれ肩ごと引っ張られた。気がついた時にはブロック塀に背中ごと押しつけられ、深く呼吸を奪われている。

「れ、……っん、」

必死で確認してみれば、ここはどうやら先ほどの通りからの横道だ。ほんの一メートル先、辛うじて街灯が照らしているのは民家らしい垣根で、一応は人目を避けたのだと知る。

「――……にゃ、……っだから、こんなとこ、で」

けれど、通りはすぐそこだ。いつ人が通りがかるかと思うだけでひやりとして、尚斗は広い胸を押し返す。と、その手首を左右とも摑まれ顔の横の壁へと貼り付けられた。

「ん？　足りないから仕方ないよな。二日ぶりなんだし、補充しておかないと」

「れい、……っぅ」

いったん離れていった唇が、耳朶を齧った後でまたしても呼吸を塞ぐ。たった今、歯を立てられたばかりの耳朶を指先で弄られて、尚斗はこぼれそうになった声を必死で飲み込んだ。

「あー、どうしよ。今すぐアンタとしたくなった」

「……却、下。そ、れも条件違反――それに、本意じゃない、ですよね……？」

至近距離で尚斗を見下ろす目にはいかにも面白がっている色があって、けれど彼がたった今口にしたような艶めいた気配など欠片もない。

「アンタ、そこは可愛く『自分も』とか言うところだろ」

「あ、いにくく、そういう場面じゃない、ことくらいわかります、から……ちょ、レイ、いい加減、――ン、……っ」

言葉の合間に続くキスは、短いのに舌先が深く絡む。尚斗の手首を固定していたはずの長い指が、思わせぶりに耳朶やうなじを撫でていく。

きつく抱かれたままの腰にぐいと押しつけられたのはレイ自身の身体で、――ベッドの中にいる時のようにぴったりとくっつかれて目眩《めまい》がした。

「だ、……から、駄目です、って――」

辛うじて動いた腕で、レイの胸板を押す。と、うなじのあたりにキスをした彼に囁くように言われた。

「アンタ、条件が絡むと本気で強情になるよなあ……そこもまあ可愛いんだけどさ。じゃあ譲歩する、これ以上訊かないから今日こそ家まで送らせて？」

甘く強請るように言われて、意図せず腰が小さく跳ねた。ぞわりと背すじを這《は》い上がってくる感覚を押し殺し、尚斗はあえてにっこり笑ってみせる。

「駄目です。っていうか、絶対お断りです」

「お断りってアンタ、こっちは心配してるんだけど？」

「それは感謝します、でも駄目です」

拗ね顔で言うレイに断固として言い切ったら、無言での睨み合いになった。ややあって、レイの方が先に息を吐く。

「……降参。でも、アンタも忘れるなよな。今の俺はアンタの恋人だってこと」

その後はやっぱりの押し問答の末、辿り着いた駅のホームでレイと別れることになった。

ホームに立つレイの姿が視界から消えるのを見届けて、尚斗は電車の中で息を吐く。同時に周囲からの視線を感じて、あえて鏡になった窓ガラスに向き直った。

自意識過剰になっているのが、自分でもよくわかった。

「あ、んなとこでキス、とか…」

（アンタも忘れるなよな。今の俺は、アンタの恋人だってこと）

路地裏で吸い付かれた箇所に残る痺《しび》れを、妙に意識する。身体の内側に灯った熱を逃がすようにガラス窓に額をつけたものの、ほとんど効果はなかった。

火照ったままの頬を持て余しながら、目的のターミナル駅で降りて構内のコインロッカーへと向かう。着替えが入ったバッグを出そうとして、刺すような視線を感じた。思わず顔を上げ周囲を見渡したものの、目につくのは雑踏ばかりだ。

唐突に、昼休みに公園で見かけたテルの姿を思い出した。

あれは偶然のはずと、何度も思ったことを考える。今日の退社の時にも繰り返し、周囲を確認した。それらしい姿がなかったからこそ、レイとの約束に出向いたのだ。

……なのに外れない視線に、理屈ではなく身体の芯がぞくりとした。

引っ張り出したバッグを肩にかけ、いつも着替えに使っているレストルームの前を行き過ぎる。改札口からホームへと急ぎ、締まりかけたドアから電車に飛び乗った。

電車が動き出した振動に任せて、背後のドアに凭れかかる。耳に入った駆け込み乗車を咎めるアナウンスが自分へのものだと、承知の上でむしろ安堵した。乗り継ぎを調べようとスマートフォンを引っ張り出して、……文字通り呼吸が止まった。

通知が複数入っているのは、いい。うち十件がこの端末への不在着信なのも、良しとする。けれど、新着にあるこのメッセージは何なのか。

――安心して？　オレはずっと傍にいるよ。ナオの気持ちが落ち……

新着表示には文字数制限があって、送られたすべてが出るとは限らないらしい。途切れたその右端、「四件」とある文字に尚斗はぐっと奥歯を嚙む。

その左横にあるアプリのアイコンには、見覚えがある。携帯電話会社から届く——いわゆるＳＭＳと呼ばれるものだ。タップするなり、四件の新着メッセージが表示される。

——その服どうしたの。色もデザインも、ナオには似合わないよ。

——あの男に着るよう脅迫されたんだな。可哀相に。

——待たせてごめん。ハヤトの件、やっとケリがついたから。

「て、るさ——……」

無意識に自分の口を手で覆って、尚斗は何度も息を吞《の》む。最後の最後、新着で表示されていた内容の続きを目にして、今度こそ目眩がした。

——安心して？　オレはずっと傍にいるよ。ナオの気持ちが落ち着くまで見てるからね。

コートを羽織った肩口に冷えを感じて、尚斗は小さく身震いをした。直後、後ろから背中を大きく押される。蹈鞴を踏んで辛うじて踏みとどまった先、一メートルほどの距離にあった電車のドアが音を立てて閉じた。そのドアの向こう、たった今駆け込んでいった中年男性が安堵した様子で凭れかかる——のが目に入ったのも数秒で、すぐに電車ごとその姿は見えなくなる。

「……、――」

もう一度息を吐いて、ふと思う。……自分は今、どこにいるのか。

見回したホームに人影はほとんどなく、電光掲示板の時刻は二十三時を回っている。その表示と、その後で目についた駅名の看板に言葉を失った。

レイと別れた後、着替えと乗り換えのために降りた駅だ。おまけに、あれから二時間余りも経っている。

少なくとも三度は乗り換えをした、はずだ。うち一度は地上に出て、路線として繋がっていない駅まで歩いて移動もした。

握っていたスマートフォンの画面ロックを、そっと解除する。新着を表示して、ずんと胸が重くなった。

――夜遊びは感心しないな。早く帰らないとお……

途切れたメッセージの右端にある六件との文字を読み取って画面を消し、ようやく状況を把握した。

テルは、このスマートフォンのナンバーを知っているのだ。それなら先週から続く非通知での着信も、テルからである可能性が高い。

「ど、うやって……」

画面は常にロックしているし、「つきあう」人と会っている時の尚斗はまずスマートフォンを開かない。唯一チャンスがあるとしたら尚斗が眠った後だけれど、いつの間に――いったいいつから。もしかして、今この時にも？

ぞっとして、もう一度周囲を見回した。

見られている可能性があるなら、「尚斗」には戻れない。つまり、自宅には帰れない。

途方に暮れた時、いきなり電子音が鳴った。通信アプリの着信で、画面には「レイ」の二文字が表示されている。

かじかむ指で通話ボタンをタップして、尚斗はスマートフォンを耳に当てる。

『ナオ？　もう帰ってるよな、今は家？』

「えと、無事ですよ。何かありました、か……？」

毎度のことながら嘘がつけずに、尚斗はどうにか言葉を絞る。

『いや、様子がおかしかったのが気になったのと――……』

レイの声が、電車到着のアナウンスにかき消される。続いて鳴り出したベルの音に、慌ててスマートフォンを手のひらでくるんだ。直後、轟音《ごうおん》とともに電車がホームに入ってくる。

「すみません、音が」

切られてしまったかと、ひどく心細くなった。スマートフォンをきつく握りしめて、尚斗は音が途切れるのを待つ。

『――……アンタ、今どこにいんの？』

耳に当てたスマートフォンから、いつになく低いレイの声が聞こえたのはホームから出て行った電車の立てる轟音が余韻になった頃だ。

「え、……どこって、あの」

『何番ホームにいるのかって訊いてんの。何で今頃、その駅にいるんだよ』

不機嫌そのものの声に返事に詰まったら、さらに低くなった声に追及されてホームの番号まで白状する羽目になった。

『わかった、アンタはそこにいろ。いいか、一歩も動くなよ』

突きつけるような言葉を最後に、いきなり通話が切れた。

切り替わった画面に表示された時刻を目にして、いきなり思考がクリアになる。

「今日はホテルを取るしか……あと、ナオになるのはしばらくやめに、して。レイに会うのもなし、で……一緒にいるの、見られてた、みたいだし」

ふと湧き起こった胸の痛みを無視して、スマートフォンで近辺のホテルを検索する。なるべく安くと画面をスクロールしながら息を吐いた時、

「ナオっ」

「れい、……え？　なん、で」

いきなりの声に弾かれたように顔を上げると、何故か目の前にレイがいた。よほど慌てて

いるのか、この寒いのにコートの前は開いたままだ。

「あーもうやっぱりそんな顔してるしっ」

顰めっ面の彼に肘を摑まれ、半ば引きずられるように歩き出す。その様子が目についたのだろう、まばらだったホームの人影が一斉にこちらを見るのがわかった。

「あの、レイこれじゃ目立つ――」

「は？　そんなんどうでもいいし」

振り返りもしないレイに続いて自動改札口を過ぎると、向かう先は地上へと続く階段だ。冷え切った夜の中、まだ煌々と明るいロータリーの横を過ぎた先の有料駐車場に行き着いたかと思うと、一角に停《と》まっていた車の助手席に押し込まれた。

「あの、レイ」

「そんで？　何があった。どこで、誰に追い回された？　前の男のテルだっけ、そいつか」

運転席に乗り込んだレイに詰め寄る勢いで言われて、咄嗟に返答に詰まった。とたんに息を吐いた彼に呆れ顔で見られて、ようやくそれが肯定になっていたと気づく。

「何で俺に連絡しなかった？」

こちらを見据えるレイの声は、低くて強い。駐車場所が看板のすぐ傍だったためか車内は明るくて、表情まではっきり見て取れた。

「……出くわしたわけでも、追い回されたわけでも、ないんです。ただ、スマホにメッセージが来ただけ、で」

「メッセージ？」

胡乱な顔になったレイに、スマートフォンの画面を向ける。

テルのメッセージを一読した彼が、顔を歪めるのがわかった。

「俺といるのも見られた、と。だったらなおさら連絡しろよ」

「ええと、……驚いたんです。ナンバーとか教えてもいないのに何で、って。あと、どこから見られてると思うと落ち着かなく、て」

たぶん撒《ま》くつもりで行動したはずと説明したら、今度こそ呆れ返った顔をされた。

「アンタ、そういうの慣れてるんじゃなかったっけ」

「特定の場所で、絡まれるのであれば。教えてもいないナンバーに連絡が来たり、帰り道を探られたのは初めてです。あと、偶然……だと思うんですけど、今日の昼に職場近くでテルさんを見かけていて」

「職場の近く？　アンタの？」

「はい。幸いにもテルさんがおれに気付いた様子はありませんでしたけど」

「そこ、アンタがどうしても行かなきゃならない場所？」

「今後は行きません。というより、就業時間内は職場から出ないつもりです。あと、……当分、レイにも会わない方がいいかと」

尚斗の言葉に一拍黙ったレイが、ややあって短く息を吐く。

「何か他にあるんじゃないの。ＳＭＳが来るなら電話とか」

「非通知の電話、なら。ただ日に数件ですしずっと間違い電話かと思ってて……でも、こうなるとテルさんからかもしれない、とは」

事実確認をして、改めてぞっとした。俯き加減でコートの裾を掴んでいると、ふと頬に馴染んだ体温が触れてくる。見れば、運転席から身を乗り出したレイが近く顔を寄せていた。

「アンタさあ、何がそんなに怖いんだ？」

「え、……」

「絡まれるのには慣れてるし、過去にはそれなりに解決してきてもいる。今日は実際に追い回されたわけじゃなく、ＳＭＳが来てどっかで見られたってわかっただけだ。なのに、そこまで怖がるのってさ」

指摘に言葉を失って、尚斗は視線を彷徨《さまよ》わせる。

ややあって、レイが息を吐くのが聞こえた。

「……で？　俺に連絡する気がなかったアンタは、この後どうする気だったんだよ」

「ホテル、を予約しようかと。その、出入り口が複数あって、宿泊客以外は客室フロアに立ち入り禁止、の……それで、明日未明にチェックアウトすれば」

真冬の未明に戸外で待ち構えようとはそうそう考えないだろうし、もしそうされたとしても出入り口が複数あれば遭遇する確率は下がる。そこに「尚斗」の姿で出ていけば、見られたとしても「見つかる」可能性は低い。

最後の「尚斗」云々を除外してぼそぼそ続けたら、語尾に重なるように長いため息を吐かれた。びくびくしながら目だけを上げてみると、渋面になったレイと視線がぶつかる。

「身内で助けてくれそうなヤツは？　あと、この前服を見立ててくれた友達とかは」

「身内はいません。友達、には個人的なことで、迷惑はかけられません」

「つまり、アンタはどうあっても自分以外を頼る気はなかったわけだ。ついでに、何が何でも自宅は知られたくないと。テルってヤツは当然として俺にも、その大事な友達にも？」

「それが、前提条件ですから」

「友達にまでソレなのかよ。何でそういうとこだけ頑固っていうか……あー、わかった。でもホテル行きは禁止な」

困ったような声音の前半にほっとして、けれど後半で眉を寄せていた。「でも」と言いかけた尚斗の頬を指で摘まむようにして、レイは言う。

「どこのホテルに泊まろうが、電車バスタクシー徒歩で移動だとあとを尾けられるぞ。下手すると相手までチェックインしてきて、未明にフロント前でアンタを待ち構えてるかもな」

「それ、は……でも」

「出入り口が複数ったって、見つからない保証はないんだ。知らない間に追い掛けられて職場がバレたりしたら、家バレ以上にまずいんじゃないのか」

指摘された可能性に、ぞっと背すじが冷えた。

「それ、ならどこかのファストフード店、にでも。二十四時間営業なら、」

「アンタさあ、それ、自分から袋小路に突っ込むようなもんだと思わないか？」

拗ねたような声音とともに、容赦なく頬を抓《つね》られた。

尚斗が痛みに顔を顰めたとたんに手を放したレイが、間髪を容れず車のエンジンをかける。

え、と思った時にはもう、車は動き出していた。

「え、ちょ、レイっ」

「この場合、熱愛中の恋人に頼るのが普通だろ。なのに会うのをやめるって何。確か、アンタが前の相手絡みで揉めた時に俺が防波堤やるって条件もあったはずだよなあ？」

「それは、あくまでいつもの店界隈限定のことで……それにあのメッセージ内容だと、もしかしたらレイにも何か影響が」

「俺も当事者なんだから影響があって当たり前だろ。第一、可愛くて綺麗で大事な恋人が前の男に付きまとわれて怖がってるのを知ってて放置できるか」

「だ、けどああなった時の相手には理屈も常識も通じないことが多くて」

「そういう相手に、口下手で遠慮しかしないアンタをひとりでぶつけてどうすんだよ」

話す間に料金の精算を終えたレイが車を出し、大通りに合流する。それを目の当たりにして、悲鳴みたいな声が出た。

「で、も！　それはおれの自業自得で、レイには直接関係ないことでっ」

「はいはい。それはそうと、アンタの職場って持ち帰り仕事とかある？　あと、どうしても家に帰らなきゃならない理由とか」

「レイ、」

「いいから返事。しないんだったら全部俺の好きにするぞ」

さらに低くなった声に気圧《けお》されて、反論が喉に詰まった。

「持ち帰り仕事、は……おれは個人的に禁止されているので、ありません。家については一応の貴重品があるのと、出勤用のスーツや着替えが」

「それ、今から取りに行くのと明日未明に出るのとどっちがいい？　俺としては、このままアンタの家の近くまで行きたいんだけど」

「――は、い？」

「アンタ、今日からしばらく俺んとこに居候な」

「え」

世界中の誰にも判読不能な宇宙語を、聞かされたような気がした。もしかして「居候」には自分の知らない意味があったのかと真剣に悩んでいると、当然のようにレイは言う。

「この状況で、可愛くて大事な恋人を一人住まいのまま放置する気はないんでね」

「待、ってくださ、それは条件違反――」

「事実として、熱愛中の大事な恋人として扱う。それも条件のうちだったよな？」

「でも」

「アンタの住所本名勤務先を聞き出す気はないし、探るつもりもない。あと、俺が住んでるアパートはこの春が更新で、でも手狭なんで引っ越す予定。ぼちぼち始めてた荷造り分をどっかに預ければ狭いなりにスペースは空くし、こっちの情報も極力移動して目につかないようにできる。あと、次の引っ越し先はもちろんアンタには秘密だ」

事務的に言いながら、レイはちらりとこちらに目を向ける。

「自業自得云々はともかく。アンタがアンタなりにスジを通してきてるのも知ってる。どっちにしても最後はアンタがどうにかするしかないんだから、今は多少俺の力を借りたっていいんじゃないのか」

「レイ、」

そう言うレイは、すっかり決めてしまった顔をしていた。きっと、何を言っても聞いてはくれない。その証拠に、ちらりとこちらに目をやって当然のように言った。

「もう遅いから急ぐぞ。とりあえず、どこの駅に行けばいいんだ？」

6

日常の朝に「自分以外の誰かがいる」のは、どうにも慣れなくて不思議だ。

「へえ、今朝は魚なんだ」

まだ使い慣れないキッチンに立って朝食の準備をしていたら、いきなりの声とともに背後から腰を抱かれた。

ぎょっとして、危うく焼きかけの鮭ごとフライパンを落としそうになった。

「……っ。お、はようございます。あの、いきなりつまみ食いは、ちょっと」

辛うじて鮭を死守した尚斗をよそに、レイが楽しげに咀嚼しているのは弁当用に作って冷ましていたアスパラのベーコン巻きだ。とはいえこちらはほぼレイ用なので、詰める際に自分のを減らせばいいだけなのだが。

「いい味……アンタ、本気で料理が得意なんだなー。その顔で家事も得意とか、意外すぎるけどいい嫁になれそうだよな」

「おれは男なので嫁にはなれません。あと家事炊事は得意なのではなく、必要に迫られて覚えただけです。最後にですけど、おれ何度も言いましたよね？　料理中は火や包丁を使っていて危ないので近づかないでくださいって」

「厭だ。見てると面白いし」

即答したレイが、語尾と合わせるように尚斗の肩に顎を乗せてくる。耳元に押し当てられた感触はレイの唇に違いなく、思わず首を竦めていた。無意識に身動《みじろ》いだ腰に回った腕にわずかに力が籠もるのを感じて、何となく駄々を捏《こ》ねる子どもを連想する。

「面白いと思うなら、レイもやってみたらどうです？　特に料理なんて化学の実験だと思えば結構楽しいかもしれませんよ」

「フライパンと鍋焦がして野菜肉全滅させた前科があるんでもう懲りた。あと、面白いのは料理そのものじゃなくて料理してるアンタだから」

「レイ……」

その言い方は、何やら見世物にされているようでちょっと厭なのだが。ため息を吐きつつ、尚斗は腰を抱く男の腕を軽く叩く。

「見るのは構いませんけど、腕を離して顎も乗せないでください。このままだと絶対、どちらかが怪我か火傷《やけど》をします」

「えー」

ぶうぶうと文句を言いながら離れていったレイが、こうして尚斗の料理を眺めるのは恒例だ。夕食の支度には間に合わないことが多いせいか、朝は必ず近くで眺めている。

寝間着に寝癖つきの髪という、とても気の抜けた恰好で。

「そろそろ朝食にするので、レイは出勤の支度をしてください。でないと遅刻します」

「はいはい」

レイのアパートのキッチンは、単身用らしく狭い。その調理台で二人分の弁当を冷ましながら、手早く朝食をセッティングした。不承不承離れていったレイは、それでも尚斗が朝食を奥の部屋に運んでいった時にはネクタイを締め、上着とコートを羽織りさえすればすぐ出かけられる恰好になっている。

「そういえば、アンタ今日は残業あり？」

折り畳み式のローテーブルの上、マグカップに入れた味噌汁を飲みながら訊いてきたレイに、尚斗は鮭の身を割りながら首を傾げた。

「今の時点では何とも。レイは通常通り？」

「その予定。帰り際に連絡する。アンタも残業確定したら連絡よろしく」

消化に悪いだろうと言いたくなるスピードで朝食を平らげたレイが、上着とコートを羽織る。それを横目にキッチンに向かい、弁当の蓋《ふた》を閉じてランチバッグに入れた。玄関先に立って、尚斗は靴を履いた彼にそれを差し出す。

「ん、ありがとう」

「あの、……もしかして、お弁当の件で誤解とかされてない、ですか？」

ここ数日気になっていた問いをぶつけると、レイはきょとんと首を傾げた。

「誤解って、何を」

「その、彼女が作ったとか何とか」

これまでのレイの食生活はほぼ外食か弁当で、ここのキッチンではカップラーメン用の湯を沸かす程度だったと聞く。それが、唐突に連日手作り弁当を持参するようになったのでは、どうしたって目につくに決まっている。

「確かに言われてるっぽいけど、それは誤解じゃないし？」

「じゃない、ってレイ」

「アンタは俺の可愛い大事な恋人だろ。あと、コレは最近の俺の楽しみなんで他人の噂程度でやめるのは禁止」

ランチバッグを軽く掲げたかと思うと、空いていた方の腕でいきなり尚斗の後ろ首を摑んできた。あ、と思った時には翻るようなキスをされて、少々不機嫌そうな顔で言われる。

「アンタこそ、職場で餌付けされてんじゃねえぞ」

「えづけ、って」

「ここんとこ、職場で貰ったって連日菓子持ち帰ってるだろうが。あと、話しかけてくるヤツが増えたとか」

「それは――あの、えと、おれにもどういうことか、よく」

「どういうって、そりゃアンタのその可愛いとこがバレてきてんだろ。とにかく俺以外のヤッに隙は見せるなよ。ちゃんと心得といて」

作ったような顰めっ面で、今度は触れるだけのキスをされた。その後は、尚斗の返事どころか反応を見ることもせず、「やば、」の声だけ残して出ていってしまう。

金属ドアが、小さく音を立てて閉じる。それを耳にすると同時に、尚斗はその場にしゃがみ込んでしまっていた。

「だ、から……きゃっかんてきじじつとかいってもやりすぎ、」

尚斗がレイの部屋で同居という名の居候をするようになって、今日で十日目になる。

(とりあえず、どこの駅に行けばいいんだ?)

あの後、尚斗は自宅アパート沿線のターミナル駅まで車で送られることになった。

(俺はここで待ってるから、アンタは荷造りしてタクシーでここまで来て。テルってヤツの件が収まるまで、帰らないつもりで準備して)

メッセージの中身を思えば自宅との行き来を複数回にするのは悪手だと、彼は断言した。

(俺の車を追ってきたのはいなかったはず。けど、もしどっかで視線感じたりヤバいメッセージが来たら、その時点で帰るのは諦めてここに引き返すか、駅から離れてたらタクシー拾って。どっちにしても、即俺に連絡すること。OK?)

(タクシーって、そんな贅沢……)

(あんだけ怖がっててよく言う……っていうより俺が気になるんだよ。タクシー代くらい俺

が出すから、とにかくそうして。あと、俺は日付が変わろうが夜が明けようがアンタが戻るまでここから動かないんで）

（それは、でも）

（今言った方法が気に入らないなら、無理やり吐かせてでもアンタの家まで車で乗り付けるけどその方がいいんだ？）

とても怖い笑みで言われて、頷くしかなくなった。

幸いにして電車を待っている間も車内でも、自宅アパートに最も近い駅から歩く間にも「即連絡」という事態にはならなかった。帰宅するなり作った荷物を抱えて例の迷路めいた路地を抜け、タクシーに乗ってターミナル駅でレイと合流し、尚斗はこの部屋にやってきた。

（あの、やっぱり迷惑……）

なのに、実際にアパートを目にするなりやっぱり怯んだ。呆れたレイに荷物を奪われ、二階の角部屋に連れ込まれそうになって慌てて主張したのだ。

（せめて表札を外して、個人情報を隠してください。あと、貴重品は金庫の中にでも）

（表札は出してないし、夜中に騒ぐのは近所迷惑だ。貴重品ったって、何か強請る以前にデート代すら割り勘を主張するアンタ相手に何をどう警戒しろと？）

声を潜めていても、アパートの外廊下での会話は迷惑だったに違いない。それにしたって、

「どっちかっていうとレイの方が、警戒心が足りない。と、思うんだけど」

朝食分の後片付けをして、尚斗は奥の部屋に戻る。クローゼットから出した仕事用スーツに着替えながら、ふと窓際のベッドが目に入ってどうにも居たたまれない気分になった。

……レイ曰く「ベッドがひとつしかないから当然」とかで、ここに住むようになってからはずっとふたりであのベッドを使っているのだ。

出勤前のキスをなし崩しに習慣化してしまったレイは、この部屋の中でも「熱愛中の恋人同士」の設定から外れる気はないらしい。朝のあれは毎度のことで、夜や休日には尚斗にくっついて構い倒してくる。隙あらばとばかりにそこかしこに触れてくるし、膝枕をするよう言われたり強引にされてしまったり、少し油断すると浴室にまで連れ込まれそうになるほどで——結果的に、「恋人らしい行為」の頻度が増えた。

そして人というのは、どんなに慣れないと思っても周囲の状況に馴染んでしまうものだ。出がけのキスだって最初は躊躇ったし、日常的に後ろから抱き込まれるのにも抵抗があった。なのに、今の尚斗はすっかりそれに慣れてしまっている。

だからこそ、かえって不思議に思うのだ。……どうしてレイは、カムフラージュの相手でしかない尚斗にあそこまでできるのか、と。

ネクタイを結び、瓶底眼鏡をかけて髪の毛をかき回す。息を吐き、改めて室内を見回した。

初めて入った恋人、もとい他人の部屋は引っ越し前ということを容れても物が少ない。ベッド以外の家具といえば食卓兼用のローテーブルと、壁際にある小さめの棚がひとつきりだ。

その棚も上二段にノートパソコンや周辺機器が置いてあるだけで、下の二段が空いている。そのてっぺんにはクラシカルな形の時計が置かれていた。

（あの棚の空きはアンタが好きに使って。あと、クローゼットも半分空けるんで、スーツとかはそっちに入れて）

……初めてここを訪れたあの夜の、レイの行動はとにかく早かった。戸惑う尚斗を横目にクローゼットを半分空けて促し、咄嗟に動けずにいたら「じゃあ俺がやるよ」と手を伸ばしてきた。慌てて動き出した尚斗をさりげなく手伝いながら言ったのだ。

（単身者用アパートなんで、隣近所との付き合いはないから。あと、前にトラブルがあってわかったんだけど期間限定なら同居人のお目こぼしはアリなんで）

訪ねて来る者は限られているし、先方には当分控えるよう連絡しておく。なので、レイの不在中に誰が来ても居留守でいい——そう言われて、恐縮するのと同時に安堵した。だからこそ、尚斗も自分なりに考えた。クローゼットから追い出された段ボール箱の山を眺めて切り出した。

（レンタルスペースを借りると言ってましたけど、代金はおれに出させてください。あと、貴重品を預ける貸金庫代も）

（だから、可愛い恋人に）

（おれとレイの関係はカムフラージュであって、いずれ必ず終わるんです。なのに、そこま

でしてもらうのはおれが無理です)

これだけは退《ひ》かない勢いで言い切った尚斗に、レイは顰めっ面で渋々頷いてくれた。

ほっとしたはずなのに、どうしてか胸が痛くなった。思い出して襟元を握りながら、ふと時計の横に伏せて置かれたフォトフレームに目が行く。今は見えないその写真の中では今より若いレイと、見知らぬ男性が笑っていたはずだ。

独り暮らしの部屋で飾る写真は大抵の場合、住人にとって「大事な人」だ。そして写真の中のレイの屈託のない笑みを見れば、もうひとりが「誰」かは予想がつく。

「あれって、レイの想い人さん、だよね」

だからあの夜——クローゼットの整理を終えた直後に目に入ったその写真から、尚斗は慌てて目を逸らした。

(すみません、あの写真は片づけてください。おれが見ちゃいけないものだと思います)

(別にいいけど？　言ったろ、いずれ紹介するって)

むしろ「見れば」と言いたげだったレイは、それでも重ねて頼むと渋々フォトフレームを伏せてくれた。

できれば見えない場所に片づけて欲しかったけれど、そこまでは言えなかった。「見えない」なら同じだと自分に言い聞かせながら、それでも気になるのは何故なのか。

「自意識過剰、だよね。……って、うわっもうこんな時間」

泡を食って仕事鞄と、弁当を摑んで玄関を出る。合鍵で施錠し、最寄り駅へと急いだ。

アパートを出るのがレイと別なのは、各々の通勤状況の違いに加えて尚斗側の口には出せない事情からだ。端的には、レイに「尚斗」を見せないためともいう。

同居に際して一番の懸念事項が、「尚斗」と「ナオ」の切り替えだったのだ。レイに「尚斗」を見せるのは論外だし、かといって今は「ナオ」の姿を外で晒すのは極力避けたい。

互いの都合を突き合わせた結果、レイの方が出勤時刻が早かったのが幸いした。そこに家事云々の理由付けをして、先に出てもらうよう仕向けたのだ。残業さえなければ帰宅も尚斗の方が早いこともあって、それならアパートの中でだけ「ナオ」であればすむ。

帰宅途中でレイとかち合う可能性については、あえて尚斗から互いの帰宅前に連絡し合うことを提案した。

（その方が、夕飯の支度とかがスムーズになるので助かります）

（連絡、はいいけどさ。夕食の支度って、まさかアンタが料理するとか言う？）

（しますよ。居候するわけですし、他の家事全般も引き受けます）

「あり得ないだろう」と言いたげなレイの表情に既視感を覚えて、苦笑した。

……そこまでの話し合いで、レイは尚斗からいっさい生活費を受け取らないと断言したのだ。反論しても無駄なのは顔つきでわかって、だからこその折衷案だったが――どうやら「ナオ」の容姿はとことん家事炊事とは無縁に見えるらしい。

（一人暮らしで慣れていますし、自炊歴はそこそこ長いです。お昼のお弁当も自作です。とはいえ、レイの口に合うかどうかはまだわかりませんけど）

半信半疑を隠さないレイに許可を取ってその日のうちにキッチンを確認し、翌日は二人分の夕食を作った。目を白黒させながらそれを食べたレイは、翌朝にも同じ顔で朝食を摂り、狐に摘まれたみたいな顔で尚斗が作った弁当を手に出勤していった。

（疑ってごめん、弁当美味しかった……で、明日も頼んでいい？　食費は俺が出すんで）

（いらないです。キッチンを借りてますし、おれの分も作るついでですから）

からの弁当箱を手に帰宅したレイに神妙な顔で謝罪され、続きの頼み事を承諾した続きで最後の申し出は即座に断った。

微妙な顔をしたレイは、それでも尚斗の料理を気に入ってくれたらしい。この一週間は弁当を含む三食全部が尚斗が作ったものだし、今週の頭には「残業で帰りが遅れます」と連絡した尚斗を駅前のスーパーで待ち伏せしていた。

先に気づいたのを幸いに、物陰で眼鏡を外し髪を整えてから合流した。店内カゴを含めた荷物をすべて持ってくれたのは助かったが、精神的にとても疲れた。

「尚斗」の仕事用スーツに「ナオ」の顔と髪でレイと並んで歩くなんて、罰ゲームよりきつい。集まってくる視線も苦手だが、万一テルに見つかったらと思うと肝が冷えた。なので、以降の残業時にはあえて「時間が読めないから先に帰ってて」と伝えるようにしている。

レイのアパートから最寄り駅までは、急ぎ足で十分ほどだ。乗り込んだ満員電車の中、ドア横の隙間に立ったままポケットからスマートフォンを引っ張り出す。新着にはやはりSMSが入っていて、通知を消しながら重いため息が出た。

テルからのメッセージは、未読分だけで三桁を越えた。新着で読める部分で察するに、どうやら彼の中では「ナオ」がレイに雑に扱われて助けを求めていることになっているらしい。あれ以降、「ナオを見た」ような内容が届かないのは幸いだが、返信すべきか放置でいいのか、あるいはちゃんと会って話すべきなのか。

考えてみても、「ナオ」からすればすでに「終わらせた」関係だ。向こうが勝手な思い込みを重ねている今、接触したところで余計な面倒が増える気しかしない。

(確かに、今は下手に刺激しない方がよさそうだよな)

メッセージ状況を逐一訊いてくるレイの言い分がそれで、だからこそあえてアプリすら開くことなく放置している。

「春、にはレイも引っ越し、だし。それまでに決着がつく、かな」

祈るようにつぶやいたとたんに胸が小さく痛んだのには――あえて気づかないフリをした。

「天宮さん、います?」

同じ日の昼休み、ひとりきりの部署で弁当を広げているとそんな声とともにドアが開いた。

「あ、いたいた。お疲れさまです、おやつのお裾分けに来ましたー」

「おつかれさま、です……？」

振り返った尚斗の表情も、声だって困惑していたはずだ。それに気付いているはずなのに、彼女——先週水曜の昼休みに会議資料の件で飛び込んできた女性社員は満面の笑みで尚斗の傍までやってきた。

「今日のはナッツクッキーね。賞味期限結構あるから、残業のおともにでもして？」

「あの、瀬田《せた》さん……気持ちは嬉しいんですけど、毎日そこまでしていただくのは」

差し出された包みは手のひらに乗るほどで、小さめのクッキーがぎゅっと詰まっている。貼ってあるラベルは手書き風で、見るからに素朴で美味しそうだ。

だからといって受け取れるわけもなく、尚斗は軽く手のひらを上げる。遠慮を示したはずのその様子に、けれど彼女——瀬田は意外そうに首を傾げた。

「もしかして、天宮さんこういうのは苦手？　じゃあこっちにする？」

何故かベストのポケットから取り出した、別の包みを差し出されてしまった。

「いえ、そうじゃなく。いただく理由が」

「わたしが天宮さんにあげたいからだけど？　あと、明後日までに頼んだ資料をよろしくお願いしますの賄賂」

「それなら明日の午後には仕上がると思います。それに、資料は仕事なので」

「ありがとう助かりますー天宮さんサマサマよねえ。……て、あら美味しそうなお弁当。やっぱり冷食は使わないのね」

にっこり笑った彼女に、手元の弁当箱を覗き込まれた。毎度のことになっているため隠す気にもなれず、尚斗は「はあ」と苦笑する。

初回に「彼女に作ってもらったの？」と訊かれて否定した流れで自作とバレて、どうやら興味を引いたようなのだ。いろいろ訊かれはするものの貶されることも過剰に褒められることもないため、今は曖昧に流すようにしている。

「冷凍食品は苦手なんです。あと、前にも言いましたけど必要に迫られているので」

前者は実は「さんざん食べてきたからもういい」というアレだ。後者は、その方が結局は安上がりだという切実な理由だったりする。

「だとしても、毎日ちゃんと作ってくるって凄いわよねー。――そうだ、訊いておこうと思ってたんだけど。天宮さん、今困ってることってある？」

唐突に切り替わった話題に、尚斗は瞬く。少し考えて、首を横に振った。

「特には、ないです。いつも通りと言いますか」

「そっかー。じゃあもし何かあったら言ってね。愚痴くらい聞くから」

「はあ……ありがとう、ございます？」

「いえいえ、わたしも助かってるからお互い様ってことで。で、天宮さんてしばらくはお昼にも外出なしでここにいるのよね？」

「その予定、ですね」

「よかった。じゃあまた来るからよろしくね」

にこやかに言った瀬田を見送った後で、先ほどのクッキーが両方デスクの上に残っているのに気付く。どちらか返さなければと手に取ってみれば、「どっちも食べてね」と書かれた付箋が、後から渡された方に貼りついていた。

「用意周到、って言うんだっけ……？」

とはいえ、気持ちが嬉しいことに違いはない。夕食後にレイと食べようと、ふたつとも鞄に入れておいた。

「貰ってばかりだし、近いうちに何かお礼とか――」

「天宮。食事中にすまないが、ちょっといいか？」

「あ、はい！　えと、今朝提出した書類に何か不備でもっ」

振り返るなり口にした尚斗に軽く苦笑して、たった今部署に入ってきた人物――営業課長の高幡《たかはた》が言う。

「不備ではないが、先ほど新しいデータが入ってきたのでね。せっかく仕上げてもらったものを申し訳ないんだが、可能であれば反映と修正を頼みたいんだ」

「内容を、見せていただいていいでしょうか。あと、期限は」

「今日の終業か、それが無理なら明日の午前中に上げてもらえると助かる」

高幡の声を聞きながら、尚斗は渡された書類に目を落とす。

「やってみます……けど、すみません。上から優先書類が来た時は遅れが出るかも――」

「そこは私からここの責任者に言っておく。それでも無理なら連絡を頼む」

「承知しました……――あ、の？」

修正データ書類を手に、既視感を覚えて瞬く。

どういうわけだが高幡までもが、じーっと尚斗の弁当を眺めていたのだ。

ここ一週間はレイのも作っていたため、以前と比べればおかずはやや華やかだ。とはいっても市販の弁当に比べたら地味な上、それほど「美味しそう」に見えるわけでもない。

そう考えてみると、あのレイが喜んで持参しているのが少々どころでなく不思議なのだが。

「噂で聞いたんだが、それおまえが作ってるんだって？　ここで昼を食べるようになったのは最近らしいが、前から作ってたのか。独学か？　それとも誰に教わったか、ああ料理教室ってのもあったな」

「就職した年の夏前くらいから作ってます。独学、といいますかネットで調べたり図書館で本を借りたりしました。やってみたら案外楽しいです、よ？　化学の実験みたいで」

「なるほど。成功すると美味いが失敗すると不味《まず》い、と」

「そ、んなとこです。あと、失敗したのも全部食べると決めたら意外と早く慣れます」

顎を撫でる高幡にどうにか答えてから、気づく。先ほどの瀬田の時もだが、途中から世間話になっていないか。確か、逃亡したくなるほど苦手だったはずなのだが。

思って瞬いた先、面白がるような顔をした高幡にまじまじと見下ろされてしまった。

「ちゃんと自分の考えが言えるじゃないか。その調子でもう少し自己主張してみろ、弁当作ってくれる彼女くらいすぐできるかもしれないぞ」

「それは、その……」

とたんに言葉に詰まって、尚斗は「やっぱり」と思い直す。人間なんて、そう簡単に変わるわけがない。

俯いてしまった頭上に、ぽんと何かが乗ってくる。え、と目を上げるなり、高幡にぐりぐりと頭を撫でられた。

「あ、あの、かちょ、」

「ところでアンケート的に聞くんだが、おまえこの部署に愛着は？」

「え？　あの、愛着も何も、配属先、ですので？」

やっとのことで答えたら、ぽんぽんとさらに二度ほどごく軽く頭を叩かれた。

「そうか。――昼休憩中に悪かった。あと、無理があると思ったら必ず連絡するように」

高幡が退出するのを見届けて、尚斗は息を吐く。書類を脇に置くと、昼食の続きに戻った。

今朝にレイとも話したことだけれど、どうにも最近身辺がおかしい。

「他部署の上司に頭撫でられる、とか。おやつの差し入れ、もだけど」

尚斗が部署の自席で弁当を広げるようになってから、「当たり前」になってきた状態だ。

とはいえ、尚斗「だけ」が昼休みの部署に残るという状況そのものが直属の上司の意向に反しているのは確かなので、少々どころでなく落ち着かない、のだが。

（天宮？　おまえ、今日は外に出て行かないのか）

レイとの同居が決まった翌日、今日だけはと買ってきた弁当を自席で広げようとした尚斗を見つけて、上司は露骨に厭そうな声を出した。

白状すると、とても怯んだ。だからといってフロア内にある休憩室に行く気力もなく、消去法で一番マシかと思い頷いた、ら。

（面倒な……ああ、自分が他部署に迷惑をかけ通しだという自覚はあるな？　昼食はここでいいが、休憩室には近づかないように。それと、くれぐれも余計な真似はするなよ）

（食後すぐ仕事にかかって貰ったらどうです？　それなら期限破りや遅れだけじゃなく、無駄な残業も減るんじゃないでしょうか）

渋面の上司の言い分に、提案めいた言葉を続けたのは後輩だ。それへ上司は「確かにな。それならよしとしよう」と言い放って、とっとと外出していった。その直後、件の後輩がにやり笑いで尚斗を見たのだ。

（じゃあ、今後の電話番は天宮サン専任てことで。こないだもそれなりにはできたんだし、そのくらいいくら何でもできるでしょ）

（でも今、係長が余計な真似をするなって……おれには電話番させられないって、ずっと）

（いつまでそうやってサボる気なんです？　電話取って相手の名前と用件聞いて、メモして担当のデスクの上に置くくらい、中学生でもできるはずですけどー？）

（だよなあ。電話の大部分が天宮への苦情か注意か催促だし。中には督促もあるけど）

（天宮サンの仕事が遅いだけなのに、文句言われるのがオレらっておかしいですよね）

後輩の言い分に、他の先輩後輩も同意したわけだ。尚斗以外の全員が当番でやってきたのだから、今後はひとりでやって当然、なのだとか。

期限内に仕事が終わらなかったことが多いのも、届く催促や督促のほとんどが尚斗宛なのも事実なだけに反論が出なかった。

（いい加減、おまえの尻拭いするのは真っ平なんでね。自業自得だ、先に言っとくが係長に告げ口なんかするんじゃないぞ）

最古参の先輩に釘《くぎ》を刺された形で、「決定事項」になったわけだ。それ以降、昼休憩になったとたんに尚斗以外の全員が席を立って、休憩終わりまで戻らないのが通常になった。

ひとりで弁当をつつくのだから、状況だけ言えば以前とさほど変わりない。真冬の今はむしろ空調が効いている分、ありがたいとも言える。

実際に居残ってみれば外線はほとんどかかってこないし、内線や直接部署を訪れての用事の多くは尚斗に振られた仕事に関するものだ。それなら上司を通すのに比べて時間的なロスがないし、何より厭味《いやみ》を聞かずにすむ。

その分、これまでほとんど接点がなかった他部署スタッフとの関わりが増えただけだが。ついでに当初はとても微妙、もとい厭な顔で見られたわけだが、最近になってそこそこ普通に接して貰えるようになった。

とはいえ、瀬田があぁして毎日のように「お裾分け」を持ってくるようになったのは本当に予想外なのだけれども。

(だって天宮さん、おやつ渡すと顔変わるんだもん。それが可愛くて、つい)

先週金曜日、三度目におやつを渡された際に思い切って「どうして」と訊いてみた尚斗に、彼女は何だか楽しそうにそう言った。

(アンタこそ、職場で餌付けされてんじゃねえぞ)

思い出すのは、今朝のレイの台詞だ。先ほどの瀬田といい高幡といい、あれではペット扱いと言われても否定できない。ついでに言えば、その状況自体が不可解だ。

だって、「そうなる理由」がどこにもない。見た目だって変えていないし、突然仕事ができるようになったわけでもない。

ただ、そのおかげでか社内で息をするのが楽になったのも事実だ。督促の数や書類を突き返される回数も目に見えて減った。

「それだけで感謝、だよね」

小さく息を吐いて、尚斗は食べ終えた弁当箱を片づける。積み上がった書類を手に、すぐに仕事にかかった。


幸いにして残業なしで終わった仕事帰り、いつもの瓶底眼鏡にボサ髪で尚斗はレイのアパートの最寄り駅前にあるスーパーに立ち寄った。

「今日の夕飯はどっちがいいかな……」

電車の中で二択に絞ったメニューのうち、一方に決めて買い物をすませる。習慣になった「誰にも会わないように」との祈りは無事叶って、レイのアパートに帰り着いた。

玄関を入ってすぐの通路に買い物袋を置き、眼鏡を外して「ナオ」の私服に着替え、ボサ髪を手櫛《てぐし》で整える。キッチンに引き返しかけた時、通信アプリの着信音が鳴った。

「これから帰る」とのレイのメッセージに了承とともに今夜のメニューを送信すると、即座に目をハートにしたスタンプの顔が表示され、「でも手は切るなよ火傷もすんなよ」と続いた。

「しませんよ」と打ち込んで返すと、間髪を容れずに「嘘つけ前科者」と戻ってくる。

「いきなり抱きついてきたのは誰でしたっけ」と返信しながら、これではキリがないと苦笑がこぼれた。

……かつての相手とはほぼ事務連絡のみだったメッセージのやりとりは、レイとつきあうようになってかなり変わった。

意外にも、レイは漫画みたいなスタンプをしょっちゅう使うのだ。特に用もなく「今どこ？　何してる？」などと送ってくることも多くて、初めてのことに当初はひどく困惑した。

（もっと気楽に構えれば？　恋人同士の他愛のないやりとりだし、見られたところで困ることもないだろ）

あっさり言われて、それもそうかと納得し返信するようにした——ら、かつては多くて一往復半で終わっていたやりとりが三往復以上続くのが当たり前になった。つい昨日は昼休み早々に入った夕食のリクエストがいつの間にか次の休みの予定検討になり、休憩終わりの頃には具体的な行き先や待ち合わせ時間に場所まで決まっていたほどだ。

とはいえ、今は夕食の支度が先だ。その旨をメッセージで送信し、改めてキッチンへと向かう。ついでに弁当の下拵《したごしら》えをしていると、またしても通信アプリの着信音が鳴った。あえてそのまま作業を続けていると、今度はインターホンの音がする。

レイだと察して、濡れた指を拭って玄関に向かう。ドアのロックバーを外したところで、背後から先ほどと同じ電子音がした。

「え、……っ？」

狼狽えてドアスコープに目を当てて、肩が跳ねる。狭くて丸い視界の中、明かりの下に立っていたのは見知らぬ男性だ。あれ、とでも言うように口を動かしたかと想うと、ひょいとばかりに顔を近付けてくる。

「ヒロアキー？　いるんだろ、開けてよ」

思わず一歩下がったタイミングで、ドアをノックする音がした。

考える前に、外したばかりのロックバーを元に戻していた。

「は？　え、まさかロックかけた？　ちょっとヒロアキ、何でっ」

心外そうな声と距離を置くようにシンクに寄りかかり、吊り戸棚に置いたスマートフォンを手に取る。その直後、アプリ通話がかかってきた。

「……れい？　ごめん、あの今誰かが玄関の前に、」

「ヒロアキー？　何居留守使って……て、もしかして本人いないのか。そこにいるの、ヒロの恋人ちゃん？　おーい、僕ヒロの兄貴分だから。怖くないから開けてー」

ドアの外からの声は、レイの耳にも届いたらしい。通話越し、「うわあマジか」と焦ったような声が上がるのが聞き取れた。

『アンタはそのままで、いいか絶対、何言われてもドアは開けるなよっ』

一方的に通話を切られたスマートフォンを手に、尚斗は途方に暮れる。その間にも「ちょっと開けてー」、「大丈夫、僕怖くないから」などという気が抜けそうに暢気《のんき》な声がしていた

――と思ったら、今度はドアの向こうで知らない着信音が鳴った。

「はーい……うん僕、え？　そう、ヒロの部屋の前だけど、いやだってこないだ会った時に言ったよ？　今日だったら予定通りに仕事が終わるからヒロの恋人ちゃんと会えるって、あうん、そりゃまあ確かにヒロから予定は未定って言われたのは覚えてるけどさ」

唐突に聞こえた会話に耳を傾けながら、今さらに尚斗は気付く。――つまり、「ヒロアキ」というのがレイの本名なのだろう。

「そのうちって、それいつの話？　ヒロさあ、こないだっからずっとそうやって誤魔化してばっかりだし、恋人自慢も実は出鱈目《でたらめ》……じゃなさそうなのはわかったけどさ。たぶん今、ドアのすぐ向こうにヒロの恋人ちゃんがいると思うんだよねー。何故か一度は外してくれたロックをまたかけられちゃったけどさ」

おまえ僕のこと何て説明してんの、と続く声は拗ねたような響きを含みながらも柔らかい。きっとこの上なく優しい顔をしているのだろう。

それだけで、察しがついた。この人こそ、レイの「長年の想い人」だ。

「……は？　厭だよ、いい加減待ちくたびれた。勿体ないから僕と会わせたくないとか言いながら、とっとと同居まで始めるって何。僕だって自制してるのに――いや、確かにそうだけどさ。開けっぴろげなおまえがそこまで隠すっていうか、会わせたがらないってどうなんだよ。まさか無理無茶無体を強いてるんじゃあ……やっぱり抜き打ちで確認しないと、」

「っ、だからそんなことやってないって！」

彼の人の物言いに被さるように階段を駆け上がる音がして、続いて響いたのはレイの声だ。

考える前に、ドアスコープに飛びついていた。丸い視界に見えたのは肩で息をつくレイと、呆れ顔の見知らぬ人で――その横顔に、既視感を覚える。どこで、と眉を寄せたところで、その人のものらしい声がした。

「お帰り。今日は残業だったんだ？　それはそうとドア開けてよ、ヒロの恋人ちゃんに会いたい」

「だから駄目だって。見せたくないし会わせたくない」

「えー、何でー」

「いきなり来るとか、絶対何か企んでるだろ。今、しのに会わせたりしたら妙なこと吹き込まれるか、そのまま持って行かれる予感しかしない」

「おまえ僕を何だと思ってんの。せっかくヒロが見つけた相手を横取りなんかしないよ」

「知ってる、けどまだ今は駄目」

ぽんぽんと行き交う会話はテンポが良くて、どことなく楽しげだ。内容そのものは対立しているのに、気心が知れた間柄でのじゃれ合いにしか聞こえない。

だって、レイの表情が全然違う。こんな小さな視界なのに、明かりだって万全じゃないのに彼の人がレイをとても大事に思っていることがわかる。

（今の彼が幸せなら、それを壊すつもりはない）

あの言葉通り、レイがその人に本気で心を許しているのが、まっすぐに伝わってくる……。

「いい、なあ……」

いつの間にか俯いていた額を冷たいドアに押しつけて、尚斗はこぼれそうなため息を無理にも飲み込む。

互いが互いを気にかけるのが当たり前で、だからいきなり部屋を訪れるのも普通。その際不在でも気に留めず、多少待たされても会えれば帳消しになる。遠慮なく言いたいことを言い合って、時にはどちらかがむっとして苛立《いらだ》って、けれどけして後に引かない。

それは、一方的ではあり得ない関係だ。互いを対等に認め合い信頼しているからこその、――どんなに尚斗が望んでもまず手に入らない種類のもの。

「……――」

いつのまにか、ドアの外の声は消えていた。

冷えきった額をドアから剝がして、もう一度ドアスコープに目を当てる。人影は、どこにも見当たらない。

「れい、」

無意識にロックバーを摑んでいた指を、駄目だと気力だけで引っ込める。

見せたくないし会わせたくないと、レイは言っていた。だったら、尚斗が勝手に動くわけ

にはいかない。

そして、レイが彼の人を優先するのは当たり前だ。尚斗自身が当初にその条件をつけ、その後も折りに触れては念押ししてきた。

だから、……「置いて行かれた」と感じていること自体が間違いだ。

「――かむふらーじゅ、なんだし」

胸の奥が、締め付けられたように痛い。吐いた息が思いのほか大きくなって、はずみで額がドアにぶつかった。染みるような痛みをあえて無視して、尚斗はスマートフォンを手に取る。

レイからの新着は、ない。けれど、きっと当分帰っては来ない。確信に近い予感に、途中だった下拵えを処理して冷蔵庫に片づけた。手持ち無沙汰に奥へと移動して、ふと目についたのは棚の上に伏せたフォトフレームだ。

「あの、人。どっかで見たこと、ある……？」

紹介されたなら会うし、されなければそれまで。それが「ナオ」のスタンスだし、そもそも詮索は条件違反だ。そう思うのに、気になって仕方がない。

「想い人さんの恋人も男だって、聞いたし。万一、どっかで面識あったらおれが覚えてないとか絶対まずい、よね……？」

言い訳のように呟く指が、フォトフレームにかかって止まる。数秒迷って、けれどドアスコープ越しに「見て」しまった事実が背中を押した。

「……うん。ちょっと確かめる、だけ、だから」

指先に力を込めて、尚斗はフォトフレームをひっくり返す。初めてここに来た時に、一瞬だけ目にした写真へと改めて視線を当てた。

7

すぐ傍《そば》に、人の気配どころか体温があるのに眠れなかったのは初めてだ。

「じゃ、行ってくる」

「気をつけて」

いつになく言葉数少なく言い合って、尚斗《ひさと》は出勤するレイを見送った。

ドアが閉じるのを見届けて、のろのろとキッチンに向き直る。重い気分で朝食の後片付けをすませ、手早く出勤準備をした。ぐしゃぐしゃと髪の毛をかき回しながら目をやった置き時計が指す時刻は、いつもより十分近くも早い。

……今朝のレイは朝食準備中の尚斗の背中に張り付くこともなく、恒例の弁当のおかずのつまみ食いもしなかった。食事中の会話も互いの予定確認程度で、出がけにちょっかいをかけられることもなく――だから、部屋を出るのもいつもより早かった。

「――、……」

置き時計の隣、伏せられたままのフォトフレームをしばらく眺めてから、尚斗はかけた眼鏡を指で確かめる。息を吐き、玄関を出て最寄り駅へと急いだ。

昨夜はあの後、小一時間が過ぎた頃にレイからメッセージが入った。先に夕飯をすませて寝るようにという内容に短く了承の返信をし、既読がつく前にアプリを閉じた。夕食抜きでシャワーだけすませ、早々にベッドに入った。

寝付くまで妙に時間がかかるのは、いつものことだ。けれど昨夜はことさらにそれが長くて、だから丑三《うしみ》つ時を過ぎてレイが帰ってきたのも、シャワーを終えてベッドまでやってきたのも音だけでわかった。

ベッドのマットレスが沈むなり背後から抱き込まれて、思わず肩が小さく跳ねた。気付いたはずのレイは無言で尚斗の肩に顎《あご》を乗せてきて、馴染《なじ》んだ重みと体温に一瞬だけ「何事もなかった」かのような錯覚を覚えながら、背後の吐息が寝息に変わっていくのを聞いていた。

彼《か》の人と、どこに行っていたのか。何をしていて、こんなにも帰りが遅くなったのか。いつもなら喜々として問いかけるはずなのに、昨夜は――今朝にも、どうしてかそうしたいと思わなかった。

レイが想い人を優先するのは当然だ。尚斗自身が望んで条件に上げたことでもある。なのに、どうしてこんなに胸が痛いのか。じわじわとこみ上げてくる苦みは何なのか。昨夜の話なんてむしろ聞きたくないと、思ってしまうのか？

駅に着いてもすぐホームに向かう気になれず、尚斗はレストルームに入った。空いていた洗面台の前に立ち、眼鏡を外して顔を洗うと少しだけ気分がしゃんとする。

「うわ、……ひどい顔」

ボサ髪が目元を隠す顔は寝不足のせいかげっそりと見えて、そんな自分に笑えてきた。

――昨夜まじまじと見たフォトフレームの中の人は、いつかレイが口にした「まっすぐ」という言葉そのものの、とても「綺麗《きれい》」な人だった。

「レイと並んだらお似合い、だよね。おれとはぜんぜん、ちがう」

レイのあの甘さも労わりも、本来は全部「彼の人」のものだ。今、尚斗がそれを受け取っているのはあくまでイレギュラーでしかなく。

「だい、じょうぶ。ちゃんと、わかってるから」

重い足を引《ひ》き摺《ず》るように、出てホームへと向かう。乗り込んだ電車の中、窓に凭《もた》れて目を閉じたタイミングで電子音が鳴った。アヤと使っている通信アプリのメッセージ着信音だ。

スマートフォンを取り出しアプリを開くと、そこにはアヤには珍しい性急なメッセージが記されていた。曰く、大事な話がある、急ですまないが会えないだろうか。

首を傾げながら、「今日の夜でも平気」と返信した。すぐさま届いた時間と待ち合わせ場所にも了承を返してから、尚斗はおもむろにレイと使っている方の通信アプリを開く。

急用ができたので今日は遅くなると送ったメッセージには即座に既読がついて、了承のスタンプが表示される。続いて「こちらも遅くなるから先に寝てて」と伝えてきた。

返信しようとした指が滑って、画面が上にスクロールされる。目に入った昨日の夕方のやりとりが、ひどく遠くて異質なものに見えた。

……たぶん、レイは彼の人と尚斗を関わらせる気はないのだ。

昨夜にも感じた疑問が、確信のように胸に落ちる。同時に、これまで思いもしなかった問いが頭に浮かんで消えない。

どうしてレイはよりにもよって、「ナオ」をカムフラージュの相手に選んだりしたのか？

「ギリギリ、……っうわ遅刻っ」

駅にほど近い路地の手前でタクシーを降りて、尚斗は慌て気味に駆け出した。

こういう日に限って残業が入ったのだ。超特急で終わらせてレイのアパートに取って返し、「ナオ」になってからタクシーを呼んだ。常にない贅沢《ぜいたく》だけれど、遅刻の上「ナオ」の顔を晒《さら》して歩くよりずっとマシだ。

少しずつ狭くなる路地の突き当り手前、右手にあるさらに細い道へと足を踏み入れる。この先に、待ち合わせ場所に指定されたアヤお気に入りのバーがあるのだ。

見慣れた黒いドアの前で、自分の恰好を確認してからドアを押す。やや落とし気味の照明の下、細長く伸びるカウンターの中にいた顔馴染みのマスターが尚斗を認めて「おや」と目元を細めるのが見て取れた。

「こんばんは……お久しぶりです。すみません、待ち合わせなんですけど」

「いつものお友達なら、今日はまだお見えになっていませんね。どうぞ、奥の席なら空いていますので」

穏やかな笑みに安堵《あんど》してコートを脱ぎ、カウンターでアルコール度数の低いカクテルをオーダーする。間もなく差し出されたグラスと引き換えに、支払いを終えて奥へと向かった。

アヤがここを贔屓《ひいき》するのは「居心地がいいから」だと聞いたことがあるが、尚斗自身もこの店は好きだ。いつ来ても雰囲気が穏やかな上、どんな客が相手でも態度を変えない。

奥のコーナーにあった小さいテーブルにグラスを置き、向かい合わせになったソファに腰を下ろす。スマートフォンを開いてみれば、案の定アヤから「ごめん少し遅れる」とのメッセージが入っていた。

「仕事もあるし、忙しい……んだよね。話って何かな、テルさんの件とか？」

「かもね。あいつ全然諦める気がない、というよりヤバい感じでムキになってるから」

こぼした呟《つぶや》きに、あるはずのない返答があった。ぎょっとして顔を上げた先、思いがけない人物を認めて尚斗は困惑する。

テルの、たぶん今は元がつく恋人のハヤトだ。分厚いコートを羽織ったまま、睨《にら》むようにこちらを見ている。

「おまえ噂《うわさ》のナオ、だよな。ちょっと雰囲気違うけど」

「そう、ですけど。何か」

「何かって、……とっくに捨てた男と以前につきあってたヤツなんか、眼中にないわけか」

まともに話すのは初めてなのに、吐き捨てる勢いで言い返された。とはいえ経緯を思えば無理もないことと、尚斗は首を傾《かし》げてみせる。

「そう言われても。今、それで一番困ってるのはたぶんおれですから」

「仲がいいほど別れさせ甲斐《がい》があるんだって？　とうに出来上がってるものをわざわざ割って入って揉《も》め事起こすのが、そんなに楽しいか」

「……ハヤトさんは、もしかしてまだテルさんを？」

「まさかだろ。五年もつきあってきたものをああもあっさり心変わりした上、運命なんて寒気がするようなことを本気で言うようなヤツなんかこっちから願い下げだ」

「ですよねえ。でも、だったらかえってよかったじゃないですか」

吐き捨てるテルの、本気で厭《いや》そうな顔を目にするなり勝手に言葉が口から出ていた。

「はあ？　何だよ、それ」

「そんな人と別れられたんだから、結果的にはよかったんじゃないです？　おれ程度にフラつくような人なんて、そのうち絶対似たようなことをやらかしてると思いますし」

いつもならまず言わない台詞《せりふ》に、やっぱり寝不足が祟《たた》っているらしいと頭の隅で思う。

目の前のハヤトが、見る間に眦《まなじり》を吊《つ》り上げた。

「何だよそれ、おまえ人を馬鹿にするのもっ……」

「馬鹿になんてしてないです。どうせならハヤトさんの方がよかったと思っただけで」

「オレの方がよかったって、それどういう」

「ですから、ハヤトさんに誘われた方が嬉《うれ》しかったなと。そういえば今、ハヤトさんてフリーなんですよね。おれなんてどうです？　飽きたと言われたらその場で終わりますから、後腐れだけはないですよ」

にっこり笑顔で言ってみたら、強ばっていたハヤトの顔が侮蔑一色に染まった。

「おまえ本当に最っ低だな。言っていいことと悪いことの区別もつかないのかよ」

「気を悪くされたなら謝ります。ですけど、誘ってきたのはテルさんの方なので」

「意味深に他人の恋人を眺めたり、意味深に笑ってみせたり店の隅で物憂げにしたりするのは誘いじゃないとでも？　おまえ知ってるんだろ、自分が陰で何て呼ばれてるのかくらい」

「別れる時にテルさんからは毒花と言われましたけど、実際は食虫花《しょくちゅうか》、ですよね？」

ただ咲くだけで、獲物を誘って罠《わな》にかける花のことだ。匂《にお》いや外見に誘われて寄ってきた虫を、捕獲して食らうという――見た目詐欺の自分には、きっと的確この上ない呼称。

初めて耳にした時は、正直「うまい言い方をするなあ」と感心した。なのに——どうしてか、今そう呼ばれるとどうしようもなく胸が痛い。

「そのものだよな。その顔を含めた見た目だけは、やたら可憐《かれん》で弱々しそうだし？　それで何人誑《たぶら》かしたんだか」

「おれは普通にしてただけですし、そもそも好きでこの顔や外見に生まれたわけじゃありませんから。あと、いいなあと思った人をつい見てしまうのは誰でも同じでは？」

空腹で上の空だったり思考に没頭していたり、ひたすら退屈している時ですら、悲しげだの物憂げそうだの同情を引くような真似《まね》をするだのと言いがかりをつけられる。そこも母親譲りであり、幼い頃からの日常茶飯事だ。

「だからといって、おれは無関係の無実だと言い張るつもりはないですよ。言いたいことがあるなら聞きますし、殴って気がすむならこの場でどうぞ。間違っても警察に届けたりはしないので安心してください」

ハヤトにとっての「ナオ」はテルの共犯者——あるいは主犯だ。糾弾したいのは当たり前で、そこから逃げる気はさらさらない。

なので静かに見上げてみたら、ハヤトは苦い顔でため息をついていた。

「無抵抗のヤツを殴れって、おまえ本っ気で厄介だな。……だったらひとつだけ訊《き》きたいんだが、おまえちゃんと本気でテルが好き、だったのか？」

「――……」

真正面からぶつけられた問いに、思い切り虚を衝《つ》かれた。数秒後、ようやく動き出した思考の端で、尚斗はついいつもの台詞を繰り返す。

「好きでしたよ。ハヤトさんのことがとても好きな、テルさんなら」

「それ、他でも聞いたけど意味不明だろ。おまえいったい何がしたかったんだよ」

「ハヤトさんを想ってるテルさんが好ましくて、だから近くにいたかった。それだけです」

「だからオレとテルが別れることは望んでなくて、別れたならテルはいらないと。……何なんだよ、それ」

そう言うハヤトの表情は、複雑怪奇そのものだ。疲れたように手のひらで顔の半分を覆ってしまった。

「ナオ、遅れてごめ――……」

ハヤトが吐いた盛大なため息と重なるように、聞き覚えた声がする。顔を上げた先、カウンターに立ち寄りかけてこちらを向いたアヤが、ハヤトを目に入れるなり血相を変えてこちらに向かってくるのが見えた。

「なるほど。やっと顔を出したと思ったら保護者つきか」

「……保護者？」

「アヤのヤツ、やたらおまえを気にしてるだろ。あれだけの噂、今さらどうにもならないだろうに必死で否定して回ってるし？　それも、おまえの言動で全部無駄になってるわけだが」

　思いがけない言葉に瞠目《どうもく》した尚斗に、ハヤトは眉を上げて言う。

「そういう柄じゃないが、顔見たついでに言っておく。テルには気をつけておけ」

「え、……」

「おまえ、下手にテルに捕まったら拉致監禁されかねない状況になってるぞ。まあ、詳しいことはあの保護者に訊くんだな。あと」

　ふいと尚斗から顔を背けて、ハヤトは最後に一言言った。

「オレはたまたま、そこの通りでおまえを見かけて追い掛けてきただけなんで。わざわざテルにここを教えてやるほど親切じゃないから、そこは無駄に心配すんなよ」


「ナオ、大丈夫？」

「ああ、……うん。平気。その、当たり前のことを言われただけ、だから」

「当たり前って」

　歩きながらバーの出入り口を振り返るアヤは、とても厭そうだ。彼には珍しいその表情は間違いなく尚斗を慮《おもんぱか》ってのもので、それがひどく申し訳なくなった。

「どっちかっていうと、マスターに悪かったなーと。その、店内で騒いだ形になったたし。

「……で、これからどうする？」

あの後、バーを出ていったハヤトと入れ替わりに駆け寄ってきたアヤに、場所替えを提案されたのだ。

（ハヤトさんがどうこうじゃなくて、このままここでっていうのは避けた方がいい）

それもそうかと、応じてすぐに腰を上げた。話のいくらかは周囲に聞かれていただろうし、その続きでもっとまずいかもしれない話題を出すのは避けたい。

最後までにこやかだったマスターとバーテンダーには、もちろんきちんと謝罪した。けれど、しばらくの間はあの店に近づかない方がよさそうだ。

「遅くまでやってる珈琲《コーヒー》店が近くにあるから、そこでいいかな。場所を決めた後で思ったんだけど、できれば素面《しらふ》で話したくて」

「わかった。それはそうと、アヤは仕事とか大丈夫？　今日のことで無理してない？」

「いや、それ僕の台詞だから。いきなり誘ったのに、来てくれてありがとう」

苦笑したアヤは、けれど気のせいでなくいつもより雰囲気が固い。きれいな笑みもどことなくぎこちないようで、何となく尚斗は身構える。

辿《たど》りついた珈琲店は個人経営らしく、建物はもちろん内装も古い。人によってはボロいと言いそうだけれど、きちんと手入れされているためかレトロな雰囲気を作っている。

「ところでさっき、ハヤトさんは何を言ったの。当たり前のこと、って」

「あー……恨み言をちょっと？　あと、おれが本気でテルさんを好きだったのか、とか。あとは、テルさんがまだ諦めてなくて、拉致監禁する勢いでおれを探してる、とか。そういえば、詳しいことはアヤに訊けって」

窓際の奥の席についてオーダーをすませるなりアヤに訊かれて、訥々《とつとつ》と返事をする。とたんに渋い顔をしたアヤは、ごく短く息を吐いた。

「テルさんの動向については、概《おおむ》ね事実かな。実は一昨日《おととい》出先で詰め寄られた。ナオがレイ？さんに拉致監禁されて助けを求めてる、今すぐ居場所を言え、ってさ。全部否定したついでにナオとは普通に連絡を取り合ってるって言ったら、今度は僕が共犯だって話にされた」

「だったらアヤ、困ったことになってるんじゃあ」

「それはない。最近のテルさんが尋常じゃないのは大抵の人が気付いてるし、噂にもなってるからね。あと、僕はフリーだから少々妙な噂が出ても平気」

あっさり言われて、かえって申し訳なくなってきたところにオーダーした品が運ばれてくる。促され口をつけてみて、深みのある珈琲の味に少しだけほっとした。

「本当にごめん、あの、でもだったらいろいろ落ち着くまで、おれアヤとは会わない方が」

「何でさ」

「さっきハヤトさんから聞いたけど、アヤはおれの保護者扱いされてるんだよね？　それも申し訳ないし、そもそもアヤはこの件には関係なくて」

「厭だよ。そんなのお断り」

即答で、強く言い切られた。

「これだけは言っておくけど、僕がナオとどういうつきあい方をするかは僕が自分で決める。いくらナオでも一方的に、当分会わないとか申し訳ないとか決めて欲しくない」

言い切って、まっすぐにこちらを見るアヤの視線に一瞬怯《ひる》んだ。それに気付いたのだろう、軽く息を吐いたアヤがつっと視線を逸《そ》らして言う。

「……ごめん、怒ったわけじゃない――っていうか確かに腹が立ってるけど、それはナオにじゃなくて自分に、だから。ただの八つ当たりなんだ、本当にごめん」

言って、アヤが頭を下げる。その様子に、泣きたいような気持ちになった。

すべての問題は、どうあっても毒花――食虫花でいることを選んだ尚斗自身にあるのだ。なのに、こうしてアヤに謝らせている。それが、ひどく申し訳なかった。

「わか、った。テルさんの件は、とにかく放っておくつもりだから――それはそうと、アヤの話って何。さっきのテルさんの件？」

「いや、……まあそれもあったんだけど。ナオに、確かめたいことがあって」

妙な具合に言い淀《よど》んだアヤが、手元のスマートフォンを操作する。少し躊躇《ちゅうちょ》した後で、こちらに画面を向けてきた。

「ナオが今、つきあってる人――『レイ』さんて、この人で間違いない？」

表示されていた画像は、たぶんカメラで撮ったものだ。やや薄暗い雰囲気はいわゆるバーや飲み屋特有のもので、それを背景に妙に醒《さ》めきった顔でこちらを見ているのは――

「え？　いや……と、うん。そう、だけど」

一瞬否定しかけて、すぐに「いや違う」と思い直す。

整いすぎて冷ややかに見える表情には、確かに見覚えがある。初対面の時に見せたのとそっくり同じ――笑っているのは顔だけで、見事なまでに目には何の色もない。

「ナオがこの人とつきあってるのは、お互い都合がいいからだったよね？　だったら、今すぐ別れた方がいい。というより、別れるべきだと僕は思ってる」

「あ、や？」

唐突さについて行けない尚斗をまっすぐに見つめて、アヤはひとつ息を吐く。

「気になったからいろいろ調べたんだ。その、レイってヤツのこと」

「しらべ、たって」

「テルさんが、彼を知ってたみたいでね。呼び名と一緒に、ナオとつきあってることも噂になってる。目立つ容姿だから、彼もそれなりに有名だったらしくて」

アヤが情報通なのは「ナオ」とは違い、同類の友人知人が多いからだ。呼び名と外見がわかるなら、呆気《あっけ》ないくらい簡単にその相手の噂を集めることができる。

けれどアヤ本人は、そういった噂にはさほど興味がない。頼まれたならともかく、自分から情報を探るなど滅多にない。

「アヤ、何でそんな」

「二重人格の冷血漢」

ぽつんと落ちた言葉の意味が、すぐには飲み込めなかった。ただ瞬くだけの尚斗を見たままで、アヤはやけに事務的に続けて言う。

「一見朗らかで人当たりがいい。見た目は極上なのに笑ったとたん人懐こくなって、そのギャップにやられる人が多い」

特別な相手は作らないと公言し、それでよければという前提を飲めば「つきあう」ことはできる。それも周知のことで、だから寄っていく者も多い。

それだけならアヤだって似たようなものだし、さほど珍しいわけでもない。けれど彼は他と比べてもとにかく噂が多い。何故《なぜ》なら、

「つきあいに慣れて相手が本気になってくると、それを狙《ねら》ったみたいに人が変わるらしいよ」

当初の甘さ優しさ気遣いに魅《ひ》かれて距離が縮まるにつれ、徐々に対応が変化していくのだそうだ。物言いで喩《たと》えるなら、最初は罪悪感を擽《くすぐ》る形で。言い方は丁寧でも内容は横柄に、そして自分勝手に。そうして相手が怯んで傷つくと、待ち構えていたように当初の甘さ優しさを全開にして、さらに深みへと引きずり込む。

「蟻地獄《ありじごく》みたいに、気がついたら抜けられなくなってるって。その課程で、長年片思いして

る絶対的な本命がいるって明かすみたいで」

苦しげに、切なそうに訴えて助けを求めてくるのだそうだ。自分がどれほど本命が好きで、どんなに尽くしてきたのか。報われないと知った上で、それでも諦めきれないのだと。

本来ならそこで、自分がレイを諦めるかレイに本命を諦めさせるかになるはずだ。なのに、どういうわけだかほぼ全員がレイの気持ちを尊重したまま傍にいることを選ぶ。そこに至るとレイの態度はなお明確になって、平然と本命と比較した上でいかに「足りない」かを思い知らせてくる――。

「それは、……だってレイは本当にその人がすき、だし。それに強制されるわけじゃないなら、レイの傍にいるのだって本人が自分から選んだことで」

考える前に、するりとそんな言葉がこぼれていた。

「本当にその人がすき、ってナオ、」

「昨夜、ドアスコープ越しに、一緒にいるところを見た。……レンアイじゃない、けど強い繋《つな》がりがあるってすぐわかった。あと、レイがすごく嬉しそうっていうか幸せそう、で」

ただ、思い出しただけだ。昨夜自分自身が感じたことを、そのまま口に出しただけ。

なのに、――どうしてこんなに心臓の奥が痛いのか。

「今回は、どっちがどっちを捨てるのか。……そういう噂になってる」

「は？　どっちが捨てる、って」

「恋人持ちとしかつきあわないナオが、本命持ちのくせに好き勝手に食い散らかしてきたレイを捨てるのか。本命以外はどうでもいいレイが、仲のいい恋人同士を壊すのが趣味のナオを捨てるのか。どっちにしても見物だって、一部では賭けにまでなってるんだよ」

思いも寄らない内容に、完全に虚を衝かれた。

「待っ、捨てるも捨てないも、別にどっちかが拾ったわけじゃ……だってカムフラージュだし、お互い好意があったわけでもないし。第一、それだと勝負にならないよね？　レイよりもおれの方が、よっぽどろくでもないんだから」

「ナオさ、――もしかしてそいつが好きになったの？」

切り込むように言われてどきりとした。じっと見つめられて、尚斗は必死で答えを探す。

「そん、なわけ――……おれとレイの間の前提条件は『絶対好きにならない』なんだし、」

「好きじゃない、んだ？　本当に？」

「いや待って、どうしてそういう話になるの。おれ、この前アヤに説明したよね？」

「噂を調べたら、我慢できなくなった」

今度の返事も間髪を容れずだ。尚斗に当てた視線をわずかにも逸らさずに、アヤは続ける。

「もっとはっきり言うと、僕が厭だ。カムフラージュにしたってちゃんとナオが大事にされてるなら――それでいいとナオが決めたならとあの時は思った、けど」

「だから、ちゃんと大事にしてもらってるよ？　その、おれを好きな人だと思って扱うって言ってたし、その通りに」

「だったら何で、ナオはそんな顔してるの」

　ひどく静かな声音で言われて、尚斗は思わず自分の顔を押さえる。

「レイってヤツの話になってからずっと、ナオは泣きそうな顔してる。今までどんな噂を聞いても、つきあってた人にひどいこと言われたり、その元恋人にろくでもない八つ当たりされたりしても困った顔をするだけだった、のに」

「そ、」

「この際だから言うけど、レイってヤツに期待しても無駄だよ。ナオの言い分を聞いただけでわかる。ナオはそいつに都合よく利用されて蟻地獄に嵌《は》まってるだけだ」

「嵌まって、なんか――だって、それも条件のうちで」

　言葉が半端に止まったのは、こちらを見つめるアヤの表情に痛むような、堪《こら》えるような色があったからだ。

「そいつのことがそんなに大事？　……僕よりも？」

「ちが、――だから、そんな話じゃなくて」

「だったらやめてもいいんじゃないかな。――前にも言ったけど、つきあうなら僕にしなよ」

「え」

「本気だよ。ずっと前から、ナオのことが好きなんだ。テルさんと別れたって噂を聞いて、それなら今度こそちゃんと言おうって……メッセージや電話じゃなく直接言うつもりだった」

それで出遅れたんだから世話ないけど、とアヤは苦く笑う。その表情に嘘《うそ》は見当たらない。何より、そんな嘘をつくようなアヤじゃないことを、尚斗はよく知っている。

けれど、だからといってすんなり頷《うなず》けるわけもなく。

「あの、でもおれは酷《ひど》い噂持ちで、恋人がいる人としかつきあわない、し」

「だから何。この際自慢するけど、僕はテルさんより、レイ？ってヤツよりずっとナオのことを知ってる。相手持ちとしかつきあわないとか言いながら、ナオ本人は一度も二股かけたことはないよね。簡単に見切ったり割り切ったりできるほど、器用にもできてない。実はケジメをつけたい方だし、意外と融通が利かない」

言葉を切って、アヤはそっと手を伸ばす。テーブルの上、カップに添えていた尚斗の手を覆うようにして言った。

「いきなり恋人からとは言わない。今まで通り友達として、今までよりもっと意識してお互いを知りたい。その上で、僕とつきあえるかどうかを考えて欲しいんだ」

まっすぐな告白は痛いように真剣で、――けれど尚斗の中で答えは決まってしまっていた。

「アヤの気持ちは、嬉しい。……でも、ごめん。恋人になるのは、無理」

「ナオ、返事は今すぐじゃなくても」

「本当に、ごめん。でも、もちろんそれはアヤが嫌いだからじゃなくて、」

「これきり、僕と会えなくなると言っても?」

強い口調で遮られて、尚斗は喉の奥で言葉を止める。

「口に出せなかっただけで、ずっとナオが好きだったんだ。やっと告白してここまで譲歩したのを呆気なくフラれて、それでも今まで通りのつきあいができると思う?」

「……それ、は」

言葉が続かず、尚斗はぎゅっと唇を噛《か》む。ひとつ息を飲み込んで言った。

「だと、しても。ごめん、おれにとってアヤは唯一の、大事な友達、だから」

人の感情は理屈ではなく、絶対も存在しない。それを、尚斗はよく知っている。

どんなに好きでも、この上ない存在だと想っていても、どこでどう変わるかわからない。それが、人が持つ「気持ち」だ。こっちの方がいいとか、この方が都合がいいとか。たとえ自分自身のものであっても、そんなふうには決められない。

アヤの言うことはある意味正しくて、今まで通り――今までよりもっと身近にいれば、いつかそういう意味で好きになるかもしれない。大事な友達はけして恋人にはならないと、言い切る根拠はどこにもない。

でも、同じだけ「好きにならないかもしれない」のだ。そして何より尚斗が「好きになった」としても、「その時のアヤが今と同じ気持ちでいてくれる」とは限らない。……「ずっと、その気持ちが続く」かともなれば、なおのこと。

それを承知で、まるで保険でもかけるみたいに——アヤの気持ちにつけ込むみたいに傍にいたら、きっと互いが苦しくなる。

そして何より、今の時点ではっきりしたことがある。

「その時」が来た、のだ。アヤと自分が「大事な友達」でいられる期限が唐突に、たった今終わってしまった。

「ナオ、だから——」

「言ってなかった、かもだけど。おれにとって、友達って言えるのはアヤだけなんだ。だから、嘘はつきたくない。アヤの、おれが好きだって言ってくれた気持ちをほんの少しでも利用したり、都合よく扱ったりしたくない。だから」

痛いような、泣きたいような気持ちで尚斗は「唯一だった友人」を見つめた。

いつか終わると知っていた。必ず壊れるのもわかっていた。

けれど、目の前でそれを見たくはない。わざわざ、思い知りたいとも思わない。

だったら、まだきれいなうちに。辛うじてであっても形がある間に——終わってしまった方が、ずっといい。

「本当に、ごめん。それと、……今まで、本当にありがとう」

やっとのことで絞った声は、尚斗自身の耳にも染みるほど静かに響いた。

8

全身が、泥に浸かったみたいに重かった。

短く息を吐いて、尚斗はいつになく重く感じる眼鏡を外した。伸ばした指先で横髪に触れ、ボサボサにしていたその髪を手櫛《てぐし》で整える。

考える前に指が動くくらい、馴染んだ手順だ。「尚斗」から「ナオ」になる時の――何年も、当たり前にやってきた通りの。

ポケットから引っ張り出したスマートフォンに、表示された時刻は二十一時を回ったところだ。アヤと別れて電車に乗ったのが二十時台で、なのにそれを何年も前のことのように感じている自分につい笑いが出そうになった。

「呆気なさ、すぎ……」

……あの後、尚斗は伝票に釣りが来る金額の紙幣をテーブルに置いて席を立った。

かつて「オーダースーツの人」から教わったやり方だ。そうすれば、相手はすぐには追って来られない。実際、「ナオ」と呼び止める声こそ聞こえたものの、追いつかれる前に尚斗は流しのタクシーを捕まえて乗り込むことができた。

直後に鳴り響いた着信音はアヤとの通信アプリの通話の方で、一瞬どうするか迷った。けれど結局は「いつもの別れ」と同じくそのまま通話を切って、アヤとの専用だったそのアプリをアンインストールした。

もう、これでアヤとの連絡手段はない。彼の行きつけや一緒に出歩いた場所に行かない限り、二度と会うことも、ない。

「こんなに、簡単なこと、だったのかあ……うん、そうなんだ、けど」

ぼろぼろとこぼれる言葉に辟易《へきえき》して、ぐっと奥歯を噛みしめる。深呼吸をし、インターホンに手を伸ばした。応答のなさに困惑した後で、そういえばと思い出す。

「そっ、か。レイも遅い、んだっけ」

それはそれで、今の自分には僥倖《ぎょうこう》だ。思いながら合鍵を取り出して、ふと思う。

自分は「ここ」にいてもいいのだろうか。カムフラージュに使えないのだとしたら、今の関係そのものが無用でしかなくなる、のに？

「ごめん、ちょっといいかな」

不意打ちでかかった声に、比喩でなく全身が跳ねた。反射的に振り返って、尚斗は最悪のタイミングで帰宅した自分を思い知る。

いつの間に外階段を上ってきたのか、すぐ目の前にフォトフレームの中の人——レイの想い人がいた。軽く首を傾げた彼は尚斗よりも背が高くて、困惑したふうに見下ろしてくる。

「ヒロアキ——ああ、外だとレイって名乗ってるんだっけ。とにかく、きみはその部屋の住人の恋人、なんだよね」

「え、いやあのちが、」

「でもそれ持ってるのって合鍵だよね？　僕も同じの貰《もら》ってるから隠しても無駄。あと、……きみナオくんだよね？　その、毒花で有名な」

辛うじて口にした否定を却下されたあげく、最後に指摘された内容に言葉を失った。それへ、彼の人が駄目出しのように続けて言う。

「あと、噂も聞いた。ヒロ、じゃなくてレイが、最近つきあってる相手がナオくんだって」

「そ、……」

そういえば、この人の恋人のことをレイは「あの男」と呼んでいた。だったら交友関係のどこかで、「ナオ」の噂を聞いていてもおかしくはない。

でも、それならレイはどうして、カムフラージュ相手に「ナオ」を選んだりしたのか。

浮かんだ疑問は昨夜と同じで、けれど意味合いがまったく別だ。半ば恐慌状態に陥った尚斗をどう思ったのか、彼の人は短く息を吐く。

「昨日僕がインターホンを押した時、中にいたのはきみだよね。同居してるってことはヒロの可愛《かわい》くて大事な恋人っていうのもきみで、だったら誕生日デートで一緒にケーキ食べてお泊まりしたり、泊まりがけで水族館まで行ってでっかいペンギンのぬいぐるみを押しつけられたりとかも？」

気圧《けお》された尚斗は返事もなく、けれど反応で肯定だと悟ったらしい。何とも言えない複雑な顔で、その人は続けて言う。

「可愛い恋人ができたって、すごい惚気《のろけ》られたんだよね。言葉足らずだけど表情が雄弁で、見てるとつい弄《いじ》りたくなるとか虐《いじ》めるとなお可愛いとか。ヒロの惚気なんて初めて聞いたから是非会いたくて、何度も頼んだのにはぐらかされるばかりでさ。それならって不意打ちで押しかけたのが昨夜なんだけど結局会わせてくれないし、どうも気になることがあって知り合いに聞き回ってみたら、その……相手が誰かっていう話が出てきて」

じっとこちらを見たままの彼が、困った顔になるのがやけにはっきりと見て取れた。

「ヒロとは幼なじみで、弟みたいなものなんだ。やっと大事な人ができたなら、僕としても嬉しい限りだったんだけど」

問うように首を傾げられても、尚斗には返事が見つからない。ただ、この状況をレイが望まないことだけは理解できた。

「とりあえず、ちょっと場所を変えない？　ヒロがじき退去するにせよ、このままだと隣近所に迷惑になりそうだ」

レイに対する配慮までも含んだ言葉への、断り文句が見つからない。そして、――ここで逃げたところできっと、現状は何も変わらない。

仕方がないと覚悟を決めて、尚斗は小さく頷いた。

彼の人に連れて行かれたのは、レイのアパートからほど近い川沿いの散歩道だった。

夜もそろそろ更ける時刻にもかかわらず、犬連れで行き過ぎる人がいたのはジョギングだろうか。きちんと街灯が配された道はそこそこ明るいから、もしかしたら散歩の人なのかもしれない。とはいえそれも最初だけで、すぐに周囲は無人になった。

「いきなり失礼なことを訊くようだけど。ナオ、くんはヒロとのことは本気、なのかな」

ぶらりと少し歩く素振りで、彼の人が言う。やっぱりすぐには返答できなくて、尚斗はその少し後を歩きながら言葉を探した。

「余計なことなのは承知してるけど、本気じゃないなら……もし本気でも、今のヒロの相手をするのはやめた方がいいと思うんだ。その、あいつはちょっとタチが悪いところがあって、それにはいろいろ本人なりの理由っていうか事情があるんだけど」

「じじょう、……？」

「そう。すごく個人的なことなんで、僕の口からは言えないんだけど……そのあたりを含んで考えると、まずあり得ないんだよね。――ヒロがナオくんを選ぶっていうこと自体、が」

ひどい言い方をしてごめんね、と最後に付け加えた彼の人が、とても申し訳なさそうに尚斗を見る。

尚斗はむしろ、その言い分にとても納得する。最初の予想が正しかったことを、こうして会ってみて確信した。

長年ずっとこの人を想い続けていたレイが「カムフラージュ」とはいえ「ナオ」を選ぶだなんて、どう転んでも「あり得ない」。

だって、この人はとてもまっすぐできれいだ。レイをこうも気にかけているのに、悪名高い「ナオ」を責めようとしない。どころかむしろ気遣って、言葉を選んでくれている。

（底抜けに人がいいんだよなー。すんごいまっすぐで純粋で、呆れるくらい一途でさ）

（言い方変えると盲目、とも言うけど。何でそこまで、ってくらい相手を信用するんだよな。こっちが絶対おかしいからやめとけって忠告しても無駄なくらい）

この人のことを話す時のレイの、蕩けるように優しい目を思い出す。

……尚斗の一存で、この人にレイとの関係がカムフラージュだとは言うわけにはいかない。こうして会っていること自体、レイにとっては不本意なはずなのだ。

「ナオ、くん？」

黙り込んだ尚斗が気になったのか、躊躇いがちに彼の人が呼ぶ。背後にあった街灯で陰影がついた、その表情を目にして唐突に、昨夜の既視感を思い出した。

「まさか、……セイジさん、の――？」

こぼれた呟きに、慌てて自分の口を押さえても遅い。瞠目したその人がじわりと苦い笑みを浮かべるのを目にして、尚斗は全身を竦《すく》ませる。頭の中をぐるぐる回るのは、「どうしてそんな」という無意味な言葉だけだ。

既視感があって、当たり前だ。なのにすぐには思い出せなかった、のも。

二年半ほど前に「ナオ」がつきあっていた相手の、恋人だった人なのだ。確かあの時は二か月足らず続いたけれど、この人についてはいろいろ聞かされていた。

人がよくてまっすぐで、その分単純だから扱いやすい。物事の裏を読もうとしないから欺《あざむ》くのが簡単で、優しく甘い言葉にはころりと転がされてくれる。そのくせ見目はいいし、誠実に見せておけばいくらでも貢いでくる。あれほど扱いやすい「恋人」はそういない——。

当初は大仰なほどの美麗字句を重ねていたはずの「恋人」への評に侮りが混じるようになったのが、「つきあい」始めて半月余りの頃。そこからさらに半月、一か月と経つ頃には露骨に「恋人」を貶すようになって、それが尚斗には厭で仕方がなかった。結局こちらから別れを切り出したのだが、後にも先にもあそこまで酷いのは滅多にない。

けれど自惚れが強かった「セイジ」は「ナオ」からの別れの申し出を、「この愛人は自分が好きすぎて恋人の存在に耐えられないようだ」とでも解釈したらしい。

（アイツが余計なことを言ったのか？　ちゃんと言い聞かせたはずなんだが）

（心配しなくてもアイツはオレの言いなりだからな）

（もちろんナオの方がずっと大事だ。それはわかってるだろ？）

決定打になったのは、「同時進行のナオ優先で構わないと言質を取った」という自慢だ。

その場できっぱり引導を渡して、セイジとの関係は完全に終わった。

その後、彼らが別れたようだとは風の噂で聞いていた。けれどセイジの「恋人」は遠目に何度か見ただけだったから、それきり意識に上ることもなくなった……。

「覚えてたのかあ。話す以前にまともに顔を合わせたこともなかったし、もう忘れてると思ってた。けど、だったら話は早いかな」

苦笑いだった彼の人が、ふと真顔になる。小さく息を吐いて言った。

「ヒロは確かに、ナオくんのことを気に入ってるよ。けど、たぶんそれ以上に気に入らないはずだし、ろくでもないことを考えてると思う」

「きに、いらない……ろくでもない、こと?」

「要点だけ言うけど、あいつはいわゆる不義っていうのを毛嫌いしてる。だから自分では絶対やらないし、その類のことをする人は通りすがりの他人でも露骨に嫌うんだ。それで……僕とは長いつきあいだから、二年前のことも知ってる。ナオくんの噂も含めて」

躊躇いがちに言われて、数時間前に会ったばかりのハヤトを思い出す。確か、彼は「ナオ」とテルの関係を知って怒り狂ったと聞いた。

怒りは二次的な感情だと、どこかで聞いたことがある。最初にあるのは悲しみや苦しみといったどうにもならない気持ちであって、それが堪えきれない時に生まれてくるものだと。

「ナオ」に関わった「元恋人」だった誰もがそれを抱いたに違いなく、けれど彼らにとってはただのとばっちりに過ぎないということも。

目の前の人もそうだったなら――それを目の当たりにしたレイはいったい何を思ったのか。考えただけで、全身が竦んだ。

「近づいたのも、誘ったのはヒロの方だよね。ちょっとっていうか、かなり強引に迫られたよね？　あと、たぶんナオくんはレイのことは知らなかった。違う？」

言葉が出ずに、尚斗はただ頷く。かすかな痛みにのろりと目をやって初めて、自分の腕を自分で食い込むほどに握りしめていたのを知った。

「それで――うん、先にこれだけは言っておくけど。二年前のことなら、僕にとってはもう終わったことなんだ。むしろ、自分の馬鹿さ加減やあいつの本性を知る機会だったと思ってる。だから、個人的にナオくんに対して含むものはないんだよね」

少し慌てたように、気遣うように言われて思わず顔を上げていた。

尚斗を見つめる彼の人の表情は、やっぱり少し困ったふうだ。それでも声音だけでそれが本音だと伝わってきた。

「その前提で余計なことを言わせてもらうね。ナオくんはもう、今までみたいなつきあいはやめた方がいいんじゃないかな」

「え、」

「だってきみ、誰かの恋人を横取りしたいわけじゃないよね？」

最後に首を傾げた人の、言い分が意外すぎて尚斗はきょとんと瞬く。それへ、彼は思案する素振りで続けた。

「知り合いから、かなり前にきみに誘われた話を聞いたことがあるんだ。当時恋人がいたから即答で、心外すぎるし侮辱だって断った。自分でもどうかと思うほどきつい口調になったのに、きみはすごく嬉しそうに笑ってそうですか末永く仲良くしてくださいって言ったきり離れていったって」

　いったん言葉を切って、彼は言う。

「信じられなくて、けど嘘をつくような人じゃないのは知ってたから自分で調べてみた。それが去年の夏だったんだけど、セイジがきみを落とすって宣言したのを聞いたって人が見つかった。その人も、実はきみに恋人を奪《と》られたことがあったらしくて」

　一緒になって「ナオ」を知る人を辿ってみれば、「ナオ」から「誘われた」者はごく少数だ。おまけにその全員が即答で断っていて、にも関わらず「ナオ」が「すぐ引き下がった上に妙に嬉しそうだった」と口にした。

「ナオくんて、元恋人だった人に絡まれた時は自分から、殴るなり蹴るなり好きにしろって言うんだってね。逃げもせず自分を庇いもせずに、突っ立ったまま好きにさせるって」

「それだけのことをしてる、わけですし。その程度で気がすむとは思わない、ですけど」

「それできみに張り手かました人の、ほとんどが言ったんだよね。自慢の顔を殴られても蹴られても、ただじっと我慢してる。絶対、相手の――僕の場合ならセイジのせいにしないし、後々訴えたりもない。噂ともだけど、言動が嚙み合わないって」

もっとも、と彼はそこで声のトーンを変えた。

「だからきみは悪くないと言うつもりはないよ。やったことはどうしたって、『なかったこと』にはならない。今の僕があれを過ぎたことと言えるのは今の連れと出会えたからで、それがなければ未だに引《ひ》き摺《ず》ってたかもしれない。……――実際、当時は自分でもどうにもならないくらい苦しかったんだ。どん底まで落ち込んだし、どうすればいいのかすごく悩んだ。その全部を、ヒロは僕の隣で見てた」

「――、……」

「昔の話だけど、ヒロはもの凄く荒れてたことがあってさ。もう落ち着いたと思ってたのに、その頃以上に荒れ狂ってナオくんを罵倒して、ただの仕返しですむと思うなとことん思い知らせた上で追い詰めて追い落としてやる――とまで言い出した。まあ、それで僕も落ち込んでいられなくなったんだけど」

困ったように笑うこの人が当時の「ナオ」に接触しなかった最大の理由が、レイの暴走を止めるのに必死だったから、なのだそうだ。

「それきりナオくんの話は全然出なかったから、ヒロにとっても終わったことだと思ってたんだ。……ヒロって、テリトリー意識が強くてさ。友達もだけど、僕だってあまり部屋には入れてくれないんだよね。家具が少ないのも引っ越しや搬入で他人を入れたくないからで」

同居を始めたと聞いて、今度こそ本気の相手が見つかったんだと喜んだ。なのになかなか会わせてはくれなくて、それも出し惜しみだと思っていたから悪戯のつもりで昨夜訪ねてみたのだ。その結果、ひどい違和感を覚えたという。

「あれだけ大事で可愛いを連発してた恋人を置き去りに飲みに行く、っていうのもだけど。昨夜のヒロはとにかく様子がおかしくてさ。昔みたいに歪な顔して、もうじきずっと抱えてた憂さが晴れるとか自業自得の因果応報だとか言ってて」

恋人の話を振っても流すばかりで、物騒なことを口にする。それが気になって、事情通の友人に連絡してみた。彼の人自身はここ数年同類が集まる場所とは無縁になっていて、だからその時初めてレイことヒロの噂と、そのレイが最近付き合い始めた人物の名前を知ることになった――。

訥々《とつとつ》と続く声を聞きながら、尚斗はずっと抱えていたいくつもの違和感がするするとほどけていくのを感じていた。

「つきあいが長いからだけど、ヒロの腹は何となくわかるんだ。人当たりがいい癖に好き嫌いが激しくて、気に入らないことはしつこく根に持ってまず忘れない。……そういう時のヒロは本気で容赦がないから、できれば拗《こじ》れる前に」

「ありがとう、ございます。でも、大丈夫です。自分のことなので、自分で責任を取ります」

「けど、ヒロはかなり執念深いよ？　よくも悪くも諦めが悪くて」

「だとしても、因果応報ですから。でも、気持ちは嬉しいです」

言いながら、自分が笑っているのがよくわかった。

この人には絶対に敵《かな》わない――敵うわけがなかったと、滴が落ちるように思い知った。


「ありがとうございました」という声を背に、尚斗はコンビニエンスストアを出た。

見上げた空は、やっぱり暗い。夜が更けて気温が下がったらしく、コートを着ていても肩のあたりが寒い。この時刻に出歩くことなど滅多にないから忘れていたが、次があればマフラーの一本でも追加した方がいいかもしれない。

もっとも、……「次」なんてさっぱり予定はない、のだけれども。

「あと、は――レイがいつ帰ってくるか、……かな」

ぽつんとこぼれた声が、白い息となって消えていく。それを追い掛けるように、尚斗はレイのアパートへと引き返す。

住宅と、その隙間《すきま》にある畑。そんな中に建つレイのアパートから最寄りのあのコンビニエンスストアまでは、歩くと十分近くかかる。他の店舗がさらに遠いことから重宝していたけれど、たぶんそれも近々終わりだ。

一時間ほど前に別れた、彼の人——レイの想い人を、思い出す。

最後の最後まで「ナオ」を気にかけてくれたその人に、尚斗は正直な気持ちを告げた。

（すっきりしました。というより、納得できました。どうしてレイが、おれを選んだのか）

ジグソーパズルの最後のピースが、嵌まった時に似た感覚だ。波紋めいて広がったそこから浮かんでくるのは、「やっぱり」という諦観だった。

ああも「設定」に固執し、人目のない自室内でまで甘やかしたのは全部が計算尽くだから、だ。きっとレイは最初から、そのつもりで「ナオ」に近づいた。

「それだと全部の辻褄《つじつま》が合う、んだよね」

彼の人と、別れた直後に気がついた。

あんなに甘やかすくせに、聞く側が恥ずかしいようなことを言うくせに、「客観的事実」を振りかざすのに、レイはけして「ナオ」に「好き」だとは言わない。細かく気遣いながら、こちらの表情を読んで先回りしながら「ナオ」個人については見事なほど何も訊かない。

それはつまり、「ナオ」本人にはまったく興味がないから、で。

なるほどうまいやり方だと、尚斗は他人事のように感心する。

人というのは複雑怪奇で、「どうでもいい」相手には寛大だ。さらに意外なことに「嫌い」な相手には、方向性次第でいくらでも寛容になれる。

寛大なのは、「どうなったところで興味がない」からだ。どうなろうと構わないから笑顔で話を聞いて、無責任な相槌《あいづち》を打つことができる。

方向次第の寛大さは、相手を追い込むためだ。相手が望むものを降るように与えることで、己が望む方へと誘い込む。「本人が選んだ」という形を取って、あらかじめ決めていた答えへと確実に誘導していく。

人は、自分に都合のいいことだけを信じるものだ。相手の真意を見極めるより、心地よく耳あたりのいい言葉に溺れて、容易に相手に好意を抱く。

――今の尚斗がそれを「信じられない」と、「信じたくない」と思っている、ように。

レイ本人の口から真相と本音を訊くことを、自ら選んだように。

(だったら僕も立ち会うよ。でないとヒロが、何を言い出すかわからない)

そのために、尚斗は彼の人からのその申し出を断った。

帰り着いたアパートでインターホンを鳴らしても応答はなく、通信アプリにもレイからの新着はない。

明かりを灯した奥の部屋には、今朝まであった品――尚斗の私物はひとつもない。つい先ほど、まとめてあのコンビニエンスストアで宅配便に預けた。

……終わってしまうのは本当に簡単だと、コートを着たままで他人事のように思う。

「アヤとも、だったけど。レイとは……当たり前、だよね」

信じたくないとは、思う。けれど、願いが必ず「事実」と一致するわけじゃない。そんなこと、厭というほど知っている。

棚の上、相変わらず伏せたままのフォトフレームに目をやった時、インターホンが鳴った。

びくりと大きく肩が跳ねたのが、自分でもよくわかった。

(ひとりで部屋にいる時は必ずロックバーをかけろよ。忘れんな)

ここに来た当初にそう言ったレイは、尚斗がいる時に帰宅すると必ずインターホンを鳴らして待つ。

ひとつ息を飲み込んで、玄関先へと向かった。緊張で固まった指をどうにか動かしてロックバーを外し、二度ほど深呼吸してから施錠を外す。

「お帰りなさい。遅かった、ですね」

「いろいろあってね。そっちこそ、いつ帰った？　友達とは会えたのか？」

尚斗が一歩下がるのに合わせたように、玄関先に足を踏み入れたレイが背中でドアを閉じる。靴を脱ぎながら言う彼は、やはり今朝と同じく余所余所《よそよそ》しい。

「無事に会って、絶縁してきました」

「……は？」

するりとこぼれた言葉に自分でも驚いて、けれど事実だからいいかと思い直す。それより、胡乱《うろん》そうにこちらを見ているレイから目を離せなくなった。

「絶縁って、……アンタの服を見立ててくれたのとは別のヤツ？」

「同一人物です。彼以外に、おれ友達はいないので」

「いないのでって、――それで絶縁ってアンタ、」

「それで、……ここに帰ってきてすぐに、しの、さんと会いました」

いつか、レイがこぼした名前をわざと口にする。とたんに冷えた目つきになったレイが、色のない視線をそのままに柔らかい笑みを浮かべるのを目にして「なるほど」と思った。

「何、それ。何でアンタと、しのが」

「おれに、話があったとかで。二年前のことと、昨夜レイがあの人に言ったことを。……――もうじきずっと抱えていた憂さが晴れる、でしたっけ？」

だらだら話をしたって意味がない。どんな理屈を並べたところで結論はひとつだ。

だからこそ、尚斗はあえて彼の人の言葉の中でも「肝」になる部分だけを口にする。

人は、豹変《ひょうへん》するものだ。例えば知らなかったことを――信じたくない事実を目の当たりにした時に。あり得ない言葉を浴びせられた時に。絶対に許せない光景を見せつけられた時に。

……あるいはあえて隠していたことがバレたと知った時、に。

「へえ？」

数秒の間合いで、レイが笑う。見慣れた人懐こいものでなく、目だけが冷えたものでもなく。確かに笑っているのに、見ているこちらが凍えるかと思うような。

それだけで、「答え」は見えた。同時に、「でも」と胸の奥深くに抱いていた何かが、音を立てて砕け散った。

「うっわ、勝手にバラすとかしののヤッさいあくー……って、アンタ、どこまで聞いた？」

「あの人のかつての恋人をおれが寝取って、結果かなり辛い思いをして別れる羽目になったこと。それを傍で見ていたレイは、そもそも最初からおれが大嫌いだったことと、ここからは予想ですけどしのさんがされたのと同じことをおれに対してやり返そうとしている……というあたりで間違いないでしょうか」

面倒そうに廊下の壁に頭を預けたレイを前に淡々と言いながら、見事なくらい何も感じない――ここ最近馴染みだったはずの胸の痛みすらない己に、感心した。

「ナイデスネ。ほぼビンゴ。まさかそっち経由でバレるとは思ってなかったけどさ」

はあ、と大仰な息を吐いたレイが、顎を引いて尚斗を見る。そこにあるのは、明らかな侮蔑の色のみだ。

「ひとつ、聞いていいですか。レイが、おれを嫌いなのは――しの、さんの件があったから……？」

「それが一番デカいな。アンタには何度も言ったけど、しのは俺の特別だから。けど、それがなくても間違いなく嫌いだね。うまくいってる恋人同士をわざわざ狙って割り込んどいて、

『絶対、好きにならない』のが条件とかふざけるなっての。最低最悪、目にも入れたくないんでとっとと消えてほしいレベル」

「……――」

ぶつけられた言葉が、深く内側に食い込むのがわかる。なのに、不思議と痛みはない。浮かぶ言葉はたったひとつだ。ああ、やっぱりそうなのか、という。

「台無しだよなあ。……計算ミスってか、バレるのが早すぎ。もっとでろんでろんに惚《ほ》れさせて、俺がいなきゃ生きていけないようにしてから盛大に捨ててやろうと思ってたのに」

「でろん、でろん……」

「食虫花ってくらいだから場数は相当のはずだし下手したらこっちが食われるってかなり警戒してたんだよなあ。実際につきあってみればこの程度で拍子抜けしたけどさ」

で、とレイは肩を竦める。初めて目にする挑戦的な顔で、まっすぐに尚斗を見た。

「アンタは何か言いたいことある?」

「言いたい、こと……?」

「バレたんならカムフラージュごっこも今日限りだ。こっちとしても、わざわざアンタなんかとつきあう意味ないし? この際だし好きに言えば」

「いみがない、……ですか」

「まさかあるとでも思ってる? ないだろ、誰が好き好んでアンタみたいのと、――……」

侮蔑一色だったレイの声が、唐突に途切れた。それの続きが妙に気になって、尚斗は改めて彼を見る。その拍子、ぽつんと何かが頬を掠めて床へと落ちていった。

「……え、……？」

それが皮切りだったように、またしても滴が頬を伝っていく。意味がわからず瞬くと、今度は眦からこぼれて顎を伝った。思わず目で追った先、フローリングの床に落ちて小さな透明の円を描く。

「――は？　何ソレ、『食虫花』が泣くとかあり得ない、……」

珍しく、どこか狼狽《うろた》えたようにレイが言う。それを聞き届けて数秒後、ようやく頬を伝うそれが涙だったことに気がついた。

「あれ、……おれ、なん、で」

無意識に動いた指が、唇を覆う。そのとたん、――ずっと詰めたきりにしていた耳栓をいきなり外したように、感覚の洪水に飲み込まれた。

まず最初に認識したのは、胸の痛みだ。針どころか杭《くい》を打ち込まれたような。あまりの痛みに無意識に手をそこに当て、同時に背中が丸まった、ような。

そうして、痛いような息苦しさだ。胸の痛みの影響もあるのか、うまく呼吸ができない。喉から背中がずんと重苦しくて、キリキリとどこかが軋《きし》む、ような――そしてそれはずっと昔、尚斗がとうに諦めて、縁がないと捨て去ったはずの「気持ち」とそっくり同じ、で。

「う、そ……――」

何故、どうして、こんなふうに――だって、レイとの関係はカムフラージュでしかなくて、前提条件は「絶対好きにならない」で。

もう誰にも、何にも期待しないと尚斗は決めていたはずだ。誰かを好きになっても無駄で、好きになってもらおうなんて思うだけで烏滸《おこ》がましい。それを厭というほど思い知らされたからこそ、つきあう相手にあえて「恋人持ち」を選んだ。

レイとだって、同じだ。彼の人への想いが眩《まぶ》しいほど鮮やかだったから、ほんの少しだけそれに触れてみたかったから、これまでならけして頷かなかったはずの申し出を受けた。

だから、そんなはずはない。それだけは避けたくて、もう何年もそうしてきて、これからずっとそうやって生きていくしかないんだと――絶望とともに安堵していた。

それ、なのに。

大きく膨れ上がった感情が、身体《からだ》の奥でひとつの塊になる。するすると集約していった先、唇の先から滴り落ちていく。

「成功、して、ますよ。……――おれ、レイのことがすき、になってます、から」

自分が発した言葉を耳にして、「そうだったのか」と今さらに思い知った。

絶対に、叶《かな》わない、気持ちだ。そんなこと厭というほど知っていて、けれど同時にそれがひどく嬉しい。

それほどの気持ちを、レイが抱いていることが。自分のこの痛みが、彼の人へのレイの想いの証明でもある、ことすらも。

無言のまま眉を顰《ひそ》めたレイに、尚斗はどうにか笑ってみせる。「ナオ」のそれではなく、下手くそな「尚斗」の笑みになっていると自分でも何となくわかった。

「だい、じょうぶです。だからって、レイにつきまとったり、はしません。こういうの、因果応報、って言うんです、よね？」

一言発するたびにぱたぱたと涙が落ちて、頭のすみでそんな自分に驚く。だって、尚斗はもう十年近く泣いたことがない。泣いても無駄だと諦めた時からどんなに辛くても悲しくても涙が出なくなって、そのせいで「冷たい」、「人形みたい」と罵られた。

なのに、――どうして今、涙が止まらないのか。

手のひらでぐいと目元を拭《ぬぐ》って、尚斗はどうにかレイを見上げる。彼の傍をすり抜け、玄関先に置いてあった自分の靴に足を入れた。

「安心してください。もう二度と、会いません。……短い間だったけど、ありがとうございました」

レイの顔を見ないまま、玄関ドアを開く。外に出ようとして、そういえばと思い出した。

「これ、お返ししておきます。……スペアは作ってないので、そこは安心してくださいね」

キーホルダーから外していたこの部屋の合鍵を、玄関ドアのポスト受け口に落とし込んだ。

そのまま外に出て、玄関ドアを背中で閉じる。

(間違いなく嫌いだね)

(最低最悪、目にも入れたくないんでとっとと消えてほしいレベル)

(誰が好き好んでアンタみたいのと)

耳の奥でよみがえった声に、心臓の奥が軋んだ気がした。

ぐっと奥歯を噛んで、尚斗はすぐさま歩き出す。振り返ることはせず、まっすぐに駅へと向かった。

9

尚斗の母親は、とても美しい人だった。

そしてそれと事実と同程度に、自分によく似た貌《かお》の息子——尚斗に対して否定的な態度を見せた。

(アンタって本当に鈍くさいわよねえ……せっかく美人に生んだのに、気が利かないし。豚に真珠、ってヤツよね)

ごく稀《まれ》にかけられる言葉は、大抵がそんなふうだ。それも必ずといっていいほど鏡台越しで、まっすぐに見てもらったことは思い出す限りほとんどない。

おそらく彼女は、尚斗にはさほど興味がなかったのだろう。誕生日ケーキの頃には少し構ってもらった覚えがあるから、あるいは尚斗が成長するにつれ関心が薄れていったのかもしれない。

その母親には、どうやら常時複数の恋人——あるいはパトロンがいた。あるいは愛人だったのかもしれないが、連日のように違う車がアパート前に迎えに来て、完璧に着飾った彼女を乗せて出かけていった。

母親が初めて無断外泊したのは、確か尚斗がまだ小学校に上がる前のことだ。いつものように着飾った彼女が初めて見る行動を取った。つまり、狭い部屋の隅にあった棚の上に菓子パンと牛乳パックをひとつずつ置いていった。

ひとりきりの夜は、とてつもなく長かった。どうしてだかテレビも点かず、部屋の明かりには手が届かなかったから、夕暮れには家の中が暗くなった。母親への連絡手段はなく、かといって隣近所を尋ねるには日頃からの折り合いが悪すぎた。

——……おかあさんが、帰って来なかったらどうしよう。

真っ暗になった部屋の中、寒さと不安に耐えかねて必死で押し入れの布団を引きずり下ろした。そこにぐるぐるにくるまって一睡もできずに迎えた朝に、母親はいつもの顔で帰ってきて言ったのだ。

(もう、ひとりで留守番できるみたいねえ?)

以来、母親は頻繁に外泊するようになった。尚斗が必死で「怖い」、「寂しい」と訴えても、鏡台越しに笑うばかりだ。

（どうせ夜なんだし、寝てしまえば朝なんてすぐでしょ）

訴えても無意味だと悟って、「そういうもの」だと無理にも納得して、それでも耐えられないことがひとつだけあった。

今日はいてくれる、今夜は大丈夫だと安堵して、薄い布団に潜り込んで眠りに入る、その寸前に母親が出かけてしまうことだ。安心して緩んだ夢の中、足音が遠ざかりドアが開閉して、尚斗はひとりきりで「置いて行かれる」。それは当時の尚斗にとって底冷えのする恐怖で、けれど訴えようにも眠りに入った身体は動いてくれない。どうにか起きようにもままならなくて、そうして落ちた夢の中でも「ひとりきり、置いて行かれた」ことを思い知る――。

もしかしたら、それは予感のようなものだったのかもしれない。中学を卒業した尚斗がバイトの傍らに夜間学校に通い始めた頃には母親はアパートにいないのが普通になっていて、それでも用事があって電話をかければ三度に一度は応じてくれていた。

正確に、彼女がいついなくなったのかは、尚斗にもわからない。夜間学校に入って九か月ほどが過ぎた年の瀬にバイト先で保護者印が要ると言われ、久しぶりに電話してみたら、番号不使用のアナウンスが流れたのだ。

棄《す》てられたんだと、その時点で悟った。「やっぱり」とどこかで思ったけれど満ちてくる寂寥《せきりょう》感といいようのない寒さはどうにもならなかった。

……幸いだったのはその時点で、尚斗が辛うじて自活できていたことだ。バイトを増やして卒業後の就職活動に備えて、けれど残念なことに卒業式を迎えても就職先が決まらなかった。成績そのものは悪くなかったらしく入社試験や書類審査には通るのに、面接で必ず落とされる。原因はたぶん生来の人見知りと口下手と、……分厚い眼鏡と目元を覆う前髪という陰気な見た目で、知っていても母親に似た顔を晒す気になれなかった。

この顔を前面に出して就職したところで、過剰に期待されたあげく中身とのギャップを揶揄《やゆ》されるだけだ。それよりも、中身に準じた地味な見た目をしておいた方がずっといい。そんな思いでハローワーク通いをしながらバイト生活をしていた頃に、尚斗はその「先輩」と出会った。

(おまえ本当に真面目だなー。よく頑張ってるし、感心するわ)

当時のバイト先の先輩だった彼は近くの大学に通う学生で、ある時突然そう言って熱い缶コーヒーを奢《おご》ってくれた。冷え込みの激しい深夜、バイトを終えたばかりの身にそれはひどくありがたくて、缶から伝わるぬくみに心底安堵したのを覚えている。

以来、彼はちょくちょく尚斗に声をかけてくるようになった。バイト上がりに一緒に缶コーヒーを飲むのはいつか「当たり前」になり、やがて誘われて夕食をともにするようになり、ちょっとした夜遊びに連れ出されるようになり——いつしか同じ大学だという先輩の彼女も含めた三人で、近場に遊びに行くような間柄になっていた。

だから、ちょっとしたアクシデントでその先輩に素顔を見られた時は焦って固まったし、途方にも暮れた。そんな尚斗をまじまじと眺めて、先輩は言ったのだ。

（おまえ何でその顔隠してんの？　美形なのに勿体《もったい》ない）

（顔と中身が一致しない、んですよ。顔は派手でも本人は地味、なんで）

（あー、そりゃ言えるかも。顔だけなら十分アイドルやれそうなのになあ）

感心したように覗《のぞ》き込んできた先輩が、自分の顔にさほど興味を示さなかったことに安堵したのだ。この人なら大丈夫だと、本気でそう思った。

（おまえだしイラナイ心配だと思うけど。オレの彼女に手え出すなよ？）

（出しません、よ。先輩と、お似合いです、し。あと、おれ実は女の人って苦手、なんで）

先輩からこっそり釘《くぎ》を刺されて、苦笑いでそう返した。尚斗にとっての「女性」は母親そのものだったし、そもそも恋愛なんて考えたこともない。先輩の彼女にそれなりに接することができたのだって、間に「先輩」がいたからこそだ。

そっか、と安心した素振りを見せた先輩との関係が変わったのは――おかしくなったのは、それからほんの十日後のことだ。

何度目かの飲みに連れて行かれ、べろべろになった先輩を本人のアパートまで送って行った。尚斗にとってはいつものことで、狭いベッドに先輩を乗せて「じゃあおれは帰りますね」

と背を向けたのだ。

まさか、腕を摑《つか》まれ引き倒されるなどとは思いもせずに。

呆気に取られている間に服を剝《は》がれ、生まれたままの肌を初めて他人の目に晒した。舌なめずりをした先輩に噛みつくみたいなキスをされて、そのまま好き放題に扱われた。

……それが、本来なら恋人同士でする行為だったと気付いたのは、夜が明けた頃だ。

先輩には恋人がいるのにと、全身から血の気が引いた。ひとつ年下だった尚斗を、彼女は弟扱いで気にかけてくれていたから。

魔が差したと、先輩は悪びれない顔でけろりと言った。

(だっておまえ、やたら綺麗だし？　あんだけオレに懐いてるんだし、大して厭がってなかったんだしオレのこと好きなんだろ？　そんな縋《すが》るような目で見られたら放っとけないじゃん。大丈夫、言わなきゃバレないって)

けれどその時点では、確かな罪悪感があったのだ。「彼女持ち」と関係してしまった自分は、つまり周囲から「アバズレ」とか「泥棒猫」と呼ばれていた「母親」と同じなのだと思った。

だから、必死で先輩に訴えた。そんなのおかしい、間違っている、彼女が可哀相《かわいそう》だから考え直して欲しい。

そうして尚斗が言葉を重ねるたび、先輩は嬉しそうに笑うのだ。

(そおか、そんなにオレが好きかー。オレも、尚斗が大好きだぞー)

そんな言葉とともにぎゅうっと抱きしめられて、どうしても撥《は》ね付けることができなかった。当時の尚斗にとっての「先輩」は初めて自分を気にかけてくれた人であり、話を聞いてくれる唯一の人だったから。

そして何より、初めて触れた「先輩」の——人の体温に、身体の芯に巣食っていた凍えを溶かしてもらえた、から。

もう寒くないと、これでひとりじゃないと思えたのは生まれて初めてで、そのぬくみを手放したくなかった。こんなのは駄目だと知っていて、握られた手を振りほどけなかった。

（バレないようにすんのもスリルがあっていいよなあ）

そう言って笑った「先輩」との関係は、けれどそれから二か月と経《た》たずに終わった。

一緒のバイトが終わった深夜、いつものように先輩のアパートで抱き合って眠った翌朝に、先輩の彼女が朝食を作りに来たのだ。合鍵を使って入った彼女が目にしたのは、窓際のベッドでもつれ合うように眠る尚斗と先輩で——その後はお決まりのように修羅場になった。隅で蹲《うずくま》っているしかなかった尚斗をよそに彼らの間でついた決着は、明確だ。曰《いわ》く、同情して優しくしただけの先輩を、酔い潰して誘惑した尚斗が悪い。

最終的に、尚斗はそれなりに長く続けていたバイトを複数辞めることになった。スマートフォンから彼らの連絡先を削除された上、二度と顔を見せるなと言い放たれた。

——人は、一度知った快適を手放すことはできない、という。

傍にいてくれる「誰か」を、身体の芯から消えない凍えを包んでくれる体温を知ってしまったら、もう「ひとり」は耐えられなかった。誰でもいいから傍にいて欲しくて、一時でも構わないから体温を分けて欲しかった。

今度こそと、この人はと信じては、その場限りで棄てられる。あるいは甘い言葉に乗せられ好き勝手に遊ばれたあげく、所持金までも巻き上げられる。そんな中、尚斗なりに必死で相手を見て、……「この人だったら」と思えたのが——安堵できたのが、いわゆる「恋人持ち」だったのだ。結局はあの先輩の時の二の舞にしかならないのに、彼らが恋人に向ける目を見て期待した。

もしかしたら、自分も同じように扱ってくれるんじゃないのか、と。それが無理でもほんの少しなら——僅かにならその優しさを分けてくれるかもしれない、とも。

もちろんそんな都合のいいことなんて、一度も起きたりしなかった。尚斗の手をあっさり取った相手が大事にするのはやっぱり恋人だけで、やがては遊び飽きたオモチャでも棄てるように放り出される。

そんなことばかりを繰り返す中で、尚斗は「オーダースーツの人」に出会った。

（その恰好《かっこう》はいただけないな。せっかくの見目が台無しだ。あと、名前はヒサト、だったか……悪くはないがイメージが合わないね。今後は「ナオ」と名乗りなさい）

それが当然とばかりに言い放った彼と、それまでの相手との違いはと言えば親子ほどの年齢差と――財力、だろうか。まずはとばかりに尚斗をオーダーの店に連れて行ったその人は、以降尚斗をそれまで無縁だった高級店やホテルへと連れ歩き、その場に相応しい言動を取るよう促してきた。

テーブルマナーから始まって表情の作り方、立ち居振る舞いに言葉遣いと受け答え。返事をしたくない質問への切り返し方から、目線や仕草だけでこちらに都合よく相手の思考を誘導する方法。

ホテルに行く前後のやりとりや、わざとらしさを感じさせない気の引き方や、そうした時に相手に期待させ喜ばせる仕草。それから、――どうすれば、抱かれる際に相手の男を悦《よろこ》ばせることができるのか。実地で教え込まれたそのベッドの中で、「オーダースーツの人」は面白がるようにこう言った。

(ナオには特定の恋人が必用か？)

(おれはたぶん、そういうのには向いてない、と思います。――特別に相手にされるほどのものは、何も持っていないので)

自嘲気味で言った髪を撫《な》でられ、額にキスを落とされる。近すぎる距離で尚斗を見つめて、その人は「なるほど」と笑った。

(私の綺麗なお人形は、どうも自覚が足りないようだ。――だったら『特別な』相手にしたくなるような存在にしてあげようじゃないか)

……今にして思えば、その「オーダースーツの人」は尚斗を使って人形遊びをしていたのかもしれない。状況や立ち位置からすれば「愛人」が一番近かった気がするが、扱いそのものは「愛玩」に近かった。

（仕上げも終わりだ。ここが潮時だろう）

約二年後、唐突にそう言ったその人はその後間もなく尚斗の前から姿を消した。「もう会わない」と言われた直後、それならとスーツ一式の支払いを言い出して聞かない尚斗に苦笑で応じ、どういう理屈でか今の職場を紹介してくれた上でのことだった。

（紹介、というより仲介だな。採用されるかどうかはナオ次第だ）

幸運にも採用通知を受け取ったあの時が、おそらくチャンスでもあったのだ。素直に感謝して「ナオ」を封印し地道に「尚斗」として生きていくか、すでに「実地」に入っていた。

「恋人持ちしか相手にしないナオ」を続けていくのか。

地味で目立たない「天宮《あまみや》尚斗」として就職した後、結局尚斗は「ナオ」でもあり続けることを選んだ。

……どうしたって、「尚斗」はひとりだ。家族も親類も友人もなく、「愛人」として可愛がってくれた人も離れていった。改めて、自分で「尚斗」を眺めてみても、やっぱり「つまらない人間」でしかない。

でも、「ナオ」でいる時は別だ。あの人に見立ててもらったスーツで、教わった表情と仕草で思わせぶりに見つめるだけで、近づいてくる人がいる。「絶対、好きにならない」条件で互いを縛って恋人への想いを聞かせて貰って気持ちが温まった後には、ベッドの中で冷えた身体に体温を分けてもらえる——。

「恋人持ちしか相手にしない」なんて、最低だ。そんなこと、言われるまでもなく知っていた。だからこそ、「相手から声をかけさせる」ことに腐心した。

視線や表情ひとつで目の色を変え、恋人に気付かれないよう近づいてくる——それを眺めながら、どこかで言い訳していたのだ。これは共犯で、自分だけ悪いわけじゃない、と。何も全部奪うわけじゃないんだから、少しくらいお目こぼししてくれてもいいはずだ、と。

それが、「恋人」に当たる人にどれほどの痛みを与えるかくらい、察しがつかないわけじゃなかったのに。どうせ最後に選ばれるのは彼らで、捨てられるのは自分だから構わないはずと、無意識にも決めつけていた。

その結果がハヤトのあの表情であり、レイの想い人の苦しみであり、——レイから向けられたあの憎悪だ。気持ちの底の、底までが凍えるような。もう二度と溶けない、永久凍土のような。

(アンタなんかとつきあう意味ないし)

切りつけるように冷ややかだった、レイの言葉を思い出す。

出会った頃から時折見せていた冷ややかさは、相手が他でもない「ナオ」だから。目の色に見え隠れしていた侮蔑は、あえて隠していたレイの本音だ。

改めて思い直してみれば、レイは尚斗にとって「初めて、自分からすきになった人」だ。

その事実はあまりにも痛くて、滑稽すぎて笑いしか出て来ない。

初めての時の先輩にあったのは親愛に近い好意しかなくて、寂しさと寒さに流されただけだった。「オーダースーツの人」の時は否定されないことにただ安堵しながら、「この人は絶対、自分なんかまともに相手にしない」とどこかで確信していた。

そして「ナオ」としてつきあう相手を選ぶ時は、「相手がその恋人に対して抱く気持ち」だけを基準にしていた。

見せかけだけの「ナオ」に騙されず、まっすぐにこちらを見てくれたのはレイだけだ。「ナオ」に見合わないちぐはぐさを、笑いもせず否定することもなく呆《あき》れながらもつきあってくれた。

……――でも、それも全部が策略で。だったら尚斗のこの気持ちも、レイにとって無意味どころか迷惑でしかなく。

わかっていて、それでも棄てられない。ぎりぎりと、絞られるように痛いのに、ずきずきと絶えず痛んで血を流しているのに、その傷すらも棄てたくない。

奈落の底に、落ちていくようだった。どこまでも続く、深くて暗い穴。寒くて寒くて、暗いそこには明かりひとつなくて。どんなに叫んでも、泣いても誰も来てくれない。

帰らない母親をひたすら待って闇の中蹲っていた――あの頃の、ように。

最悪な気分で、目が覚めた。

「……ゆめ、……？」

経年によるものか、染みのようなものが浮いた木目の天井を見上げて、尚斗は何度か瞬く。短く息を吐いて、ゆっくりと布団から身を起こした。

二月も半ばを過ぎた今、暖房を消して数時間経つ室内は震えるほど寒い。それでなくとも、建物が古くて建て付けが悪いのだ。ここで暮らすようになって数年経つものの、窓や玄関ドアの隙間から入ってくる隙間風にはどうにも悩まされてしまう。

「しごと、……いかない、と」

小さく息を吐いて腰を上げ、手早く布団を畳む。いつもの手順で押し入れを開けてから、「失敗した」と気付いてすぐに閉じた。

これをやらかすのは十回目――つまり十日連続だ。一瞬だけ目に入った押し入れの、以前は布団が収まっていたスペースには複数のゴミ袋が詰め込まれ、その横には半端にゴミ袋からはみ出したペンギンが、こちらに背を向けた形で押し込まれている。

「何やってん、だよ、おれ。結局、棄てられない、って」

昨日また棄て損ねた自分に呆れるのに、矛盾したことに安堵もしている。そんな自分に、小さな苛立《いらだ》ちが起こった。

小さなストーブを点《つ》けて顔を洗い、急いで着込んだワイシャツを汚さないよう上から古いエプロンをかける。昨夜の下拵《したごしら》えを使って朝食を作り弁当を詰めながら、それが一人分だということを物足りなく思う自分にこそうんざりした。

朝食を終えたら、後は出勤するだけだ。身支度をして靴を履き、玄関ドアを施錠しながらここに住んで何年目だったかとふと思う。

……そんなもの、考えたところで無意味だ。これからもずっと、尚斗はここでひとりで暮らすのだから。

諦めのようにそう思って、またしても内側でじりと何かが焦げた。――本当にそうするのか、いったいいつまで。たったひとりで、最期を迎えるまで？

何度目か、頭を振って思考を追い払う。目の前に白く残る息を追い掛けるように、狭い路地を最寄り駅へと急ぐ。家を出るのが早かったからだろう、いつもより二本ほど早い電車に乗ることができた。

満員電車でぎゅうぎゅうに押し潰されるのも、毎度のことだ。今朝はまだ、扉に近い手摺《てす》りのすぐ横の位置を確保できただけまだマシ、といったところか。人いきれに少々うんざりしていると、コートのポケットの中でスマートフォンが震動するのがわかった。

何かに脅されたみたいに、びく、と全身が跳ねた。迷惑そうになった周囲の気配を察しながらスマートフォンを引っ張り出し、逸《はや》る気持ちでロック解除する自分をうんざりしながら眺めている。

「……だーから、今さらレイからの連絡なんか来るわけない、って」

表示されていた新着は、未だ続くテルからのメッセージだ。内容を見もせずコートのポケットに押し込みながら、未練がましく期待している自分に失笑した。

――……尚斗がレイのアパートを出てから、今日で十日になる。

あの日、深夜に帰宅した自宅アパートで、尚斗はレイとの唯一の連絡手段になる通信アプリをアンインストールした。

そこまでは、いつも通りの「ナオの手順」だ。幸いにもレイに返却しなければならない贈り物はなかったし、だからすぐに通常に戻ることができる。

レイとのことは、あくまで取り引きであり「カムフラージュ」だ。形はどうあれ合意の上なのだから、むしろすっきりできるはず。内側に凝る締め付けられるような痛みだって、時が過ぎれば薄れて消えていく、はず。

何度もそう自分に言い聞かせて、なのにその端から「どうして」と叫ぶ声がする。「因果応報」で「自業自得」だと自分に言い聞かせても、「だって」と思う気持ちが消えなくて――衝動的に身体が動いていた。

壁際にかかった「ナオ」のスーツが、ひどく醜悪に見えたのだ。すぐさま摑んでゴミ袋に押し込んで、その勢いで「ナオ」の他のスーツやコート、ブランドもののマフラーや手袋といった小物までまとめて突っ込んで、……窓際からこちらを見ていたペンギンと目が合った。

(俺だと思って大事にしてね?)

耳の奥で蘇《よみがえ》った声に締め付けられるように心臓が痛くなって、そのぬいぐるみを見ていることすら苦しくて、だからそれもゴミ袋に押し込みまとめて玄関先に積み上げた。

全部、棄ててしまおうと思ったのだ。もう十分で、もういらない。理屈ではなく、身体の内側がそう叫んでいた。

……なのに、どうしても棄てられなかった。そのくせ「持っておく」覚悟もできなくて、結局はゴミの日が来るたびに玄関先に積み上げては押し入れに戻すという、意味のないことを繰り返している。

何より笑えるのは尚斗本人が、そうしている自分をどこかで嘲笑《あざわら》っていることだ。確かに痛いのに、苦しいはずなのに、自分のすることなすことすべてが他人事のようにしか思えない。例えば通勤電車で押されて手摺りにぶつかっても、それを痛いと思っても感情だけが動かない。職場の部署で聞こえよがしの陰口を耳にしても、ここ数日で始まった陰湿な手出しで傷を作っても――映画かテレビ画面でも見ているかのように、遠いことにしか思えない。

それと関係あるのかどうか、最近は何を食べても味がしない。昔から悪かった寝付きは最悪になって、ここ数日はおそらく夜に二時間も眠っていればいい方だ。

　あれ以来、尚斗は仕事以外での外出をいっさいしなくなった。食事と弁当のための買い物はするが、それだって時間になったら作るしかないからだ。朝起きて出勤して昼には弁当を食べて、仕事が終わったら帰って寝る。それ以外することがなくて、したいこともないから惰性みたいにそうしている――。

「天宮さん？　どうしたの、具合悪い？」

　横合いからかかった声で我に返って、尚斗は何度か瞬く。ややあって、自分が職場の自席にいることと、今が昼休みでいつものように瀬田《せた》が訪れていたのだと思い出した。

「え、……いえすみません、少し寝不足気味なだけで」

「眠れないの？　そういえばこのところ顔色よくないわよね。何だか痩せてきてるみたいだし……ちょっとごめんね？」

「えっ」

　予想外の反応に怯んでいる間に、伸びてきた手のひらに前髪を掻《か》き上げられた。そのまま額を覆われて、困惑しながらもひんやりした感触に少しだけほっとする。

「熱、まではないかもだけど、気分は悪くない？　どこか痛むとか」

「それは、ないです。ありがとうございます」

「そう？　……って待って天宮さん、何その傷っ」

言うなり、瀬田の指に顔を摑まれた。反射的に逃げようとしたのを的確に捕獲され、打って変わった優しい指にこめかみのあたりの髪をかき分けられて、引きつったような痛みについ顔を顰めてしまう。

「こんなとこに傷って、おまけに結構深いんじゃ……血まで出てるけど、いたいどこでぶつけたの。他は無事？　あー、手首まで擦りむいてるじゃないっ」

「ああ、はい。その、おれの不注意で……でももう血は止まったので」

「止まったからって、こんな傷手当もせずに放っとく？　えーと確か休憩室に救急箱あったはずよね。一緒に来て？」

え、と言う前にぐいと腕を引かれた。予期しないことに腰まで浮いて、気がついた時には尚斗は部署の出入り口まで瀬田に引っ張られている。

「あの、でもおれここ空けるわけには……その、電話番、ですし」

「そんなのそこに残ってる人に頼んだらいいでしょ。ねえ？」

しどろもどろの尚斗に構わず、瀬田が声を投げる。と、尚斗のいた席からは死角になる位置でスマートフォンを弄っていた人物――後輩が、とても厭そうに顔を上げるのが見えた。

「はぁ？　何すかそれ、何でオレが」

「部署の電話番って、基本的に当番制よね。なのにここ最近は毎日天宮さんがやってるんだけど、それっておかしくない？」

「そりゃアレっしょ。天宮サンがここに左遷されて以来サボりにサボってたからで」

「それ、天宮さんの咎《とが》じゃないわよねえ？　ここに異動して以来ずっとってことは、直属の上司がそれでいいって判断したってことだもの」

さらりと言い切った瀬田に、尚斗の方が困惑した。

後輩は露骨に厭な顔で瀬田を見て、ついで尚斗を睨んでくる。

「瀬田サン。他部署のことに首突っ込むのは——」

「天宮さんが怪我《けが》したのって、たぶん昼休憩前くらいよね。こめかみのところもだけど、手首の擦り傷もまだ新しいし？　血が出てるのに何の手当もしないっておかしくない？　そもそも勤務中にこんな怪我すること自体が不思議でしょうがないんだけど？」

尚斗を睨んでいた後輩が、苦々しげに顔を背ける。手にしていたスマートフォンを、音を立ててデスクに投げた。

「センパイが、ひとりで勝手に転んだあげく大袈裟だから手当なんかイラナイって言い張ったんですよ。オレらは休憩室に行って手当するよう言いましたー」

「だったら今、わたしと一緒に行ってもいいわよね。ってことで、電話番よろしくね」

「え、あの、瀬田さ、——」

反論する前に、ぐいぐいと腕を引っぱられた。逆らう気力もなくて、尚斗はそのまま廊下へと連れ出される。休憩中だからかやや人が多い廊下をずんずん歩いて、尚斗がこれまで入ったことのなかった一室に足を踏み入れた。

「お邪魔しますちょっと救急箱貸してー」

「はーい。あれ瀬田さん、お疲れさまですっ」

室内にいたのは女性が三名で、昼食後のお喋《しゃべ》り中だったようだ。ビスケットを手にぱっと振り返った女の子は、確か瀬田と同じ部署だったはずだ。もうひとりは営業窓口で、残るひとりは——とまだ混乱したまま記憶をひっくり返していたら、ぐいぐいと引っ張られたあげく窓際にあったソファに座らされた。腰が深く沈む感触にようやく我に返った時にはもう、瀬田の手でスラックスの右の裾をまくり上げられている。

「え、あの瀬田さんっ」

「ごめんねーでも天宮さん歩き方もおかしかったでしょ、こめかみの傷はたぶんどっかの角でぶつけて手首の擦り傷は咄嗟《とっさ》の防御の結果だとして、だったらたぶん古典的に足でも引っかけられたんじゃないかなあって……ああやっぱり！」

言われて目をやった向こう臑《すね》の下には見事な青タンが残っていて、よくわかったなと感心した。確かにそこには直後からそれなりの痛みがあったのだ。

「ここには冷湿布貼っておくわね。で、えなちゃん悪いけど彼の右のこめかみに小さいけど深い傷があるから念のため消毒して手当お願い。もう血は止まってはいたんだけど」

「はーい……って、いったいどうしたんです？　何かトラブルでも？」

言われてすぐにやってきたのは、例のビスケットの子だ。良い子の返事を瀬田に向け、後半の問いで尚斗を覗き込む。咄嗟の返事に迷う尚斗をよそに手早く消毒液の準備をすると、心得たように首を傾げて言ってきた。

「えーと、できたら眼鏡取って髪の毛避《よ》けてもらえますか？」

「あー……はい」

外した眼鏡を上着のポケットに突っ込んで、痛むあたりの髪の毛を軽く引いて掻き上げた――のは、混乱していた上に完全に瀬田のペースに乗せられていたせいだ。

「え、……えええええええー……うわー」

不意打ちで、すぐ傍で聞こえた声に瞬いて目を向ける。

ピンセットでガーゼを摘まんだままの女の子が赤い顔でじいっと自分を見ているのに気付いて胡乱に瞬いて、――直後に違和感を覚えてはっとした。

「……ぁうわっ」

よりにもよって、職場で「ナオ」の顔を晒してしまったのだ。

速攻で眼鏡をかけて、髪の毛をかき回した。「え、何で隠しちゃうんです？」との声を聞かないフリで腰を上げたはずが、スラックスの膝《ひざ》をがっと摑んでソファに引き戻される。

「ちょっと天宮さんまだ手当終わってないんだから座ってて。あとえなちゃん、見惚れてないで消毒と手当……はいいか、わたしがやるから元の席に戻ってて」

「えー」

不満満載の声を上げた女の子を、瀬田が言葉と手振りで追い払う。不満声がステレオに聞こえたのは気のせいではなかったようで、いつの間にか尚斗の周囲には他ふたりの女の子までがいた。

注目されているのは、自惚れではなく尚斗の顔だ。眼鏡を押さえて前髪をかき寄せてみても、横顔に視線が突き刺さってくるのがわかる。

「えー、じゃない。そんなふうに見られたら誰だって落ち着かないでしょ」

「でもセンパイ、すごく恰好いいっていうか綺麗なのに何で隠すんですか勿体ないですっ」

「そんなの個人の自由でしょ。それとも隠しちゃいけない法でもあるの?」

見慣れたはずのにっこり笑顔には初めて目にする圧があって、少々膨れ気味になった女の子たちは、それでも渋々と離れていく。とはいえ退室とまでは言われていないためか、元の席についてちらちらとこちらを見ていた。

「ごめんね、困らせるつもりはなかったんだけど……悪いけど、あっち向いて髪の毛だけ上げてくれる?」

「いえ。こちらこそ、何だかすみません」

この状況で、「眼鏡を」と言わない瀬田に心底感謝した。おそらく見えていなかったのだろうが、普通は「見せろ」になりがちだ。

「ね。それでちょっと気になるんだけど、天宮さんのこの怪我って」

向こう臑とこめかみと、手首の傷の手当を終えるなり瀬田に気遣わしげに訊かれて、尚斗は苦笑した。

「寝不足で、足元不注意だったんです。躓《つまず》いた上、もろに棚にぶつかってしまって」

「本当に、それだけ？」

「はい」と頷いた尚斗に、彼女は息を吐く。それへ、改めて礼を言った。

「手当を、ありがとうございました。……その、騒がしくしてすみません」

そろそろ休憩時間も終わるからと、女の子たちはついさっき退室した。自分もいい加減戻らなければと、尚斗は緩く腰を上げる。

「どういたしまして。こっちこそごめんね、えなちゃんにもう一度釘を刺しておくから。あと、しつこいようだけど無理しないでねー。……それとさっき思ったんだけど天宮さんて眼鏡がないと幼くなるのねえ。それも可愛くていいかも」

「……は、い？」

「どっちも天宮さんだから、わたしからすると一緒だけど。だから、天宮さんが居心地がいいようにするのが一番だと思うわ。あ、もう行かないと午後の仕事始まっちゃうわよ」

ほらほらと声だけでなく手振りで急かされて、尚斗は急いで廊下に出た。部署に飛び込み自席についた、そのタイミングで目をやった腕時計は定刻の一分前だ。

斜め前からの睨むような視線は毎度のことで、重い気分になりながら今さらに気付く。

……つまり、瀬田も「ナオ」の顔を見ていたのだ。なのに、まったく態度を変えなかった。

そんな人もいるのかと、ひどく意外な思いがした。


人生には時として、予想もつかないことが起きる——ことも、ある。それも、大抵の場合はよくない方向で、だ。

ということを、尚斗は自分なりに知っていた。

「本っ当にごめんね、どうやら他の子が喋っちゃったみたいなの」

翌日の昼休み早々に、またしても瀬田が尚斗の元を訪れたのだ。ちなみに今日は何故か先輩が部署に居残っていたため、昨日とよく似たやりとりで瀬田が説得？した形となった。

そして今、尚斗は人気のないビルの外階段の踊り場で、瀬田から深く頭を下げられている。

「え、と……じゃあその、今朝からなんか、ざわついてる感じがしたのは」

「噂が回ったみたいなのよ。天宮さんが、眼鏡取って前髪上げたら別人だって」

「……やっぱり、ですか」

出勤直後から、やっと顔を知ってきたくらいの主には女性社員からやけにしげしげと見つめられて、困惑してはいたのだ。自惚れではなく過去の経験値で、たぶん昨日のアレが知られたんだろうと察してもいた。

「とりあえず、その子たちも捕まえて説教しておいたわ。だいたい今になって気付くなんて、ちゃんと相手を見てない証拠よね」

「今になって、も何も。おれ、会社で眼鏡外したのはあれが初めて、ですし」

「きれいな顔してるのはよく見ればわかったわよ？　それをわざわざ隠してるんだったら何か理由があるんでしょ」

「理由、っていうか。……外見詐欺とか、宝の持ち腐れとか、よく言われるので」

瀬田の気遣いに、ぽろりとこぼれたのはこれまで誰にも言えなかった——言いたくなかった内容だ。自分の耳で聞いてはっとして、けれど直後に失笑する。

そんなもの、気にしようが気にしまいがわかる人にはわかる話だ。ここでだって必死で隠して、けれどあっさり露見した。

どんなに頑張ったところで、無意味なのだ。尚斗なんて見かけ倒しで、中身がスカスカの空っぽでしかない。

「何その失礼な発言。大抵の場合は自己紹介よね、言う側の方が中身がないの。気にする必要ないわよ、天宮さんはたっぷりしっかり中身が詰まってるんだから」

「え、……あの？」

「けどちょっと繊細っていうか難しい問題よねえ。揶揄されるより隠した方がいい気がするし、でもそれやるとえなちゃんたちみたいに余計に気にして話題に上るわけだし。この際提案してみるけど、いっそのことイメチェンしちゃったらどう？　コンタクトとは言わないけど眼鏡をもっと軽いのにして、髪の毛もカットしてみるとか」

「それ、……でも変に目立ちませんか……？」

「隠すから見たがるんであって、見せちゃったら意外とそうなのかーで終わるような気もするのよねえ。もちろん天宮さん本人が決めることだし無理強いはしないけど。――……ところでその外見詐欺と宝の持ち腐れって、言ったの誰。武藤《むとう》？　それとも、天宮さんにだけ電話番させない係長？」

　あっさり話題転換されてほっとしたとたん、急に低くなった声に少々肩が揺れた。答えを待つ瀬田の、にこやかな笑みの奥にいつにない圧を感じて、尚斗は慌てて答えを探す。

「どっちでもない、です。昔のこと、ですから」

「そうなの？　けど絶対、余計なこと言ってるわよねあの連中。武藤もだけど、さっきの江《え》の木《き》さんも態度も含めてあの部署での天宮さんの扱いってどう考えてもおかしいでしょ」

「おかしい、ですか」

「その反応を見るに、天宮さんにとってはアレが通常なわけよね。あのね、今だから言うけどわたし、この間ちゃんと話すまで天宮さんにあまりいい印象を持ってなかったのよ。例の昼休みに頼んだ書類だって、天宮さんがそこにいたのにわざわざ武藤にって言ったでしょ」

瀬田曰く、支所内での尚斗の評判はとんでもなく悪かった、のだそうだ。ろくに仕事ができない役立たずを枕詞に、期限は守らず仕上げたと言い張る書類はミスだらけの穴まみれで、それを部署の上司を含めた全員がフォローする羽目になっている。なのに本人は自分は誰よりもできるつもりで、馬鹿は相手にしないとばかりに周囲を見下し人の輪にも入ろうとしない――云々。

部署の面々からよく聞かされる内容だが、こうもまとめてなのは初めてだ。駄目な自分が、改めて心底厭になってきた。

「ご、めんね？　その、噂とはいえ、こんなこと言っ……」

「いえ、……仕事がろくにできてないのも、納期遅れ常習なのも事実、ですから。午前中も、上司から調子に乗るなときつく注意されたばかりですし」

「ちょっと待って違うのよ、そうじゃなくてその噂がおかしいって言いたいの。こうやって天宮さん本人と話せばすぐわかるけど、出鱈目《でたらめ》な上に悪意がありすぎなのよ。作為的なものを感じるっていうか」

慌てたように両肩を摑まれ、近く覗き込まれた。真っ向から視線を合わせた彼女の言い分に、尚斗は何度か瞬く。

「あの、それって――」

「言っておくけど、今は全然違うから！　天宮さん、すごく評判良くなってるんだから、ってもしかしてそれも知らないの、よね？」

「……はい？」

　意味がわからず首を傾げた尚斗を眺めて、瀬田は「あああ」と息を吐く。

「でもそうよねえ。天宮さんて基本的に部署から出ないし関わりも殆どないし、だからみんな噂を鵜呑《うの》みにしちゃったわけで、その噂を撒いたのが周りのアレってことは、確かにそうなるかー。ええとね、天宮さんの表情が前より豊かになったのと、人を避けなくなったのもあるんだけど。直接仕事頼んでみたら飲み込みが早くて不明や疑問を放置せず都度に明確に確認した上、内容次第ではその場で即チェックと修正した上にちょっとしたアイデアまで授けてくれるからすごく助かるーって、コレ昨日のえなちゃんたちが言ってたのよ。前の噂は絶対出鱈目だよねーってことで、昨日だって屈託なかったでしょ？」

「え。あの、でも」

　一気にまくし立てられて、それだけで気圧された。そんな尚斗に思うところがあったらしく、瀬田は少し慌てたように付け加える。

「わたしが言うだけじゃ信憑性《しんぴょうせい》足りないかーじゃあ明日あたり一緒にランチしない？　いつものお弁当でいいから、昨日の休憩室で。もちろんデザートはわたしが用意するからっ」

「え、と……ありがとう、ございます。でも、おれ係長から休憩室や他部署には近づかないよう厳命されてるんです。それと、電話番のこともありますし」

「その厳重注意に電話番も気になるんだけど、いつからそんななの？」

「電話番は半月前からです。ただ、実はおれ、係長から電話番は禁止されてて」

困惑混じりに経緯を話してみたら、瀬田はとても微妙な顔になってしまった。

「すみません、結局愚痴になったみたいで」

「待って待って、その件も含めて詳しく訊きたいからどこかで時間取って貰っていい？　そうねえ、終業後に都合のつく時にでも。夕飯とデザートくらいご馳走《ちそう》するから」

「えっ、いえとんでもな、」

「いつものお礼も兼ねてるから遠慮はなしで、だって天宮さんのおかげですっごく助かってるんだから！　あとこれだけは先に言っておくわね。わたしにとっての天宮さんはちょっと人見知り傾向があって自己主張が苦手だけど、とっても真面目で丁寧で、安心して仕事を任せられる人よ。たぶん、高幡《たかはた》課長にとってもね」

年上の女性から上目に見られて、妙な意味でなくどきりとしたのは初めてだ。腑《ふ》に落ちない部分はあっても瀬田が嘘をつくとは思えなくて、尚斗は混乱気味に彼女を見返す。

「そうでもないのにわざわざ待ち伏せして直に仕事頼み込んだりするわけないでしょ。高幡さんてとにかく多忙な人だし、その気になれば他にも頼める相手はいるんだもの。それだって天宮さんへの評価なんだから、そこは信頼して欲しいなあ……無理？」

「無理、……ではないです。その、評価していただけるのはすごく嬉しい、です」

面映ゆい気持ちでそう言ったら、瀬田は安堵したように表情を緩めた。

「こっちこそ、信じてくれて嬉しいわー。夕飯の日取りについてはまた近々相談ってことで、何かあれば遠慮なく言ってね。絶対、ひとりで無理しないで」

「はい。――ありがとう、ございます」

ぽんと肩を叩《たた》かれて、その感覚にやけにほっとした。長く続いた暗闇にふと明かりを灯されたような、そんな錯覚すら覚えて背中から力が抜けていくのがわかる。

とはいえ、物事がそう都合よくは回らないのは自明の理だ。後回しになっていた弁当を食べるため部署へと引き返した尚斗は、そこでまたしても過去の教訓を痛感する羽目になる。つまり、「続く時は続くもの」という。

まだ半分近くも昼休憩が残る時刻なのに、部署のドアを開いたそこには係長以外の全員が揃《そろ》っていた。何か話し込んでいたらしく輪を作ったまま、一斉に尚斗に目を向けてくる。

「天宮サンて、眼鏡取ったら美男子なんですって？　それで瀬田サンを誑《たら》し込んだって聞いたんですけど、本当です？　そんなこと、できるような面相には見えませんけどねえ」

にやにや笑いで口火を切った後輩は、昨日の昼休み前に尚斗が怪我をする羽目になった原因をわざと作った張本人だ。いかに嫌われているとはいえそうまでされるようになったのは近々のことで、無意識に身体が構えてしまう。

「さあ。自分では、よくわからないので」

こういう手合いをまともに相手にしたところで、無用に揶揄されるだけだ。昼食は外の方がいい、そう判断して弁当のバッグを手に取ったら、横合いからそれを引ったくられた。

「何コレ弁当？　わざわざ自分で作ってんの？　うわ気色悪、もといアンタが作ったものとか食ったら根暗が移りそう。——そんなもんどうでもいいから、とにかく顔見せてくださいよ。オレが判定してあげますって」

じろじろと眺めたあげく、どうでもいいように床に放り棄てられた。がしゃりと音を立てて落ちたバッグを拾い上げて、尚斗はあえて無言を通す。

「おい武藤、ほどほどにしとけよ」

「下手に泣かすなよー、そいつ最近高幡課長やら瀬田さんやらに取り入ってるし、面倒なことになるぞ」

「ヤだなあオレそんな酷いことしませんってば。ただ、このままだと天宮サンが気の毒でしょ？　身の丈に合わない真似ばっかりやらかして、過剰にいい評価貰って自惚れたあげく実は自分の顔がいいって自慢して歩いてるとかー」

「実は誰からも相手にされてないのに？」

「違いない」

どっと笑う声を聞きながら、とても厭な流れになったと直感した。

「え、でも瀬田サンとかには相手にしてもらってるじゃないですかー。もっとも相手はとうが立ったオバサンだし、やたら口煩《くちうるさ》いし身贔屓《みびいき》は激しいしろくなもんじゃないけどっ」

まくし立てながら寄ってきた後輩が、無造作に伸ばしてきた手を振り払う。それが予想外だったのか、瞠目した彼がその場で蹈鞴《たたら》を踏んだ。役立たずなんかにやられるのか、だらしない、一応先輩だからビビったか――とたんに起こった野次めいたそれに、後輩が眦を吊り上げていくのがスローモーションのようにはっきり見えた。

「やっぱ美男子って大嘘なんだ。バレるとみっともないから逃げる、と」

「……おれの見た目がどうでも、仕事には関係ないですよね」

「関係ないんだったら見せてもいいんじゃないですー？　アンタの顔なんか、別にどうでもいいようなモンですし」

「どうでもいいんだったら、気にしなければいいのでは」

尚斗なりに絞った返答は、かえって反感を煽《あお》ったらしい。露骨に眉を顰めた後輩の背後、見物していた先輩たちまでもが同様の反応を見せて、室内の空気はさらに尖っていく。

「あーもう煩いなあ……どうせアンタなんか係長のお情けでココに置いてもらってるだけの、役立たずのお荷物なんだから人様の言うことくらいちゃんと聞け、ってんだよ！」

怒鳴りつけるような声とともに伸びてきた手が、眼鏡の弦を掠《かす》めてこめかみを引っ搔いた。癒えきらない傷まで掠めた痛みに思わず一歩下がった刹那、さらに追ってきた手を避けて顔を横向けると今度は肩を強く押される。

がん、ともがしゃん、ともつかない衝撃音が鳴った。それとほぼ同時、頭の右側にヒリつくような痛みが走る。くらりと襲った目眩《めまい》に仰《の》け反《ぞ》った後ろ頭にも、間髪を容れずの痛みが起こった。――気がついた時には、尚斗は床に頬をつけ横倒しになっている。

頭の右側を中心に、頭全体に痺《しび》れたような感覚が満ちている。ぴくりとも動いていないのは確かなのに、斜めに外れかけた眼鏡越しにも視界はちゃんと静止しているはずなのに、どういうわけか目の前がぐらんぐらんと大きく揺れていた。

呻《うめ》きに近い声をこぼして、どうにか顎を動かす。とたんにちゃりちゃり、という鋭角的な音がした。何の、と見開いて窺った視界の中、ずれた眼鏡のうち一方のレンズが割れ、もう一方にも罅《ひび》が入っているのが見て取れる。それを、無造作に顔からむしり取られた。

「何だコレ、ただのガラスじゃん。やっぱただの自意識過剰かよ」

ひどい耳鳴りのせいで、周囲の音がうまく聞き取れない。目眩は少しも治まる気配がなく、それでも凝らした視界の先で部署の先輩たちが焦ったように何かを言い合っているのが見えた。そんな中、どういうわけだか後輩の声だけが妙にくっきりと耳に届く。

「ああ、けど瀬田のオバサンにとっては十分美男子だってことかー。もしかして、シナ作って媚《こ》び売った？　どう見ても男早《ひで》りっぽいし、だったら簡単だよなあ。けどさ、いくら美男子ったたって所詮は男だろ、どうやったらあの高幡課長を誑かし……ってもしかしてあのヒトってイマドキの野郎でもいいってヤツ？　やり手ですーって顔しといて結局好みってかカラダ次第で仕事まで振り分けるとか、敏腕どころかただのエロジジイ――」

「……訂正、しろ」

考える前に、喉の奥から無理やり絞ったような声が出た。

がんがんと痛む頭を無視して、尚斗はどうにか身を起こす。ちゃり、とすぐ近くで音がしたのも、顔の何か所かに刺すような細かい痛みがあるのも、今はどうでもよかった。

「は？　てーせーって何。ああ、図星だから言いふらされると困るとか？」

少し離れたところにいた部署の先輩が、制止らしい声を上げている。それをちらりと眺めた後輩は、露骨に面白がるような顔で尚斗を見た。握っていた眼鏡を放り出したかと思うと、音を立てて床に落ちたそれを無造作に踏み潰す。

「憶測、だけで勝手な――下衆《げす》な決めつけをするな。瀬田、さんも高幡課長、もそんな人じゃない。そのくらい、仕事振りを見ていればわかる、はず」

「何を偉っそーに。ヒトの仕事勝手に奪って、ヒトの評価勝手に自分のにしといてよく言う。地味な書類仕事しかできない役立たずが、変に出しゃばるからそのヒトたちに迷惑かけてるんじゃないですかー？」

「だ、としても！　おれ、のこと、と、あの人たちを根拠なく中傷するのは、違っ――」

まったく相手にしない素振りの後輩に、それでもこれだけはと言いかけた時、だった。

「いったい、何がどうしてこんなことになってる？」

すぐ近くで、聞き覚えのある声がした。

いかにも正義とばかりにふんぞり返っていた後輩が、一気に表情を失くして青ざめる。その向こう、部署の先輩たちが狼狽えたように視線を交わすのが見えた。

辛うじて身を起こした尚斗の背後、ドアのあたりで誰かが経緯を説明している。言い合う声と、質問する声、それに応える声――悲鳴を上げて駆け寄ってきた瀬田が途中で慎重に動きを変え、目の前にしゃがみ込む。「動かないで、目は平気?」との問いの後、細心の気遣いでハンカチを使って尚斗の顔を払ってくれた。

一気に騒然となった室内でもう一度、先ほどと同じ強い声がした。

「天宮、どこか痛みは。目は問題ないか?」

「へいき、……です。あの、すみませ――しごと中、に」

やっとのことで絞った返事は、「嘘だな」との言葉で断ち切られた。同じ声がすぐさま指示を飛ばして、気がつけば尚斗は昨日休憩室で出くわした女の子たちに取り囲まれている。

ガラスを取るから動くなと厳命されて、尚斗は小さく息を吐く。すぐ近くで周囲への指示を出していたのが高幡だったことを、その場を離れる寸前になって知った。

混乱しきった部署から出された尚斗が連れて行かれたのは、支社が入ったビルからほど近い総合病院だった。そこでまず診察の上で怪我の治療をされ、念のためにとCTまで撮られた後、待合室を経て再び診察室に呼ばれた。

とはいえ、事情や状況説明は何故か付き添ってくれた高幡が引き受けてくれたため、尚斗の役目と言えば怪我や体調についての問いに答えるくらいだ。つまり、痛みはどの程度でどんな感じなのか、吐き気や目眩、果ては手足の痺れのようなものはないのか云々。

「検査の結果は今のところ特に異常はないようですね。とはいえ、目眩が酷かったようなのが気になります。念のため、一週間ほどはご自分でも注意して様子を見ておいてください」

穏やかな面差しの医師の言葉に了承して診察室を出れば、あとは待合室で会計を待つばかりだ。先ほどまで隣にいた高幡は、「社に連絡する」と言い置いて席を外していた。

時刻はそろそろ午後四時を回るところだ。平日の今日、課長である高幡には当然予定があったはずで、なのにここまで付き添わせていることがどうにも申し訳なくて仕方がない。

「……たぶん大事になった、んだよ、ね……」

数時間前、尚斗が離れる前に目にした「現場」を思い出す。

眼鏡が割れただけにしてはやけにガラス片が多いと思ったら、背後にあった書類棚の引き戸についていた窓の一枚が見事に割れていたのだ。どうやら後輩に押された尚斗がぶつかったことで罅が入り、その後眼鏡を巡っての攻防で揺れたことで外れて落ちてきた、らしい。

ガラスの後始末も含めて業者に依頼すると聞いて他人事のように「大変だなあ」と思うだ

けだったのは、おそらくその時点で尚斗本人が血まみれだったせいだ。

（よし、とにかく天宮はいったん病院に――）

（いや待ってくれませんか。これはいったいどういうことです？）

おそよのガラスを取り除いた時点で高幡が判断し、尚斗が移動しようとした際に部署の上司が戻ってきたのは、さすがのタイミングとしか言いようがない。

室内の惨状を一瞥《いちべつ》し、露骨に顔を顰めた上司が、巡らせた視線を尚斗で固定させる。その傍にはいつのまにか部署の面々が集まっていて、口々に「そうなった原因」を説明していた。曰く、尚斗がひとりで騒いで勝手に転んでこの状況を引き起こしただけ。

あまりに予想通りの展開に本気で感心していた――ら、「病院は大袈裟、自分で手当すればいい」と主張する上司をすっぱり無視した高幡に連れ出されることとなった、わけだ。

ちなみにエレベーターに乗る寸前、見覚えのある人から「大丈夫なのか。目は見えるか？」と気遣い満載に声をかけられた。辛うじて頷いて返したけれど、

「あれって、もしかして支所長、じゃ」

規模がそう大きくないとはいえ支所全体を統率する人であり、究極には尚斗にとっても上司だ。とはいえ、まともに顔を合わせたのは異動直後の挨拶《あいさつ》程度で、その後はほとんど姿を見る機会がなかった。

何しろ、尚斗は支所全体での忘年会や新人歓迎会の類にもほとんど出ていない。理由は単

純で尚斗本人がそうした場を苦手としていることと、事前の出欠確認の際には必ず件《くだん》の上司から婉曲に、「迷惑、面倒」を理由に不参加を促されていたためだ。

「もしかして、解雇、かな……そうなったらなったで仕方ない、けど」

「天宮。気分はどうだ、少しは落ち着いたか？」

ふいにかかった声にはじけたように顔を上げた先、どうやら支払いをすませたらしい高幡が言う。慌てて謝罪とお礼を告げ「診察代を」と口にすると、「ひとまず社内預かりだからいい」と言われた。あり得ない言い分に言葉を失っていると、ひょいと腰を屈《かが》めたその人に顔を覗き込まれる。

「今日はこのまま直帰して構わないそうだ。送って行くには時間がないからタクシーチケットを融通するが、眼鏡はどうする。ないと困るんじゃないのか？」

「え、……いえ、平気、です。なくても移動には差し支えありませんから」

「そうなのか？」

やけにすんなり答えた高幡が、屈み込んだままじっとこちらを見上げてくる。

向けられる視線にたじろいで、けれど解雇ならいいやと妙に開き直った。と、目の前に大きな手のひらを差し出される。

「ここを出る前に確認事項がある。少し、時間を構わないか」

「は、い。だいじょうぶ、です」

手を取って引き起こしてくれた高幡の、こちらに向ける視線は淡々と静かだ。それは昨日知った瀬田のそれとよく似ていて、やっぱりこの人も「そういう人」なんだと腑に落ちた。

先を行く高幡が向かった先は、院内にある喫茶室だった。移動中にも席に落ち着いてからも何となく人の視線を感じて、尚斗は少し新鮮な気分になる。

今の尚斗が人目を集めているのは、頭に巻いた包帯と顔の四箇所に貼られた小さなガーゼと、ぶつけたせいで腫れた口元のせいなのだ。実際、鏡で見ても満身創痍《まんしんそうい》に近かった。

「そういえば、昼食がまだだったんじゃないのか。何か食べるか？」

「え、いえ、今はいいです。……あの、それより仕事中にご迷惑とご面倒をおかけしてしまって、本当にすみませんでした」

向かい合って席について間もなく、オーダーしたコーヒーが届く。さっそくとばかりに気遣われて、思わず頭を下げていた。そのままの姿勢で沙汰を待っていると、ややあってため息交じりの声がする。

「謝らねばならないようなことをした、覚えがあると？」

「それは、ないです。でも、発端はおれの顔、ですから」

「顔？」

「昨日、女の子に素顔を見られたんです。それが噂になったみたいで、武藤から見せろと」

そのまま訥々と、「起きたこと」だけを報告する。解雇になるならやむなしと割り切ったせいか、やけに静かな気分になった。

尚斗の言い分を最後まで聞いて、高幡は「なるほど」と軽く頷く。

「事実そのままのようだが、何か感情的な言い分はないのか？」

「えっ」

「詳しい状況については、支所から報告を受けている。天宮が検査している間に、だが」

あの言い合いが始まった直後、用があって部署を訪ねてきた者が複数いたのだそうだ。会話の不穏さに困惑しながら、それでも場が落ち着くのを待っていたとかでほぼ全部のやりとりを聞いていたらしい。

「協議に入るのはこれからだが、処分が下るのは武藤他だな。天宮が解雇の心配をする必要はない」

「あの、でも」

「きみがまったく手を出していないことも、相手を挑発していないことも明言されているのでね。詳細は三日後に説明できるはずだが、それまでは出勤の必要はない」

「みっか、」

それはつまり、いわゆる出勤停止とか謹慎の類か。と思ったのが伝わったらしく、高幡が軽く眉を上げる。

「全治一週間と言われただろう。その傷では当面療養が必要なはずだ」

「あの、おれ仕事の期限、が」

「そちらに関しては瀬田さんが確認して対処する。それと、――よく言ったな」

「え、……」

「先ほどの状況説明もだが、武藤にはっきり言い返したと聞いた。もっとも自分のことではなく、私や瀬田さんの擁護だったらしいが、それでも口に出せただけ大した進歩だ」

苦笑交じりの言葉を聞いて数秒で、もしかして褒められたのかと思う。思いがけなさにぽかんと見返していたら、ふと真面目な顔を作って言われた。

「覚えておきなさい。相手が誰でも、どんな事情があったとしても、言わなければ――自分から動かない限り現状は変わらないし、何も伝わらないんだ」

「つた、わらない……？」

「被害者なくして加害者は存在しない。きみが、いつものようにすべて自分の責任だとあの場で言い張れば状況は大きく違ってくる。その方が、都合がいい人間がいればなおさらだ」

「つごうが、いい……」

「あの部署ではそれがまかり通っていたように思うが？　それだって、きつい言い方をすれば天宮の自業自得だ。いつものことだと諦めて、何も言わなかっただろう？　そうなると、いかに周囲が状況を察しても手の出しようがなくなる。結果論だが、被害者が加害者に加担する形になるのでね」

言われて、尚斗は「確かに」と思う。

尚斗の言い分は通らないのが当たり前で、誰かのいいように扱われるのも「普通」だった。それはつまり、何が起きても部署の面々の言いなりになるということだ。現実に、あの部署ではそれが「当然」としてまかり通っていた。

「どうせ尚斗には何も言えない」と確信していたからこそ、後輩はあの場で瀬田や高幡までもを罵ったのだ。自分たちが主張しさえすれば、すべて「なかったこと」にできるから。

「言うだけ無駄だという気持ちも、わからなくはない。簡単に調査しただけでも、天宮には逃げ場のない状況だったようだしな。だが、自分で諦めてしまったらそれまでだ。……昔、どこかで聞いて以来耳に残っている言葉があってね。昨日と同じ今日を繰り返しながら、今日と違う明日と望むのが狂気の沙汰だ、だったか」

「――、……」

「例えばもっと早く私と瀬田さんが動いたとしても、きみがそのままなら何も変わらない。一見状況が改善したように見えても、いずれまた似たような状況に陥る。……わかるか？」

「はい。何となく、ですけど」

例えば一昨日のあの怪我を、自分から瀬田に相談する勇気があれば。今日のあの時、後輩に絡まれるまま黙り込むのではなく、たとえ言い合いになっても強引に廊下に出ていれば。

あるいは完全に開き直って自分から眼鏡を外し髪を上げて顔を晒してしまっていれば、き

っとそれだけで何かが違っていた。「そうすること」が重要なのではなく、「それができる自分」でいれば、もしかしたらすべてのことが今とは別方向に動いていたのかもしれない。

数時間前のあの時、尚斗が「いつものように」黙り込んでいたら、きっと高幡はこんなふうに話しかけてはこなかった。

「で、も。おれはただ、あの時言わなきゃ絶対後悔すると思っただけ、で——それだけは厭だっただけ、で」

「それで十分だ。おかげでこちらも手が打てるようになった」

高幡の声に、ふと揶揄が混じる。そろりと顔を上げてみれば、彼はテーブルの上で指を組んでまっすぐにこちらを見ていた。

「できないことを、無理してやれというわけじゃない。焦って急ぐ必要もない。ものには順序というものがあるからな」

「じゅん、じょ……ですか」

「自分にできること、すべきだと思ったことを少しずつ実現させる。できないことは先送りでいいから、やれるところだけやってみる。それで十分だ」

「え、と。でも、それだと時間、が」

「急げば何でもすぐに叶うほど、人は単純にできていない。それが癖や思い込みから来るならなおさらだ。諦めず、どうにかしたいと前向きに考え続けることができれば、人は案外楽に変わっていける」

まっすぐに届く言葉を受け取って、尚斗は改めて高幡を見上げる。

「おれ。……変われる、でしょうか」

「できない理由がないな。必要なのは、逃げずに向き合う覚悟だけだ。——ああ、そろそろ時間か」

あっさり肯定されて戸惑う尚斗をよそに、高幡が腕時計に目をやる。腰を上げたかと思うと、タクシーチケットを差し出してきた。

「正面玄関には常時何台か客待ちがいるそうだ。まだコーヒーも残っているようだし、もうしばらく休憩してから帰るといい」

「はい。あの、……ありがとう、ございました」

慌てて頭を下げた尚斗に、高幡が軽く肩を竦める。軽く笑って言った。

「どういたしまして。ああ、それと他人を参考にするのはほどほどの方がいいぞ。どうしたって、自分以外にはなれないんだからな」

タクシーを使う気になれなくて、最寄り駅まで歩くことにした。

包帯巻きの頭にネットを被《かぶ》り、顔にガーゼをくっつけコートの襟元から血が染みたワイシャツを覗かせた尚斗は、当然ながら目立つようで感じる視線がとんでもない。すれ違いざまだけでなく、立ち止まってまじまじと眺めてくる人もいるくらいだ。

いつもなら厭で厭で仕方ないそれがまったく何も気にならないのは――診察の後で看護師がちらりと言っていた、興奮状態というヤツだろうか。

「醒めた頃には心底後悔する羽目になる、とか……？」

妙に冷静に呟《つぶや》きながら、ひとまず乗り換えのターミナル駅へと向かう。平日の昼間なのに車内にそこそこ人が多いのは、おそらく観光地方面へ向かう路線だからだろう。

空腹を覚えて、そういえば昼食がまだだったと思い出す。どこかで食べて帰るかと思って、普段にはない思いつきに少しばかり驚いた。

とはいえ、この顔で外食は微妙だ。頭の傷も、そろそろ麻酔が切れてくる頃だろう。

適当に、弁当でも買って帰ろうか。考えていたせいでろくに前を見ておらず、ばふりと音を立てて分厚い布に顔から突っ込んでいた。とたんに痛んだ顔と頭に唇の端を歪めて、直後に気付く。

前方不注意で、誰かにぶつかってしまったのだ。慌てて一歩下がって、尚斗は「すみません」と頭を下げる。

「は？　まあ、どうでもいいけど」

間合いを置いての返答はぶっきらぼうで、けれどその声に聞き覚えがあった。厭な予感に

そろりと目を上げて、

「……っ――」

咄嗟に声を飲み込んだ自分を、目一杯褒めてやりたくなった。

わずか二歩の距離にいるテルが、あからさまに鬱陶しげにこちらを眺めてすぐに手元のスマートフォンに目を向ける。どうやら仕事中らしくスーツにネクタイで、書類ケースを小脇に挟んでいた。

息を殺して、そろりと距離を取っていく。その間にも、テルは見事にこちらを見ない。

今の尚斗は、眼鏡をかけていない。前髪の半分も包帯とネットに巻き込まれているため、顔はほぼ剝《む》き出し、なのに。

「全然、気付いてない、よね……？」

もしかして、もう「ナオ」のことはどうでもよくなったのか。思った時、コートのポケットでスマートフォンが震えた。

テルから見えにくい看板の横に移動して、スマートフォンを引っ張り出す。新着に表示されたテルからのメッセージの冒頭は、「今どこにいる？」だ。

思案してから、思い切ってアプリを開く。表示された膨大なメッセージをざっと読み下した限り、未だに「レイに監禁」の誤解を引き摺っているようだが、それはそれとして。

「……この顔と恰好のおれは『ナオ』じゃない、っていう判断？」

あり得ない、そう思った端からふと思い出す。

二度目にレイと会った時、仕事用のスーツを着ていた尚斗は自分を「ナオのなり損ない」だと思っていた。

もしかして、テルもそうなのか。よれたスーツにコートで、包帯巻きの頭にネットを被って顔にはガーゼを張り付けている。そんなのは「ナオ」じゃない、とでも？

何だそれ、と顔を顰めてから気付く。「尚斗」は駄目で「ナオ」ならいいと、線引きしたのは他でもない尚斗自身だ。だって「ナオ」でいさえすれば、オーダースーツにコートを着ていれば誰からも粗雑には扱われないから。それでいて、「ナオ」に関するひどい噂を聞いても、かつてつきあっていた相手やその元恋人から恨まれたとしても、「尚斗」にとっては他人事でしかないから。

……「ナオ」でいさえすれば、たとえ誰かと共有する形でも——けして自分のものにはならないと知っていても、「ひとり」じゃないと思っていられる、から。

結局のところ、尚斗自身もテルと同じだ。「尚斗」を無視して「ナオ」だけを見て、そうあるべきだと決めつけていた。そうでなければ何も手に入らないと、信じていた——。

「——、……」

自分以外の誰かにはなれないと、つい先ほど高幡は言った。

そんなこと、本当は厭というほど知っていた。だからこそ、そこから始めるのが怖かった。

だって「尚斗」は母親にさえ棄てられたから。出来損ないの消耗品扱いがせいぜいで、誰も「尚斗」本人を見てくれる人などいなかった、から。

だからこそ、「ナオ」でいることをやめられなかったのだ。少なくとも「ナオ」でいさえすれば、たとえ一時でも――紛い物であっても、「ひとり」だと思わずにいられた、から。

「ナオ」のスーツや私服を棄てられなかったのも、同じ理由だ。いつもならナンバーを知られたかと思った時点で買い替えるスマートフォンを解約できなかったのも。

そうしてしまったら、今度こそレイやアヤとの繋がりが切れてしまう、気がしたから。

我ながら、意味不明だ。レイやアヤとの接点はそれぞれの通信アプリだけで、それもすべてアンインストールした「後」なのだから。

要するに、ただの未練なのだ。やっとできた友達を、初めて本気で好きになった人をどうしても諦めたくなかった。

どんなに望んだって、無駄なのに。レイからは憎まれているし、アヤには自分から別れを告げたのに。その全部が自業自得で、知っているくせにいつまで蹲っているのか。

これからも、ずっと。言い訳ばかりを並べながら、「ナオ」を引き摺って生きていくのか？

「――、……」

画面に表示されたままの、テルからのメッセージをスクロールする。既読がついたと気付いたのだろう、新着が複数入っていた。

ざっとそれを斜め読みして、尚斗は初めての返信を打ち込む。ごく短いそのメッセージを二度確認し、送信の文字をタップした。

「ナオ」からのメッセージを見るなり、テルが動いた。

それを見届けて、尚斗はいったん改札口を出た。隣接するショッピングモールで、目についた伊達《だて》眼鏡を買う。全然似合ってないなと実感しながら支払いを終え、そのままテルに指定した待ち合わせ場所——南口近くにあるカフェの前に立った。

待ち合わせらしくぽつぽつと立つ人の間に紛れて、尚斗は壁際に凭れてみる。眼鏡も包帯もネットもそのままに待っていると、じきにテルが姿を見せた。周囲を眺め落胆めいた息を吐いて、尚斗から数メートル離れた柱の横に立つ。

包帯もネットも目立つはずだが、テルの目には入っていないらしい。それはそれで凄《すご》いと感心していると、やがて焦れたらしいテルがスマートフォンを操作する。すぐに非通知の通話着信が来た。

端末を耳に当てながら周囲を見回す彼の前で、尚斗は自分のを取り出す。通話をオンにしながら、耳に当てることなくテルの前に立った。気付いたテルが胡乱に見てくるのへ、スマートフォンの画面を向けて言う。

「お久しぶりです。この距離ですし、直でいいのでは？」

「は、……？」

露骨に顔を顰めた彼の前で、おもむろにまだ新しい眼鏡を外した。それでも寄ったままの眉に、だったらと頭のネットを外してそれなりに髪を整える。長年慣れた手順だから、鏡なしでもそれなりに整うはずだ――という確信は、どうやら当たったらしい。ぎょっとしたように顔つきを変えたテルに、「ナオ、……なのか？」と訊かれた。

「ですよ。ずっと目の前にいたのに、全然気付かなかったですね。――とりあえず立ち話も何ですし、移動しませんか」

苦笑してみせても、テルは絶句したままだ。構わず先に立って歩き出すと、僅かの間合いに続いて慌てたように追ってきた。

あえてショッピングモール内は避けて、駅前通りにあったまだ新しい喫茶店に足を向ける。入る前にと眼鏡をかけ、適当にネットを被って「ここでいいですよね？」と声をかけたら、テルはわかりやすく「あり得ない」という顔になった。

「おい、何でそんなみっともない……眼鏡は外せよ。あと髪も」

「却下します。今のおれと話したくないなら、これきりということで」

それでも構わないと言い切ったら、顰めっ面で渋々と後について入ってきた。店内が空いていたのを幸いに、目につきにくい奥の席についてオーダーをすませる。店員が離れていっても、テルは厭そうな顔をしたままだ。

「何だよその顔に髪。変装か。それでオレを避けてたのか？」

「トラブルがあって職場を早退しただけで、これが通常のおれです。眼鏡は、壊れたばかりなので代用品ですけど。いろいろ面倒になったので、もう無理をするのはやめたんです」

「はあ？」

「以前、テルさんと会う時に着ていたスーツやコートは棄てました。また次にお会いするとしたら今のおれそのまんま、ということになりますけどそれでも構いませんか？」

「い、まのままって待てそれはないだろ、何でそんなみっともないっ……」

首を傾げて言ったら、あり得ないとばかりの声で言い返された。それへ、平淡に言う。

「嘘ですよ。テルさんとはこれが最後で、もうお会いする気はないです。終わりにすると、前にはっきり言いましたよね？」

「……それを言うためだけに、わざわざそんな恰好してきたのか。似合いもしないボロスーツとコートで、わざとらしく顔にガーゼなんかつけて髪の毛鳥の巣にして、眼鏡まで」

「でもおれ、こっちが素ですよ。あとこのガーゼは、取っても痕が残るそうですし」

「は？　何言っ、そんなもん形成外科行って治せよ！　そんなおまえ、せっかく綺麗な顔なのに、傷なんか残ったら」

「みっともなくて、とても連れ歩けない？　でも仕方ないじゃないですか、形成外科とか行くようなお金はありませんし」

「持ってないって、おまえ今までつきあってきた相手から貰ったのは——」

さっくり問い詰めたついでに揶揄してみたら、テルはわかりやすく返答に詰まった。それへ、尚斗は少し意地悪く笑ってみせる。

「いただいた装飾品は、別れる時には全部お返ししました。独り暮らしで生活もかつかつなので、お金がないのは本当です。気がつきませんでした？　おれ、スーツもコートも少数の使い回しだったんですよ」

「それ、は……」

思い当たるところがあったのか、顔を顰めたテルが黙り込む。それへ、あっさり告げた。

「テルさんが知ってる『ナオ』は、もう棄てました。もう懲りたので、二度といつもの店あたりには行かないと思います」

「ちょっと待て、懲りたってどういうことだ」

「結局、ろくでもない噂しか残ってないじゃないですか。無理するのももう疲れたし、テルさんの後につきあった人には嫌われたしで、もうどうでもよくなったと言いますか」

「だから待て、何も『ナオ』をやめなくても——そもそもおまえみたいな派手な顔したヤツがそんな地味な恰好したところで似合わな、」

必死で言い募るテルを見ながら、何だか鏡を見ているようだと腑に落ちた。

テルが固執しているのは、かつてつきあっていた頃の「ナオ」との「関係性」だ。ハヤトを恋人としながら「ナオ」とつきあっていたテルは二股状態を満喫していて、条件以外では従順な「ナオ」はとても都合がよかったに違いなく。

なるほど、と思いながら腹が煮えるのは、自分も同じだったと突きつけられるからだ。あの頃の「ナオ」は自分に都合のいいものだけを見て、自分が欲しいと思うものだけをちょうどよくつまみ食いしていい気になっていた。

当時の「ナオ」は——尚斗は一度だって、「つきあう」人と向き合おうとしなかった。そこにあるのは、「絶対好きにならない」という条件を免罪符に聞こえのいい言い訳を並べていただけの、醜悪なまでの身勝手さだ。

そんなもの、……ここで終わらせずにどうするのか。

「以前、別れる時に言わなかったことを、正直に言います。おれ、ハヤトさんが好きなテルさんのことが好きでした。でも、テルさんに好かれたかったわけじゃないんです」

「……は？　ちょ、おまえ何——」

「誰でもよかったんです。誰かを本気で好きだっていう気持ちを、おれに分けてくれる人であれば」

だからこそ、ああも条件に拘《こだわ》ったのだ。「つきあう相手」にまったく気持ちがなかったから——「絶対、好きにならない」ままでいたからこそ、いっさい躊躇《ためら》わなかった。

白状すれば、尚斗自身は彼らからの好意などまったくもって望んでいなかった。何故なら、彼らは恋人がいながらも「ナオ」の誘いに乗るような人間だった、から。

「……っ待て、けどオレが誘った時にナオは喜んで――それに、オレはちゃんとナオとつきあうつもりでっ」

「ちゃんとつきあうつもりで、二股に同意したと。――知ってます？　本気で誰かを好きな人って、どんな相手からどう誘われようがまるっきり歯牙にもかけないんですよ」

彼らがすでに「ナオ」に目移りしているからこそ、「絶対、好きにならない」という条件をつけるのだ。間違って好きになられても、彼らは絶対に尚斗が「本当に欲しいもの」を持っていない、から。

それでも彼らと「つきあって」きたのは、たとえ「紛い物」であっても欲しかったからだ。誰かを特別大事に思う、その「本物」の気持ちは絶対に尚斗の手には入らない。それくらい、厭というほど思い知っていた、から。

(知り合いから、かなり前にきみに誘われたって聞いたことがあるんだ)

調べたとレイの想い人は言っていたけれど、よくそこまでと感心する。だって、尚斗が――「ナオ」から直接声をかけた人なんて、片手の指にも満たなかったはず。バイキンを見るような目を向けてきた人に、にっこり笑顔に侮蔑の視線で両断した人。視線すら寄越さず無視した人と、即断の後に何だか申し訳なさそうな顔をした人。

そんな人に遭遇するたび、棄てられない期待を抱いていた。もしかして、そんなふうに「尚斗」を想ってくれる人がどこかにいるのかもしれない、と。

「これまでの行状からしてまずあり得ないのは承知してます。ちゃんとおれ自身を見て好きになってもらおうなんて、思うこと自体が烏滸がましいんだって――ずっと知ってたことを、やっと理解したんです」

所詮は高望みだった、ということだ。絶対に手が届かないものを欲しがって、それが駄目ならと紛い物に手を出した結果、本当に好きになった人から豪快に嫌われた。

自嘲めいた笑いが歪《いびつ》に見えたのか、テルは作ったような声で言う。

「そう悲観すんなって。おまえ、あのレイってヤツをフッてやったんだろ？　アヤとは縁を切ったらしいが、あいつ今必死でおまえを探してるぞ。オレも含めて前におまえとつきあったヤツを片っ端から捕まえて、連絡先だかの手がかりを聞き回ってるんだ。もちろん、オレに教えてやる義理はないけどな」

「……テルさんは、どうしておれのスマホのナンバーを知ってるんです？」

意地悪く言うテルに呆れながら、尚斗はずっと気になっていた問いを口にする。と、とても自慢げな即答があった。

「おまえのスマホを見た。あの程度のロックくらい、その気になれば何とでもなる。残念なことに本名や住所は入ってなかったが」

つまり、ホテルで尚斗が眠るのを待って勝手に弄ったわけだ。警戒と不精から個人情報のいっさいを登録しなかった自分を、今さらながら心底褒めてやりたくなった。

「なあ、アイツら見返してやらないか？　もう一度、オレとやり直して」

「お断りします。フラれたのはおれの方ですし、おれはそれでもレイが好きなので。たぶん、年単位で忘れられないくらいには」

即答の切り返しを、自分で聞いて納得する。同時に、いつかのレイの問いを思い出した。

（なあ。アンタ、何が怖いんだ？）

結局のところ、尚斗は傷つきたくなかったのだ。「絶対、好きにならない」という条件はもちろん「尚斗」の存在を隠すのに必死だったのは、それが露呈することで思い知るのが怖かった、から。

——……「尚斗」は誰からも相手にされない、ということを。

どうせ相手だって本気じゃない、平気で二股をかけるようなヤツに本気になるだけ無駄だ。そう決めてしまえば「つきあい始める」のも「終わる」のも簡単で、「誰か」がいれば「ひとりじゃない」と仮初めにも思うことができる。

けれど、彼らにとって価値があるのはあくまで「ナオ」だ。ハリボテも裏側にいる「尚斗」を知れば、きっとみんな手のひらを返す。それはそのまま「尚斗」には価値がないと、改めて思い知らされることでしかなく。

……レイとよく似たあのペンギンだって、貰ったのはあくまで「ナオ」だ。ゴミ袋に詰め込んだ私服はアヤが「ナオ」に選んでくれた。だからこそ棄てたくなくて、けれど棄てなければならないと思った。

だって彼らが好いたのも、憎んだのも「尚斗」ではなく「ナオ」だ。彼らのその感情すらきっと尚斗のものではあり得なくて、だからこそ「ナオ」を棄てられなかった。

けれど夢は必ずいつか醒める。ハリボテはいずれ暴かれる。

「ナオ」が嘘だと知ったなら——作り物のハリボテでしかないと気付いたら。レイは、アヤはどう思うのか。それが怖くて知りたくなくて、だからレイの前でも最後まで「ナオ」で居続けた。もっと近づこうとしてくれたアヤを、わざと拒絶した。

全部が全部、「ナオ」の都合だ。身勝手で傲慢な、……意味のない独り相撲。

（きつい言い方をすれば天宮くんの自業自得だ）

やったことは、けしてなかったことにはならない。今になって掘り起こしても、どんなに後悔したとしてもそれは彼らには無関係であり、無意味でしかない。

だとしたら、今の尚斗にできるのはその「事実」を——因果応報を、自分の胸に刻んでおくことだけだ。たとえレイの想い人が気にしないと言ってくれても、他の誰かが過ぎたことだと思う時が来たとしても、尚斗だけは忘れずに、自分の中にあるそれを見続ける、こと。

どんなに苦しくても惨めでも、消えたいと思うほど後悔したとしても。逃げずに真正面から、向き合うこと。

知っている、それだって結局は自己満足だ。でも、今の尚斗には他にできることがない。他に、どうすればいいのかわからない――。

いつの間にか、テルの姿は目の前から消えていた。

呆れたのか、納得したのか。確かめる以前にろくに表情も見ていなかった。けれど、言うべきことは言えたはずだ。これで訴訟の類《たぐい》を起こされたなら、それはそれで仕方がない。

「自業自得、……ってこういうこと、かあ」

何度も口にしてきた言葉だ。けれどその意味と重さを、今になって思い知ったと感じた。

10

参加したのは初めてだけれど、野外バーベキューというのは案外ハードだ。

上司からの声掛かりでようやくの休憩を得た尚斗は、わざと少々人の輪から外れたベンチへと向かった。火の傍を離れる際、「これもこれも」と渡された焼き物満載の取り皿とペットボトルのウーロン茶をテーブルに置いて、ひと息つこうとベンチに腰を下ろす。

ペットボトルに口をつけたタイミングで、先ほどまで尚斗がいた火の傍で悲鳴じみた声が上がる。燃える燃えてる焦げる、と叫ぶ声はこの春に新しくできた凸凹《でこぼこ》コンビの後輩たちのものだ。

いったい何をやらかしたやら、とは思うがあえて腰は上げない。

……何しろ集合時間前から、尚斗は馬車馬のごとく動き回っていたのだ。それに関しては上司からの頼みだったし、もよとり尚斗は大勢の集まりには慣れていない。参加者の多くは知った顔とはいえ、手持ち無沙汰に突っ立っている方が精神的にきつい——という理由で快諾したので不満はないが、さすがに五時間近くぶっ続けの立ちっぱなしには疲労が来た。

ちなみに今回のバーベキューの名目は「お花見」だ。それもよくある桜や梅ではなく、春から夏へと移るこの時期が満開になる藤。何故「名目」と称するかと言えば、今は満開の藤棚がバーベキュー会場から遥《はる》か遠く、「あっちが藤色」程度にしか見えないためだ。

「天宮さん、食べてるー？」

「食べてます。……野外で食べるのって美味《おい》しいですね。直火だからかな」

肉や野菜がこれでもかと刺さった金串を手に、突進してきたのは久しぶりに会う相手——瀬田だ。いつもは首の後ろで束ねている髪を今日は珍しくそのまま下ろしてて、ずいぶん雰囲気が違うがよく似合う、とこっそり思っていたのだが。

「瀬田さん、その髪……」

「ああこれ？　たまにはいいかなーと思って下ろしてきたまではよかったんだけど、結構風があるわ煙は回ってくるわ、男の子たちはやたら火の中に串を落とすわでねえ」

持参のハンカチらしい布で無造作に括《くく》った髪を指先で梳《す》いて、瀬田は少々遠い目で少し離れた火の方角――レンタルしたふたつのうち、尚斗が関わらなかった側を眺めている。

「え、あっちってそんなんだったんです？」

「だったのよー。もっと早く天宮さんを確保しとくんだった、高幡課長狡《ずる》い、ってすごい評判。あ、この串は天宮さんの火の方から貰ったからご馳走さま」

「ご馳走さまって、いやおれは大したことはしてないです、よ？」

繰り返すが、大人数の集まりだけでなくバーベキュー自体が初体験なのだ。高幡に頼まれて事前準備から関わった関係上、前もってネット動画やらで火の熾《おこ》し方だの肉野菜の焼き方だのを調べ動画をとっくり眺めたりはしたし、その成果があってか高幡に教えられつつ無事に「火を点ける」という「初めて」を果たしたが。あとは単に焦げないよう、まんべんなく食材に火が回るよう気をつけただけ、で。

「その大したことじゃない、ことができない人が多いから阿鼻叫喚《あびきょうかん》なのよねー。毎度のことだけど、高幡課長が主催するイベントって食べる人の方が作る人より遥かに多いんだもの。一応お花見なのに、ほとんど誰も花なんて見に行かない……あら」

半端になった瀬田の声につられて顔を向けるなり、少し離れた場所にいた女の子と目が合う。躊躇いがちに会釈をされてこちらも返したものの、あいにく顔と名前が一致しない。

「あれ誰。本社の子よね？」

「さあ、おれにもよく……見覚えもないから部署が違うんじゃないかな。誰かに誘われての参加なんじゃあ？」

話しかけられてすぐに視線を戻した尚斗に、瀬田は納得したふうに腕を組む。

「なるほどー。天宮さん狙いってことね」

「いや、それはないでしょう」

「どうしてよ。本社の友達から聞いたわよ、天宮さん、新入社員のみならず古参のスタッフからも大人気だって。見目はいいし物腰が穏やかで丁寧で、高圧的なところがないのに言うことはきっぱり言う、って」

「……見目云々は、眼鏡の効果じゃないかと。見立ててくれた人のおかげですね」

「あらありがとう……っていうか天宮さん、言うようになったわねー。いいことだわ」

生意気を言ったかとちらりと思った、とたんに笑顔でそう言われて苦笑した。

冬のあの件で愛用の眼鏡を駄目にしたものの、スペアは持っていたのだ。割れたあの眼鏡と同じ、乱視用の分厚いレンズのそれを当面使っていた尚斗は、けれど三日と経たずに慣れたはずの――ある意味防御壁にもしていたはずのそれを面倒だと感じるようになった。

たまたま瀬田と話している際、眼鏡を作り替えようかと思う――と口にしたのは、おそらく結果的にはよかったのだろう。かぶりつきで「え、じゃあそれ見立てさせてっ」と言い切った瀬田に、その日の終業後には眼鏡屋に引っ張って行かれた。着せ替え人形よろしくいくつもの眼鏡を試着させられた結果、今かけているフレームレスと、少々色味と形が違うスペアを所持している。当然、レンズのガラスは、ごく薄いものだ。

眼鏡を変えたら今度は前髪が邪魔になって、こちらは仕事帰りに目についた床屋で短めに切った。幼い頃には母親の意向で、小学校からごく最近までは顔を隠すのと節約を兼ねてずっと長めだったそれが視界から消えると不思議なくらいすっきりして、今まで伸ばし気味にしていた自分に呆れたくらいだ。

覗き込んだ鏡に映るフレームレス眼鏡にくせのある髪をやや短めにカットした人物は、奇妙なことにずっと馴染んでいた自分――「尚斗」には見えない。かといって、明らかに「ナオ」でもないのが不可思議だ。

「ところで女の子たちの視線が気になって仕方がないから聞いてみるんだけど、天宮さんて未《いま》だに彼女募集なし？」

金串に刺さった肉をがじがじと噛みながら、瀬田が言う。その手元、野菜を伝ったタレが今にも届きそうに見えて、手元にあったウェットティッシュを差し出した。

「あらーありがとう、さすが天宮さん気が利くぅ」

「いやそれタレが落ちるから気をつけるようにって、高幡課長も何度も言ってましたよ。……あと彼女、については今もこの先もないですね。言ったじゃないですか、おれにはすごく好きで、どうしても諦めきれない人がいるんです」

言いながら、ぽんと脳裏に浮かんだのはペンギンだ。結局棄てられなかったあの大きなぬいぐるみは、今も尚斗の部屋の窓際で座り込んでいる。

毎朝目を覚ますたび、仕事を終えて帰宅するたびつい挨拶してしまうのが今はすっかり癖になった。そのたびあのペンギンによく似た彫刻めいた男前を、思い出しては消えない胸の痛みを味わっている。

尚斗にとって、その痛みはもうあって「当たり前」のものだ。いつか消えるとも、消したいとも思わない。

ちなみにぬいぐるみに挨拶の癖は、春にあった歓迎会で飲み過ぎて潰れた後輩を自宅に泊めるに大いに躊躇う案件となった。……最終的には懐く後輩を放置できずにビジネスホテルまで引き摺って行き、それぞれシングルを取る羽目になった、わけだ。

「でも片思いなのよね？　思いっきり嫌われた上にフラれたって言ってたし」

「そこでわざわざ傷口抉《えぐ》ります……？」

眼鏡の上から手で顔を隠し、わざと弱々しい口調を作ってみても瀬田はじっと尚斗を見たままだ。

「だって勿体ないじゃない。こうも恰好よくなった男の子がフラれた相手をずっと思い続けてるとか、純愛映画だったら適当に感動しとけばいいけど、天宮さんには現実でしょ。せっかく脱皮したんだもの、もっと青春を謳歌《おうか》すればいいのよ」

「残念ながら、おれは結構しつこいたちなんです。好きなものはどうしたって好きですし、他に好きになれる人がいるとも思えないので」

「そう決めるには早すぎない？　気晴らしっていうか、女友達作るつもりでいいからちょっと会ってみてよ。本社の友達の後輩なんだけど」

出しゃばりでもなくかといって控えすぎず、心遣いはできるが無理に相手の気持ちを推し量らない、今時珍しいくらいの子――続く瀬田の説明は見事なくらい外見に言及しておらず、この人らしいとつい苦笑がこぼれた。

「天宮さんよりふたつ下、だったかな。お得だと思うんだけど？」

「そんないい子だったらなおさら無理です。何度も言ったはずですけど、おれ、これでかなりのろくでなしですよ？」

「ろくでなしって、どこがよー」

「詳細は割愛しますけど、おれの言動のとばっちりで本来そんな必要はないのに泣く羽目になった人が大勢いるのは事実です。今後、それに該当する人と遭遇した際は出会い頭に殴り倒されても文句を言える立場ではないので」

詳しい説明をする気はないが、婉曲に誤魔化すつもりもない。なのでストレートにそう白状したら、瀬田はひどく物言いたげに尚斗を見上げてきた。

「それって、天宮さんが片思いの人にフラれたことに関係ある？」

「そこはノーコメントで。ところで瀬田さん、さっきから呼ばれてますよ」

「えー？　……っあ、本当だった！　ごめんね、後でまた話しに来るからっ」

言いながら、傍を離れた瀬田が駆け寄って行ったのはこの春まで尚斗が所属していた支所配属の女の子――「えなちゃん」だ。彼女と顔を合わせたのは春以来の約二か月ぶりだが、朝からの準備に続いて火と串の番に入ったせいでまだ挨拶すらしていない。

……とりあえず、そろそろ休憩を終えて火と串の番に戻らなければ。思いつつすっかり冷めた串の残りを齧っていたら、少し離れた場所から「天宮さん」と呼ばれた。

テーブルに肘をついたまま目を上げて、尚斗は内心でため息をつく。

さきほど目が合った、「本社の子」だ。あの時はひとりだったが、今は背後にふたり友人だか同僚だかを連れている。そのふたりにつつかれるようにしてやってくると、彼女は尚斗の斜め前に立った。

「あの、」ともう一度声を絞る顔は、真っ赤だ。もじもじした様子だけで用件は察しがついて、正直言ってとても困った。

眼鏡を変え髪を切って意味のない遠慮をやめて、「過去」と「今」の自分と真っ向から向き合う。尚斗なりに思い切ったその変換は、幸いにも周囲からは概《おおむ》ね好意的に受け入れて貰えた。それはありがたかったが、そうした中にこの手の「好意」が混じるようになったのだ。

とはいえ、こちらとしては返事はもう決まり切っていて、

「すみません。気持ちは嬉しいんですけど、おれにはずっと好きな人がいるので」

「えっあの片思いだって聞いてます、だからその、ちょっとだけ、お試しだけ、でもっ」

妙な期待を持たれないようきっぱり伝えたのに、あり得ない斜めからの返事が来た。正直気持ちはわからないではないがと、尚斗はつい息を吐く。

「そういうの、やめた方がいいですよ。下手するといいように遊ばれます」

「あ、あの、でもわたし天宮さん、なら」

「ですからさっき言ったように、おれは他に好きな人がいるんです。それで——あいにく、おれはその人以外は欲しくないので」

まっすぐ見返したまま言葉を止め、あえて「ナオ」の笑みを浮かべてみせる。と、さらに耳を赤くした彼女は狼狽えたように俯《うつむ》いた。ややあって「そう、ですか」と呟く。その隣、気まずげに気遣うように彼女を見つめる付き添いに目を向けると、申し訳なさそうに軽い会釈をされた。動かない彼女を促し、揃って尚斗から離れていく。少々離れた場所で向き合い手を取り合っているのは、泣いているのを慰めてでもいるのかもしれない。

何となく、かつての自分を見ているような気がした。

「おれの中身とか知ったら絶対、裸足で逃げると思うんだよなあ……」

以前所属していた支所では「役立たず」の別名を拝命し、男女を問わずスタッフから避けられていたのだ。本社にいる子なら当時の噂くらい聞いているだろうに、何故。

「こういうのも見た目詐欺のうち、かなあ……レイに見られたらやっぱりコイツ最低とか言われるかも」

自宅の窓際で待っているはずのペンギンに、無性に会いたくなった。

残りの串に手をつけたところで、一際賑やかな声が耳に入った。見ればいつもの凸凹コンビがふたつある火の中間あたりで、ぞれぞれ焼き串を手に何やら言い合っている。

またやってるなと感心して眺めていたら、運良くか悪くかまともに目が合った。駆け寄ってきたかと思うと揃って尚斗の前で足を止め、持っていた焼き串を掲げてみせる。

「天宮先輩ー、見てくださいこの焼き具合、うまくなったと思いませんっ？」

「いや待てこっちの方がこんがり……ねえ先輩、こっちのが美味しそうですよねっ？」

「……どっちもどっち。ていうか、よく見ろ両方どこかしら焦げて炭になってる。おまえらそれ、責任持って全部食べろよ？」

すっぱり言い切ってやったら、揃えたように彼らは互いの串を見た。そっちのピーマンが、そっちの肉がと五十歩百歩の言い合いに発展するのを横目に、尚斗は串に残っていた最後の野菜を口に入れる。

「じゃ、おれは火の手伝いに戻るから」

「え、待ってくださいオレも行きますー」

「あっあっオレもっ」

ペットボトルと取り皿に串を手に歩き出したら、凸凹コンビまで後を着いてきた。どういうわけだかこのふたり、揃って尚斗に懐いてくれているのだ。

「あれ天宮くん、もう休憩終わり？　まだあまり食べてないよね？」

「もう少し休んでもいいんだぞ。朝からあれだけ動けば疲れるだろ」

先ほどまで世話していた方の、火の傍にいたのは高幡と、異動先で尚斗の指導役を引き受けてくれた先輩だ。

「いえ、おれはもう。それより課長と先輩こそ休憩してください」

「僕はいいかなーここ特等席だし焼きたてのを優先で貰ってるし」

「私は主催だからな」

案の定揃って固辞してきたため、結局三人で火と串の番をしながら取り皿に山盛りになった野菜と肉を消費することになる。そのうち瀬田や「えなちゃん」たちもやってきて、気がついたらかつての支所メンバーが集まっていた。

聞いたところによると、尚斗がいた部署は他と統合されて事実上存在しなくなったのだそうだ。統合後の責任者には瀬田が任命され、あの上司は別の支所に異動したらしい。

「おかげで武藤くんなんか今すごくおとなしいわよ？　まあ、天宮さんの件で処分受けたこともあるんだろうけど」

あの事件の後、三日間の休みを取って出勤した早々に、尚斗は支所内での異動を告げられた。具体的には営業、というより高幡の下で、補佐をするようにということだった。

　思いがけなさに驚いて、けれどじきにそんな暇はなくなった。指示された書類だけ作っていればよかったそれまでの部署とは違い、ずっと無縁だった顧客リストの扱いや外回りの補助に加え、高幡の秘書のような内容まで仕事に加わったためだ。

　とはいえ同じビル内で同じフロアにいることに違いはなく、営業に移った後にも係長を筆頭に、前の部署の面々にはすれ違うだけで露骨に厭な顔をされた。謹慎処分の上に減俸という処分を受けた後輩――武藤に至っても似たようなもので、実は人目のない場所を狙って絡まれたこともある。曰く、自分の方ができるのにどうしておまえみたいな役立たずが等々。

　久しぶりに名前を聞いて、思い出して言ってみたら瀬田は「あらー」と眉を上げた。

「そんなにできる子なのねー。その割に、簡単な書類作成にもずいぶん手こずってたけど。あげく、えなちゃんを顎で使って自分の仕事させようとしてたりもするけど」

「慣れてましたもんね。瀬田さんのことも簡単に騙せると思ったんでしょうか……っていうか天宮さん、その時ちゃんと言い返しました？」

　何かを期待するような目で見る「えなちゃん」に、つい苦笑した。

「一応反論はしたよ。けど、どう言うんだろう……あまりにくだらなすぎて、まともに相手するのが面倒になった感じ？」

　それまでの尚斗なら言われっ放しでやり過ごし、そのくせずっと気に病んでいたはずだ。

それが、三日の休みを経て出社した時にはもう気にならなくなっていた。執拗《しつよう》に絡んでくるのすらすぐ忘れるようになって間もない春に、尚斗は本社への異動という辞令を受けたのだ。

同時期に本社に「戻った」高幡は、あの支所へは「出向」していたらしい。尚斗の異動は主に「使える人材」を求めていた彼の要望によるもので、それだけに期待値は非常に高かった。何しろ本社に慣れる以前に覚えること、自分なりに噛み砕いて理解すべきことが多すぎて、まずは胃痛が親友になった。その後は高幡曰くの「最低限必要な知識」を得るために寸暇を惜しんで本や資料を読み込み、出された課題に応えるべく睡眠不足になるほど悩んで七転八倒する羽目に——これは過去形ではなく現在進行形で渦中にいる。

そろそろお開きも近くなった午後、少々遠い目でこの数か月を思い出しつつ片づけを手伝っていると、横合いから名前を呼ばれた。見れば、スマートフォンを手にした高幡が、彼には珍しい悩ましげな顔で手招きしている。

「少々確認したいんだが。天宮は今、恋人もしくはそれに準じる相手はいるのか？」

「——は？　何ですか、それ」

失礼ながら、露骨に懐疑的な声が出た。

仕事中は大変厳しい直属の上司は、雑談は否定しないが個人のプライベートにはまず言及しない。尚斗の手作り弁当こそ話題に上るがそれは目の前に現物があるからで、内容にしてもネットの料理サイトを参考にだとか男向け料理教室云々といったものがせいぜいだ。付け加えれば高幡本人も己のことはまず口にしないため、本社では「アウトドア好きっぽいこと以外が謎の人」で通っているのだとか。

「天宮に会いたがっているヤツがいてね。実を言うとずっと話には聞いていたんだが、余計な真似はしない方がいいかと黙っていた……のが、どうやらバレたらしい」

「バレた」

何やらとても不穏な言い方だ。とはいえ、尚斗の返事は決まっている。

「恋人はいませんけど、片思いの人はいます。その人以外にはまったく興味がないので、申し訳ありませんがお断りさせてください」

「なるほど、確かに定型文だな。噂通りか」

「……はい？」

「とりあえず、会って欲しい相手は私の恋人だ。誰か紹介しようってわけじゃない。この後、三十分ほどつきあってもらえるだけでいいんだが……まあ、どうしても無理を言うのもな」

「課長の恋人、ですか。ええと、課長はいいんですか？　おれが、恋人さんと会っても」

思わず身構えた尚斗に、高幡はけれど不思議そうに「何か問題でも？」と首を傾げる。その様子を、年上なのに何だか可愛いな、と思ってしまった。

「ええと……自惚れと自意識過剰覚悟で言いますけど、おれ、結構なろくでなしなんで。過去にかなりの数の恋人同士を、ぶっ壊したというか別れる原因を作った、自覚が」

「それを、私にもやると？」

「いえ、思い切り懲りたのでまったくその気はない、ですけど。一生ひとりでいる覚悟もしたところですし……というか、すみません。普通に課長とその恋人さんに失礼ですよね」

潔く白状したら、苦笑交じりに額を小突かれた。器用にも眼鏡を避けた攻撃は思いのほか強烈で、尚斗は手のひらで額を覆う。

「ペナルティだな。三十分限定でつきあえ」

「……了解です」

墓穴を掘ったと痛感しつつ、レンタルの機具を片づけ使った串や皿を運ぶ。めかし込んできた女の子たちが及び腰で洗い物をするのに焦れて、「自分がやるので拭いてください」と申し出た。周囲が少々ざわめいたのは、あえて右から左に聞き流す。

意図的な意地悪や悪行を働くのでなく、今すべきことをするだけだ。人が何を言うかなんて、気にしていたらキリがない。

今回使った機具はレンタルだけでなく、高幡の私物も結構あった。それぞれを区別し前者を返却、後者を上司の車に積み込んだ時点で、ようやく場がお開きになる。せっかくだからお茶でもという瀬田の誘いを別の機会にと断って、尚斗は高幡が運転するワンボックスカーに乗り込む。

「……？　天宮、助手席が空いてるぞ？」

「遠慮します。恋人さんがいる人の車の助手席なんて、勝手に乗るわけにはいきませんよ」

「そういうもの、か？」

首を傾げる高幡を眺めて、意外と気付かないものなんだなと失礼ながらに思う。

本社に移ってから痛感したことだが、女性は――もといそれに限らず恋人がいる人は、相手の言動にとても敏感だ。些細《ささい》に見えることであっても、物思う人は結構多い。

……「ナオ」でいた頃の自分は、それなりに「考えていた」つもりだった。けれど、それはあくまで「つもり」でしかなくて、実際にはあり得ないほど無神経だったと今は思う。

「それでだな、これから会う私の恋人のことなんだが――どうしても厭なら無理をする必要はないと、それだけは先に言っておく」

「は？　あの、課長？　それってどういう」

「個人的に、私はあいつの言い分に反対なのでね。ものには順序もあればタイミングもある。外野が妙に気を回したところで、かえって面倒が起きることも多い。もちろんそれはきつく言い含めておいた」

「えー……あの、すみませんけど。意味が、よく」

言いかけた、そのタイミングで車が減速し店舗らしき建物に隣接した駐車場に入って停まった。高幡について車を降りると、言葉少なに隣の建物へと促される。目に入った看板には「軽食・コーヒー」とあり、その横に「本日休み」の札が下がっていた。

「喫茶店、ですか。えーと、軽食屋……？」

「その両方、だと主張していたな。とにかく、楽しく食べる場にしたいらしい」

「たのしく、たべる。いいですね、それ。でもここって今日、休みなんじゃあ？」

土曜日の今日に休みというのも珍しい気がするが、そこは土地柄を含めた環境にもよるのだろう。それはそれでいいとして、何故その「休日」の店に誘導されているのか。

「休みにした、の方だな。何もそこまで構えなくてもいいと言ったんだが」

何だか不本意そうな顔の高幡が、開けたドアを押さえて中へと促す。首を傾げながら足を踏み入れるなり、数歩先に立って不安げにこちらを見ている人と目が合った。

「本っ当に、ナオくん、だ……！」

「え、あの、たかはたかちょう、これ、どういう」

自分が口にした言葉が、勝手に平仮名に変換された――ように聞こえた。

「よ、かった……やっと、見つかったあ……」

半分涙目でこちらを見ているのは、もう二度と会わないはずのレイの想い人――「しの」だったのだ。

どういうことかと狼狽えて振り返った先で、微妙な顔つきの高幡が軽く額を押さえている。

混乱し後じさりかけたその背中に、どんという音がするような勢いで何かがぶつかってきた。

「え、……は？　ちょ、あの何――はなし、」

そのまま背後から拘束されて、ぎょっとした。すぐさま身を捩《よじ》ってみたものの、戒めはきつくなるばかりだ。

「——……偲《しのぶ》？　どうも話が違わないか。会うのはおまえだけと聞いたはずだが？」

おそろしく低くて静かな、高幡の声がした。

「あ、うん、えーとその、」

レイから「しの」と呼ばれていた彼が、びくりと肩を跳ねさせる。俯き加減に上目で高幡を見る様子に、失礼ながら飼い主から叱られている子犬を連想した。

「ごめん、でもヒロはずっと必死で寝る間も惜しんでナオくんのこと探しててっ」

「それはヒロアキくんの都合であって、天宮には関係ないな」

「そ、れもわかってる、でもヒロにだって言い分があって」

「それを言うなら天宮も同じはずだが？」

目の前で起きているコレは、いわゆる痴話喧嘩《ちわげんか》というヤツだろうか。けれど、でもどうしてこの人たちが言い合いに至っているのか。

それは、今現在の尚斗があり得ない状況にあるから、で。

思い至って、勝手に肩が小さく揺れる。とたん、背後から尚斗を抱きしめたままの腕がさらに強くなった。

「しの」から視線を外した高幡が、じっと尚斗の背後に目を向ける。ため息交じりに言った。

「ヒロアキくん。天宮を離しなさい」

「厭だ。アンタ、離したら絶対逃げるだろ」

耳のすぐ後ろで聞こえた言葉は、高幡ではなく尚斗に向けられたものだ。

記憶より少し低くて、どこか頑《かたく》なな響きがあるそれを聞くなり、無意識に指を握り込んでいた。その爪の先が当たるのは、自分のとは明らかに違う色のシャツだ。

「相手が逃げ出したくなるような真似をした、自覚はあるわけか。それで？　どうして彼がここにいるのかを聞きたいんだが」

呆れを含んだ高幡の声に、腹に回った腕がまた一瞬だけ強くなる。一方、後半の台詞を向けられた「しの」はひどく気まずい様子で俯いてしまった。

「それは、その」

「偲が黙っていられなかったか、挙動でバレて問い詰められたか。……後者のようだな」

「う、……ごめ、あの僕も一応黙ってるつもりで、でもヒロもうかなり疲れてきてて。だってナオくんがいたアパートってすっかり取り壊されて扱ってた不動産屋もわからないし大家になるとなおさら不明で、でも手紙なら転送されるはずって出してみても返事がなくて」

「通常で判断すれば返事がないのがそのまま意思表示だ。相手が望みもしない、頼んでもいないものを勝手に追い回しておいて、探すのに疲れたと？　ずいぶん勝手な言い分だな」

「……ぅう」

高幡が言葉を継ぐたび悄然《しょうぜん》と小さくなっていく「しの」が、何だか気の毒に見えてきた。

ついでに少々異議があったので、あえて尚斗は口を開く。

「あ、の。前に住んでいたアパートのことなら、そもそも転居届けを出してないんです。手紙や荷物を、寄越す人がいないので」

「えっ」

「寄越す人が、いない？」

目を丸くした「しの」と揃えたように、高幡が眉を寄せる。それへ、あっさり頷いた。

「家族も親類もいませんし。友人らしい友人もいない……あー、いなかった、ので」

友人と呼んでいいのかは不明だけれど、現在進行形で口に出したら物言いをつけてくれそうな人はいるのだ。思い至って、場違いにも気持ちが緩んでしまった。

「それと、レイがおれに用があるというなら、会うのも話すのも構いませんよ」

「え」

「……おい、天宮」

純粋に驚いたらしい「しの」が瞠目したのとは対照的に、高幡はわかりやすく顔を顰《しか》めた。

それが気遣いだとわかるだけに、尚斗は苦笑してみせる。

「別にレイに限ったことじゃなく、『ナオ』だった頃の知り合いに出くわした時は先方の気がすむまでおつきあいするつもりでしたから。とりあえず、救急車沙汰になると誤魔化しが効かないので、そこだけ気をつけてもらえたらと」

「救急車って、おまえな」

露骨に胡乱な声を出した高幡に苦笑を返して、尚斗は自分の腹の前にがっちり回って微動だにしない腕を軽く叩く。

「少々殴られる程度なら慣れてるので、どうってことはないです。それより高幡さん、いつからおれが『ナオ』だって気付いてたんです？」

「確信したのは眼鏡が割れて素顔を見た時だな。それ以前から、どうも同一人物じゃないかとは思っていた」

この人が「しの」の恋人でその「しの」に尚斗のことを気付かれたと言うなら、それは最初から「知っていた」証拠だ。そこにいつかの「しの」の話を総合すれば、何となく答えは出てくる。

「『ナオ』が声をかけた時、即答で断って悪いことした……って顔したの、高幡さんだったんですね」

今の今まで思いもしなかった自分には呆れるしかないが、こうなってみれば納得だ。おそらくそれがあったから、高幡はあの眼鏡事件の時にあんなにも気にかけてくれたのだろう。

「おまえが本当に構わないと言うなら、むやみに反対はしない。とはいえ、救急車沙汰は論外にしても怪我をされるのも困るんだが？」

「……何でアンタが、ナオのこと決めんだよ。部外者は引っ込めば」

「あいにくだが、『ナオ』は私の大事な部下なのでね。暴力沙汰が前提なら、阻止のため同席させてもらうことになる」

唐突に割って入った声——レイに少々驚いたが、それは尚斗だけだったようだ。「しの」は神妙な顔でこちらを見ているし、高幡はといえば呆れたような、うんざりしたような顔を隠さない。

「いずれにせよ、今すぐ天宮を解放しなさい。子どもじゃあるまいし、言いたいことがあるなら面と向かって話したらどうなんだ」

「——っ……」

背後のレイが、小さく息を呑《の》む気配がする。どこか躊躇いがちの息を吐いたかと思うと、やけに慎重に、壊れ物でも扱うようにそっと、腹に回っていた腕が離れていった。

背後にいる気配が、一歩下がる音がする。それが気になって首を横に向けて、けれど振り返るには踏ん切りがつかない。中途半端に固まっていたら、またしても高幡の声がした。

「天宮にも言っておく。自業自得、因果応報と考えるのは自由だが、きみが詫《わ》びるべきは直接影響を受けた人間だ。その点で言えばヒロアキくんは第三者——傍観していただけの部外者に過ぎない。どうしても暴力を受けたいなら、彼ではなく偲に頼みなさい」

予想外、というよりあり得ない台詞に、思考が固まった。そんな尚斗の代理のように、背後から抗議の声が上がる。

「は、あ？　待てよ、しのにそんな真似、できるわけが」

「えっちょ、何で僕がっ」

「異議があるなら聞こう。……いずれにしても、ひとまず座ろうか。ヒロアキくん、きみもだ。偲、すまないがコーヒーを頼む」

「あ、はいっ。ナオくんもコーヒーでいい？　苦手だったらカフェオレとか、紅茶でも」

些《いささ》か慌て気味な「しの」の問いに、尚斗はどうにか頷いた。

「ありがとうございます。コーヒーをお願いします」

11

厨房《ちゅうぼう》に入って熱いコーヒーを淹《い》れてくれた「しの」は、本名を「偲」と言うのだそうだ。そして、レイのヒロアキは「礼明」と書くのだと、これはこっそり教えてくれた。

「え、と。だったら僕もナオくん、じゃなくて天宮くん、て呼んだ方がいいのかな」

「どちらでも構いませんよ。その、……無理に名前を呼ぶようなことには、ならない方がいい気がしますし。だって不愉快じゃないですか？　おれの顔見るの」

あっさり言った尚斗に、彼——偲は少し困った顔をした。四人掛けのテーブルの向かい側、隣り合って座った高幡を横目にちらりと見上げている。

「高幡課長とは仕事でご一緒しますけど、それ以上も以下もありません。今日はお誘いいただいたのでお邪魔しましたが、今後は控えます。……課長、それでよろしいですね？」

「偲と、天宮次第だな。互いが望むなら会う機会を作るのも自由だ。ただし礼明くんは抜きで、という条件をつけさせてもらう」

「何だよそれ、アンタ本気で性格悪すぎないか」

それまでずっと無言だったレイが、尚斗の隣で不機嫌な声を上げる。「つきあっている」頃にも見なかった噛みつくような物言いに、そういえば彼と「しの」の恋人とは関係が微妙そうだったことを思い出した。

「以前から言っていたはずだが、偲は礼明くんに甘過ぎる。幼なじみの範疇《はんちゅう》であればともかく、今回のように私や天宮の意向を無視されて、飲み込む義理は私にはないのでね」

「て、めえ」

「誰も言わないようだから、私が言っておく。天宮には選ぶ権利があるんだ。礼明くんとの以前の関係がどうあれ、それは過ぎたことであって「今」じゃない。今後の選択に過去の後悔を差し挟まないよう忠告しておく」

きっちりと言い切って、高幡はカップを手に席を立った。戸惑ったふうに見上げる偲を促すと、「話し合いが一段落した時点で声をかけるように」と言い置いてカウンターの奥のドアに消えていった。

ふっと静かになった空間に、妙に落ち着かない気分になった。

コーヒーカップを両手でくるんだままで、尚斗は隣の気配を意識する。

……実を言えば、まだレイの顔をまともに見ていないのだ。横顔に視線は感じたけれど
――それがレイのものだというのはわかったけれど、どうにも気後れが先立った。

もう二度と、会えないと思っていたからだ。万一があるとしてもその時は人波に紛れて見るだけか、あるいは見られたとしても互いに声をかけることなどあり得ない、と。

それなのに。

「――あ、のさ。おれ、を探してたって……何か用でもあった？　その、私物がアパートに残ってたとか逆にレイの私物がなくなったとか、それともやっぱりまだおれに言いたいこと、ていうか言い足りなかったことがあった、とか？」

「違う。あと、探してたのは俺だけじゃなくてアンタの友達も一緒。アヤって言ったっけ、急にアンタと連絡が取れなくなったって――自分が余計なこと言ったせいだってすごい後悔して、アンタの行方《ゆくえ》を突き止めようとしてた」

「アヤ、が？　え、何で」

思いがけない言葉に瞬いて、ふいに思い出す。そういえばあの冬の日に、テルも同じようなことを言っていなかったか。……そんなわけがないと、聞き流してしまったけれども。

「何でって、そりゃアンタの友達だからだろ。伝手《つて》を全部使って人海戦術に近いことまでやったのに、全然手がかりがなかったらしい」

「……そう、なんだ」

ぽつんと落ちた自分の声を聞きながら、思ったのは「何のために」ということだ。それが、そのまま言葉になった。

「残念だけど、元に戻るのは無理かな。おれ、もう『ナオ』をやるのはやめたから」

「それ、テルってヤツから聞いた。そんで、見事なくらい手がかりがないからいよいよ探偵でも雇った方がいいんじゃないかって話になってて」

言葉とともに、横合いから感じる視線が強くなったのがわかった。

「無理もないよな。今のアンタはどう見ても、『食虫花』のナオじゃない」

「……そこまで違う、かな」

「こうして話してみれば間違いなくアンタだってわかるけど、雰囲気も顔つきも違う。街中ですれ違っても、確信しきれずに声かけられないかも。前はずっと敬語だったのに、今は俺にタメ語だしさ」

訥々と続いていた言葉が、詰まったように止まる。ややあって、ぽとんと言葉を落とした。

「――……もう二度と、会えないかと思ってた」

ギリギリで絞り出したような声のひどく寂しげな響きに、どうしてそんな言い方をするのかと思った。胸の奥、必死で守っていた大事なものを無遠慮に鷲掴みされた気がして、尚斗は声を尖らせる。

「あの、さ。結局、レイはおれに何の用があるの」

「何のってアンタ」

「レイがおれに会いたがる理由なんか、さっき言ったの以外だと仕返しが足りなかった、くらいしか思いつかないんだけど？　それならそれで覚悟はできてるから、さっさと本題に入ってくれないかな。正直、この状況はすごく困るから」

二年も抱えていた「憂い」なら、あの結末で晴れなくても無理はない。けれど当然会いたいわけもなく、だからこそ当初は後ろから拘束した。その証拠に先ほどから尚斗の隣に座ったまま、顔を見ようともしない。

なのに、どうして「必死で探した」などと言うのか。「もう二度と会えないかと思ってた」なんて、それではまるで——

「レイがおれに会いたがってた、なんて自惚れたら困るだろ？　だからとっとと用件を、」

「その通りだって言ったら？」

間髪を容れずの言葉に、つい顔を顰めていた。やっぱりレイの顔は見ないまま、コーヒーカップから正面の壁へと視線を移す。

「その手の冗談はやめようよ。今さら長く話すことでもなし、とにかく課長にバレないように——傍目にわからないようにするなら、やっぱり腹に一撃かな。顔をひっぱたかれる方が慣れてるけど、それでバレても困るし」

「あのさあ。そういうことするために俺が必死でアンタを探したとか、本気で思ってる？」

ぐっと低くなった声のトーンは、レイが不機嫌になった証拠だ。承知の上で、尚斗はため息交じりに言う。

「だってレイ、おれ——『ナオ』のことが大嫌いだろ。面識がなくても、仕返しせずには気がすまないくらい？　レイの大事な人に辛い思いをさせた以上、当たり前だけど」

「ナオ、」

制止するようなレイの声に苦く笑って、尚斗は続ける。

「前にも言ったけど、レイの仕返しは現在進行形で完遂してるよ。おれは今でもレイが好きだ。初恋みたいだから、たぶん当分忘れられないと思——」

「なあ」

声とともに、横合いから伸びてきた手に顎を取られた。そのまま強引に横を向かされて、まっすぐにこちらを見つめていたレイと初めて視線がぶつかる。

真顔のレイの、表情にも目にも予想していた冷ややかさはない。その分容赦なくまっすぐに、尚斗の目を射貫いてくる。

「前の別れ際にもそれ言ってたけど、正気？　俺が何で近づいたのか、知った上でナオはまだ俺が好きなままでいるんだ？」

「……安心していいよ。だからってレイにつきまとうつもりはないし」

「ナオは今、フリーなんだ？　あの後、他のヤツとつきあったりは」

「好きな人がいるのに、何でわざわざ？　それがなくても、おれみたいなろくでなしに相手なんかできるわけないだろ。だから今後もずっとひとりでいると思、」

「相手なら、ここにいるけど」

自嘲混じりの言葉は、途中できっぱりとした声に遮られた。

瞬いた尚斗の、顎を掴んだままの指がするりと動く。猫の子にするように喉を擽るのは、以前にレイがよくやっていたこと、で――

「今さらなのはわかってるけど、俺もアンタのことが好きだ。出遅れたけど、逃がしたくなくて必死で探した。今度こそ恋人になって欲しい。……って言ったら信じてくれる？」

「――……は？」

何を言われたのか、本気で理解できなかった。

真正面から見つめ合う形になったレイは、やっぱり彫刻めいて男前だ。つきあい始めの頃には隠すことなく冷ややかだった目は今やけに静かで、瞬きすら見せない。

「――……そっちこそ、それ正気で言ってる？」

視線を逸らせないまま、こぼれた言葉はそれだった。

「レイが、しのさんのことをものすごく好きなのも、あの人だけが特別なのもおれはたぶんレイの次によく知ってると思うんだけど？」

彼の人は、レイに「安心」をくれた恩人だ。長いつきあいだから何でも言えて、何を言われても許すことができる、唯一無二の「特別」。

それを差し置いて――その人を傷つけた自分を、だなんてあり得ない。

「しののことは、確かに今でも好きだ。けど、それはアンタへの『好き』とは違う」

「何それ。だからっておれが好きとか、そんなのあり得ない――」

「確かに俺はアンタに大嫌いだって言った。やらかした事が事だし、そりゃ信用できないか」

けど、とレイはそこで言葉を切った。鋭い分だけ真摯《しんし》な目で、尚斗を見据えて続ける。

「二度と俺に会いたくないとか、絶対関わりたくないって言われても諦めきれない。そういうわけで勝手を言うけど、話を聞いてくれるまで絶対アンタから離れる気はないんで。あと、どうしてもアンタに聞きたいことがあってさ」

「……聞きたいことって、何」

胡乱に問い返した尚斗に、レイは「うん」と頷く。

「アンタが消えてから思い知ったんだけど、俺ってアンタのことを何も知らないんだよな。だから質問なんか山盛りにあるけど、とりあえずふたつだけ。こんだけ綺麗で可愛いアンタが『恋人持ち限定』の相手に拘ってた理由と、ストーカー野郎が出た時にあんだけ怖がってたのは何だったのか、ってこと」

「――……」

「アンタにだけ言わせる気はないから、俺に訊きたいことがあれば何でも言って。全部、正直に答えるから」

真顔で言うレイには、以前たびたび感じていた「ちぐはぐ」がない。向けられる視線にはちゃんと色があって、そこに感じるのはたじろぐような熱量だ。

少なくとも、今の言葉に――再会してからのレイの物言いに、嘘はない。

確信したものの、だから信じられるかと言えば答えは否だ。必死で言葉を探し回って、尚斗は内側にあった小さな疑問を口にする。

「……不義とか大嫌いだって言うけど。噂だと、レイはつきあう相手と深い仲になるまで偲さんのことを話さないって」

言った端から、かつて偲から聞いたことを思い出す。不義が嫌いなヒロ――レイが、よりにもよって「ナオ」を選ぶわけがない、と。

ちゃんとした恋人を作るようレイに発破をかけたという彼は、間違いなくレイの「つきあい方」を知っていたはずだ。

「そんなん隠したらかえって後々面倒だろ。長く片思いしてる相手がいて諦める気がないんであくまで身体だけってことで、了解したヤツとしかつきあってない。まあ、会うのは多くても二度ほどだし、ほとんどの相手はその場限りだけどさ」

「その場限り、……?」

「複数回会うと面倒が起きるって経験則があるんでね。勝手に恋人面されたあげくしつこくつきまとわれたんで、わざと人前で手ひどく振った。そういうわけで、俺を恨んでるヤツは案外多いと思うよ。——詳細を知りたければアヤから訊いて。これ連絡先」

言葉とともに、目の前のテーブルに紙片を滑らせた。目を向けたそこには少し右肩上がりの文字で十一桁のナンバーとメールアドレス、そして「アヤ」という署名が記されている。

今さらに、どうしてレイがアヤを知っているのかと思った。それと気付いたのかどうか、レイがため息交じりに言う。

「今言った話ってアヤから聞いたんだよな? 俺も、出会い頭にソレで罵られたし」

「ののし、……って、え? そういえばさっき、探してたのはアヤも一緒って」

「仲良くなったわけじゃなくて利害の一致。本音言うと、ソレもアンタに渡す気なかったし」

「わ、たす気がなかったって、何で」

「大事な友達、ってアンタ言ったじゃん。俺よりアンタに近いヤツとか、アンタに近付けてどうすんだよ」

言い放ったレイによると、アヤはかなり早い段階で動いていたのだそうだ。遅れを取った形のレイは行く先々でそれと知って、目障りで仕方なかったらしい。

「初対面で、ナオをどれだけ馬鹿にすれば気がすむんだって罵倒されたからな。別に、アイツにどう思われようが知ったことじゃないんだが」

とはいえ、アヤは「ナオ」が唯一親しくしていた相手だ。放置は避けたいと正面切って反論したら、何故かアヤはきっちりとその噂を検証してきたという。

「アヤが調べた結果だったら、アンタも信用できるだろ？」

微妙に不満げなレイ曰く、その後の紆余曲折を経て「ナオ」を探すための共同戦線を張ることになったのだそうだ。

「アヤって本気でアンタを大事にしてるよなあ。俺がアンタを好きなのは俺の勝手で、アンタはアンタの意志がある。アンタの友人として、俺みたいないい加減なヤツにアンタを託す気はない……とか言いやがった」

「ゆうじん、……として？」

思いがけない内容の連続に、ぽろりとこぼれる声がわずかに震えた。紙片の文字から目を離せない尚斗に気付いたのかどうか、レイが頷く気配がする。

「全っ然言いたくないけど、アヤから伝言。また友達に戻ることができるなら連絡して欲しい。待ってる、ってさ」

「――……」

思いも寄らない内容に、何を言えばいいのかわからなくなった。

放心気味に紙片を見たままの尚斗を気遣ってか、レイが珍しく躊躇いがちに言う。

「アンタからの質問はとりあえずそんだけ？　だったら今度は俺の話を聞いてくれる……？」

返事ができなくて、それでもぎくしゃくと頷いた。そんな尚斗に安堵したような息を吐いて、レイはぽそりと言う。

「最初の話に戻るけど、俺が世の中で一番嫌いなのは正確に言えば考えナシの無責任で二股とか不倫とか浮気するヤツ。理由は単純で、俺がその無責任の産物だから」

「……え、」

虚を衝かれて思わず顔を向けた先、出会った頃によく見た冷えた視線のレイがいた。思わずたじろぎそうになって、けれど尚斗と目が合うなりふっとその色が消える。

尚斗がほっとしたのに気付いたのかどうか、レイは下がり気味の眦を緩めた。そのまま、行儀悪くテーブルに頬杖《ほおづえ》をつく。

「俺には一応、両親と兄がふたりいるんだけど。チチオヤも含めて見事なくらい、俺だけ顔立ちも体格も違うんだよな。父方の親類の故人を含めても、似る似ない以前に系統が別。

――けど、間違いなく産んだのはハハオヤだそうで」

子どもというのは、「自分がどう扱われているか」に敏感だ。特に何か言われたわけでなく、目に見えて兄たちと区別されたわけでもない。なのにレイは物心ついた頃から家の中で、特に父親との間に何とも言えないもどかしさを感じていた。

　その原因を彼が知ったのは——知らされたのは、小学校中学年の時だ。

「父親の実家に泊まった年末、夜中にトイレで目が覚めてさ。偶然、大人どもが飲んで話してるのを聞いた。楠見《くすみ》の家であの顔はない、絶対種が違うのによくここに連れて来るもんだ、ああいうのを托卵って言うんじゃないのか、とか？」

「フギ」や「タクラン」の意味を当時のレイは知らず、けれど妙に気になって記憶に刻《きざ》み込んだ。後に教師に聞き自分でも調べて意味を理解した時には、それが「周知の事実」だということも察してしまった、のだそうだ。

「チチ方の祖父母は露骨に俺を毛嫌いして、兄たちと区別してたし？　それを見たオヤはどっちも無反応だったしな。……もっとも頭でわかった気になってただけで、結局はガキだったんだよなあ。ショックで混乱してたんだろうけど、よりにもよってハハオヤを問い詰めた」

　自分は父親の子じゃないのかと口にしたレイに、母親は返事もせず号泣したのだそうだ。駆けつけた父親と兄たちに問い質されたレイは狼狽《ろうばい》し、同じ言葉を繰り返した。

「何でそんなこと言ったから始まって、泣かせるなんて可哀相だと思わないのかって怒鳴りつけられたあげく、最終的には全部俺が悪いってことで終わった。けど、それって誤魔化しただけだろ？」

　だから、その後も折りを見ては母親に尋ねたのだそうだ。けれど彼女は泣くだけで、その後父親に叱責《しっせき》され兄たちに当たられるまでがセットになった。

「おかげで中学に入る頃には家ん中が針の筵《むしろ》でさ。腫れ物ってか、いつ爆発するかわからない地雷みたいなもん？　『異物』扱いで避けてるくせに、人前でだけ仲よさげにしたりオヤらしいこと言ってきたりすんの。それってつまり、肯定だろ？」

違うなら、一言そう言えばすむことだ。なのに両親ともそれをせず、家の中と外で表情や物言いに態度まで変えた。それは、表面だけで「仲のいい家族」を装うことでしかなく。

「ハハオヤは自分がしたことを認めないし、チチオヤは嘘を突き通す覚悟がない。俺が悪いってことにすれば丸く収まるってことで、一致団結してるんだったら相手にしても無駄だ。……そんな家に、居たくもないしさ」

日に日に帰宅が遅くなり、休日も早朝に出て深夜まで戻って来ない。そんなレイを「家族」は誰も咎めなかった。もちろん探しに来るわけもなく、ただ「面倒と騒ぎだけは起こすな」とだけ言ってきたのだそうだ。

「他人を連れ込まないなら好きにしていいって合鍵渡されたら、そりゃ夜中まで帰らなくなるよな。夜中に帰っても食事は部屋の前に置いてあるし、月々の小遣いもそこそこ潤沢だったし？　万引きを含めた盗み防止も兼ねてたらしいけど」

あの「家族」が最も気にしていたのは世間の評判であり外聞だった。その証拠に参観日や学校行事には必ず出てきて、いかにも仲のいい親子のように接してきたらしい。そのくせ人目がなくなったとたんに、レイの存在そのものを無視するようになった。

「それで完全に醒めたってか、本気で居場所がない気がしてた頃にしのと出会ったんだ。何でガキがこんな時間にこんなとこにいるんだ、ってすんごい真面目な顔で訊いてきた」

レイが時間潰しに使っていた公園の先に、当時の偲の家があったのだそうだ。所属していたスポーツクラブ帰りの夜に、当時中学生だった彼はベンチに座り込んでぼうっとしているレイを見かけたらしい。

「であった、って……あ、そっか。レイが小学生で、偲さんが中学生って」

口にして、改めて気付く。

レイが言う「偲の家族」の話は、何度聞いても尚斗には目新しく羨《うらや》ましかった。だからこそちらに気を取られていたけれど、レイの「家族」について聞いたのはこれが初めてなのだ。

「親類とはいえ母親同士がハトコなだけで、ガキの頃から折り合いが悪くてほぼ没交渉だったんだと。そんで俺はしのを知らなかったんだけど、しのの方はおかーさんから聞いてたらしくてさ」

一応は親類の小学生が、日付も変わりそうな深夜に公園で蹲っている。知って放置できる偲ではなく、ハリネズミのように威嚇《いかく》するレイを引き摺るように自宅へと連れ帰った。

「ガキの頃の三歳差ってまんま体格差だろ。勝ち目もないのに抵抗してたら、出迎えたしののおかーさんが『あらー』とか言って目え丸くして、そんでも両方の言い分をちゃんと聞いてくれてさ」

その結果、レイは偲と一緒に夕食を摂らされ、風呂に入れられ偲の部屋にお泊まりすることに決まったという。

「家に居たくないのはわかる、けどこの時刻に子どもが外にいるのは到底真っ当なことじゃない。……って叱られたんだよな。そんで、何でかほっとして力が抜けた」

それは、と聞きながら尚斗は思う。きっと、当時のレイが一番望んでいたことだからだ。変に気遣うでも過保護にするでもなく、「当たり前の子ども」として扱ってもらえた、から。

後々で聞いた話によると、「レイだけ父親が違う」のはレイの母方の親類の間でも周知の事実だったのだそうだ。……その「父親」がかつて彼女の恋人だった男だということも、どちらの子かもわからないままレイが生まれたことも、その母親にベタ惚れな父親がすべて承知で「なかったこと」として飲み込んでいる、のも。

「しのんちって家族揃ってああなんだよなー。翌朝に夜勤明けに帰った親父さんは俺の顔見るなり『家出か迷子かどっちだ、言いたいことがあれば聞くぞ』とか言うし。それ以来、俺が夜に公園に行くたびしのが迎えに来るようになって」

いつの間にか家族間で話がついたらしく、気がついた時には学校帰りに偲宅へ行き、宿題と夕食と風呂をすませて家に帰るのが「普通」になっていたという。

「そのくせしのんちへの泊まりや一緒の旅行には制限かけてきてさ。年末年始は自分の家に帰れとか言われて、すげえムカついたけど我慢した。……とっとと高校卒業して、独り立ちすることに決めてた」

荒れていた素行も落ち着き、遅れがちだった勉強にも身が入るようになった。学年上位の成績で生徒会役員にまで選出されたレイに、次の「波」がやってきたのは中学三年を目前にした春のことだ。いつも通り深夜に帰宅したレイを、何故か母親が待ち構えていた。

「いい加減、よその家に入り浸るのはやめなサイ。アナタの家はここで、家族はワタシたちなのよ、だってさ。今さら何だソレ、だよな」

面倒で無視していたら、いつもの流れで父親まで出てきたわけだ。曰く、どうやらまともになったようだし、そろそろ帰ってきても構わないぞ云々。

「ムカついたんで交換条件出した。DNA鑑定で本当の『家族』だとわかったら応じてやる、ってさ。そしたらまあ、阿鼻叫喚？　状態になってさ」

同じことの繰り返しに、心底うんざりして家出することにした。——それが、レイが言う「中学生の時の、想い人との逃避行」なのだとか。

「今ならわかるけど、しのもしののおかーさんもそん時の俺を放置できなかったんだよなあ……家出だって言ってんのに軍資金出して、しのも連れてけって言われてさ。しのはしので、言われる前に準備してさあ行こうって俺を急かしたくらいだったし」

その際、「もしもの時」用に録音しておいた「両親」との会話の音声データを偲の母親に預けておいたのだそうだ。

「そんで、春休み最後の日に帰ってみたら偲んちに俺の部屋ができてて、しののおかーさんから高校は私立の全寮制にしたらどうだって言われた」

大学はどこを選ぶも自由だが、独り暮らしをすること。学費や寮費に大学生になってからも最低限の生活費は出る代わり、二度と実家には帰れなくなってもいいのならと。

「え、あの待っ……何で、そんなことに」

「たぶん、録音データがいい仕事したんだろ。向こうからしても俺がいない方が平和なんだし？　俺は結局、ハハオヤの不義の証拠だからさ」

それきり、レイは「家族」に会っていない。今住んでいる場所や連絡先は知らせていないし、今後も知らせるつもりはない――。

「不義をやらかした責任は、どうしたって本人にある。けど、そういうヤツに限って泣いて誤魔化すか自分のせいじゃないとか言って責任転嫁する。誘われようが唆《そそのか》されようが応じると決めたなら自己責任で、それを回避するようなヤツは心底軽蔑する。相手持ちを承知で誘うようなのに至っては、最低最悪の論外でしかない」

レイが言葉を重ねるたび、見えない棘が全身に刺さっていく気がした。

「……よく、わかったよ。レイ、もういいから」

嫌われて、当然だ。むしろ好かれる要素がない。男同士だとか、「ナオ」自身は二股をしたことがないだとか。そんなもの、言い訳にもなりはしない。

「いいから最後まで聞いて。……アンタがまだ、俺のことを好きなんだったら」

その言い方は卑怯だと思ったけれど、口には出せなかった。きつく手を握り込んで、尚斗は視線を目の前のカップに据える。

「だから、しのが二股かけられたって知った時はとんでもなく腹が立った。もともと俺はセイジが嫌いだったし、聞いた時はやっぱりと思ったけど、しのが傷つくのは許せなくて」

料理人の偲は食べることが好きだ。なのに外食先で料理を残すようになり、見る間に痩せて窶《やつ》れていった。それを見ていられず、何が起きたのかを聞き出した。

「噂の『ナオ』絡みだってわかって、絶対に許さない、そいつにもセイジにも仕返しするって決めた。二年前のあの時は、しのが必死で止めるから仕方なく保留にしたけど」

「じゃあ、……もしかしてずっと機会を窺ってた？」

「テルってヤツといるとこに居合わせたのは偶然。とはいえあの頃は高幡のオッサンにしのを奪られたばっかりだったんで、八つ当たりも含んでたけど」

レイは自分の容姿が好きではなかったが、それなりの自信はあった。高校から大学にかけて意図的に覚えた『好青年のフリ』が、それなりにいい仕事をすることも自覚していた。

「甘やかせばすぐ落ちると思ったのに、いつまで経ってもアンタは冷静だし。男好きにしては慣れて見えないし、我が儘放題の金食い虫どころかお茶代まで割り勘主張するし？　厭味言っても平然としてるくせ、しのとの惚気はすんごい嬉しそうに聞くし」

何だか噂とは違わないかと思い始めたところで、あの誕生日だったのだそうだ。

「いきなり今日だって言うからてっきり高価《たか》いもん強請《ねだ》られるのかと思ったら、プレゼントはスーパーのケーキがいいで、見切り品で喜んでラブホに文句も言わない。何だコレって思ったよ。同時に、そういうところも含めて計算かもしれないって警戒してもいた」

言いながら、レイの指がするりと尚斗の頬を撫でた。

「人間てさ、どんなに完璧に化けたつもりでもどっかで地が出るんだよな。俺、腹ん中と口が違うヤツには慣れてたんだけど、アンタはどっか違っててさ。『作ってる』のは確かなのに嘘がないっていうか。それが、水族館ではっきり透けて見えた」

言葉を止めて、レイはくすりと笑う。

「ガキみたいに一生懸命水ん中の魚追っかけるし、時々すんごい無防備な顔で笑うし？　しまいにはペンギンのぬいぐるみが俺に似てるって、笑いながら撫でてるし」

初めて目にした柔らかい笑みが、レイ自身でなく「レイに似ている」ぬいぐるみに向けられたことにムカついた。それでも買ってやりたい気持ちが先になって、あえて駅のロータリーで押しつけたのだ。茫然《ぼうぜん》と見送る「ナオ」をミラー越しに眺めながら、自分でも不可解に思うような満足感を覚えていた。

計算尽くの復讐のはずが、いつの間にか本気で楽しんでいたのだ。一緒にいる時間が積み上がっていくたび見えてくる「素のナオ」を、探すのに躍起になった。

ストーカー騒ぎの際に駅まで迎えに行ったのも、自宅アパートに連れ帰ったのも結局は放っておけなかったからだ。行き場を失った子どもみたいに途方に暮れた顔をした「ナオ」をいじらしく感じるのと同じくらい、自分を頼ろうとしない彼にムカついた。

「あの頃の俺はアンタに復讐する気満々で、それと同じくらいアンタのことが本気で可愛くて心配だったんだ。アンタをうちに置くって決めた時は、それ以外ないって思ってたし」

そうして一緒に暮らしてみれば、困惑するほど楽しかったのだとレイは言う。

「けど、少しして気がついたんだよな。アンタが、俺に一定の距離置いてるって。何が怖いのかあの時答えなかったみたいに、分厚い眼鏡やボサボサの髪は絶対俺に見せないつもりなんだなって」

「……っちょっと待ってレイ、それ、いつ――何で、いつの間に」

唐突に言われて、口から思わず言葉が出ていた。反射的にレイに向けた目は、きっとまん丸になっているはずだ。

「あそこまで必死で俺を先に出勤させようとするんだ、何かあるなってくらいは思うだろ。思ったら、誰でも検証するよな」

物理的距離が近くなったからこそ、精神的な距離が見えてくる。そうなると、思い出すのはあの条件だ。「絶対、好きにならない」。

「しのがアパートに来たってアンタから聞いた時に、アンタが可愛くてアンタを知りたくて必死になってる自分に気がついてさ。けど、あの時はそれをどうしても認めたくなかった。しのとの話は喜んで聞きたがるくせに俺本人のことは何も聞こうとしないアンタを、俺の方が一方的に好きになってる、なんて」

頭を冷やしたくて、偲を強引に誘って夕食と飲みに行き——そこでレイはとんでもない罪悪感に襲われたのだそうだ。

「本来の目的は復讐だろって、思ったんだ。まんまと『ナオ』の手のひらで転がされてどうするんだって」

レイにとって常識とも言える嫌悪と、初めてであり最上級でもある好意。それが同居する矛盾に、ようやく混乱したのだ。そのせいで、偲の前で「憂さ」だの「因果応報」だのと口走っていた自分に気付かなかった。

だから——まさか偲がその翌日に、今度は「ナオとだけ」会うために部屋を訪れた上、二年前のことを暴露するとは思ってもみなかった。

（おれに、話があったとかで。二年前のことと、昨夜レイがあの人に言ったことを）

まっすぐな確認に、「好きになってしまった」自分と「絶対、好きにならない」ままの「ナオ」との対比を思い知らされた気がした。それが許せなくて、なのにその気持ちを捨てたくないと思っている自分に苛立って——結局は意地で本音を飲み込んだ。

その結果が、あの台詞だ。

（それがなくても間違いなく嫌いだね）

そのくせ「ナオ」の涙に完全に虚を衝かれた。狼狽え固まっている間に「ナオ」は出ていってしまい、……落ちてきた深い喪失感すら、意地になって無視した。

「それも手管のうちなんじゃないかって、勘繰ったんだよな。清々したとか無理やり思い込もうとして、なのにアンタの泣き顔が頭から消えなかった。そしたら次の日にしのがアパートに押しかけてきて」

偲の店になるここに移動するなり「ナオ」のことを訊かれて「別れた」と答えたら、偲はひどく傷ついた顔ではっきり言ったのだそうだ。

（その方がいいかもね。だってヒロ、おまえ絶対ろくでもないこと考えてるだろ）

（ヒロはもう一回考え直すっていうか、整理した方がいい。あのままだったら絶対お互いに傷つくか、厭な思いをすることになったと思うよ。だってヒロ、本気でナオくんが好きだろ）

「まさかだろ」と虚勢で笑ったレイに、偲は心底呆れた顔をしたらしい。

「しのがさあ、言うんだよ。アンタの話をしてる時の俺は本気で嬉しそうだったって。フリに決まってるだろって言ったら、俺の外面なんかしのにはキッチンのラップみたいなもんで、本音か嘘かはすぐわかるって。それと、……俺はアンタのことをどれだけ知ってるのかって。アンタが『恋人持ち限定』やってる理由は聞いてみたのか、って）

理由があれば何もかも許されるわけではないが、理由を無視して責めるだけなのは違う。「ナオ」の話を聞かず、理由も知らずに終わっても後悔しないのか、とも。

「別に」とだけ答えたその夜に、レイが開いた連絡用アプリ画面からは、すでに「ナオ」のアイコンは消えていた。

「そりゃそうだと思ったくせに、落ち着かなくてさ。それでもまだどっかで安心してたんだ。アンタの住む場所だけは知ってたから」

「それ、さっきも言ってたよね。けど、どうやって」

「デート後、別れてからアンタの後を尾《つ》けただけ。そんで、……何日かして気がついたんだよな。アンタの条件って、どっかズレてたよなって」

「ズレ、てた……？」

「自覚ないの？　改めて考えたらさ、アンタの側の条件ってほとんど利がないじゃん。俺の時だって何も強請らないし、やっと我が儘言ったかと思えばスーパーのケーキや水族館だし？　何かと言えば自分は後回しでいいからしのを優先しろときた」

いったん言葉を切って、レイはまっすぐに尚斗を見つめる。

「だったら——アンタが本当にしたかったことは何だったのかな、ってさ。人間って基本的に自分に利があることしかやらないモンだろ。それなら、意味不明に見えるアンタの言動にも必ず理由があって、そこにアンタの望みが隠れてるはずだ。そこに行き着いたら、すぐにでも訊きたくなってさ。けど、俺が行った時にはもうアパートは跡形もなくなってた」

「それはその、……ごめん？　大家都合で、急にアパートの取り壊しが決まったんで、会社の借り上げアパートに移ったんだ」

ガラス事件での自宅療養中、いきなり届いた通達にぽかんとしていたところに高幡から別件で連絡が来たのだ。電話だけで気付かれするりと聞き出されて、即日で担当に回された。

「ナオ」の存在ごとスーツその他を棄てたばかりだった尚斗にあの場所に拘る理由はなく、ついでとばかりに相当なものを処分し二日後には引っ越した。

……まさか、自分を探す人がいるなんて思ってもみなかった。

「探そうにも、全然アテがないのに気付いて愕然《がくぜん》としたよ。やっとテルを捕まえても出鱈目《でたらめ》しか言わないし、スマホのナンバーは吐かないし？　あれでかなり無駄足を踏んだ」

確か、そういえば、こう聞いたような。テルの曖昧な言葉を頼りに、休日週日を問わずであちこちを当たっていたのだそうだ。ようやくナンバーを手にしたのは「ナオ」と別れて一か月後で、逸《はや》る気持ちでかけた電話は番号不使用のアナウンスに繋がった。

「アンタを探す目的はいろいろあったけど、一番には謝りたかった……かな。高幡のオッサンが言う通り、俺がアンタに復讐しようってこと自体が違ってた。そんなもんに拘ったせいで、アンタへの気持ちを認めるのが遅れて今日まで会えなかった」

「レイ、」

「もう一度、言う。俺は本気でアンタが好きで、だからアンタのことをちゃんと知りたい」

まっすぐな言葉にそろりと顔を上げた先、まともにぶつかった視線を逸らせなくなった。

「知ってアンタを嫌うくらいなら、最初から探したりしない。しのから聞いたろ？　俺、かなりしつこいヤツだって。――だから、教えて」

「……――」

互いに視線を逸らせないまま、数秒の沈黙が落ちる。かつて馴染みだった冷ややかさはレイの目のどこにもなくて、そのせいか言葉は呆気なく口からこぼれ落ちていく。

「『恋人持ち限定』だったのは、誰もおれのことなんか本気で好きになってくれないから、で……怖かったのは、本当のおれを知られて失望されること、……かな」

今まで誰にも言えなかった、尚斗の内側に居座る重しだ。口に出したら認めるようで、もっと酷いことが起きる気がして、だからずっと飲み込んでいるしかなかったもの。

「何だソレ。俺はアンタに本気だし、アヤだってアンタが好きだろ」

「それは、でもおれじゃないよね。作った『ナオ』のこと、で」

「俺が好きなのは、今ここにいるアンタだ。アヤがどうなのかは会って直接訊けばいい。アンタが勝手に決めることじゃない」

強い口調で言って、レイは何かを窺うふうに尚斗を見た。

「前にアンタが言ってたことを思い出してさ。――もしかして、昔のアンタには俺にとってのしのみたいな人がいなかったんじゃないかって」

問いに苦く笑ったのが、そのまま返事になったらしい。「そっか」とこぼしたレイが、どこか痛いような顔をして言う。

「できればもっと聞かせてくれる……？　アンタが今までどうやって生きてきて、何でそう思うようになったのか、とか」

以前にも思ったけれど、レイはかなりの聞き上手だ。こちらに隠す気がなかったとはいえ、呆気なく過去を聞き出された。母親に棄てられたこと、最初の相手だった先輩との経緯と顛末と、その後の紆余曲折と「オーダースーツの人」に出会って「ナオ」が生まれたこと。

「ちょ、アンタそれ男運悪すぎ……何でそんなのばっかり、って顔のせいかあ。そのへんは俺と似てんのかも」

「似て、る？」

「俺、自分のこの顔が嫌いなんだよな。たぶんってか、間違いなく浮気男似なんで」

へ、と鼻で笑ったレイと何度めかに視線がぶつかって、尚斗は瞬く。

「そっか、アンタは独りだったんだ。そりゃきっついよなあ……俺だってしのやその家族がいなかったら、どうなってたかわかんねーし」

ふ、と息を吐いたかと思うと、伸ばしてきた指でするりと尚斗の頬を撫でた。

「よく頑張った。アンタはアンタなりに、必死だったんだよな」

れ、」

「今のって、しののかーさんの受け売りだけどさ。だってアンタだけが悪いわけじゃないじゃん？　親を選べなかったのは俺も一緒だし、その後出会った連中がアンタを食い物にしたのも事実だ。アンタは必死で自分の居場所を探してただけだろ」

絶対引かれると、さもなければ呆れられるか軽蔑されるかだと覚悟していたのに、どうしてレイはこんなに優しいことを言うのか。大事なものをそっと撫でるような、柔らかい目で自分を見つめるのか。

「そういう自分は駄目なんだってヤツさあ、呪いみたいなもんだよな。アンタには言うけど、俺も自分は死んでもまともな恋人なんかできないと思ってた。何しろオヤがオヤだしさ」

「レイこそ何も悪くないよね？　それに、レイにはしのさんが」

「うん、だからそこも違う。アンタへの好きと、しのへのそれは別。高幡のオッサンの言い方を倣《なら》うと刷り込み済みのヒヨコ。ついでに最初にしのに告白した時は『勘違いだよね』で一刀両断された。口ばっかりで行動しないくせに好きもないだろうってさ」

「でも、レイはしのさんのために復讐まで」

「それはしのを家族だと思ってるから、なんだってさ。その証拠にセイジや高幡のオッサンとつきあうって決めた時も後にもまともに妨害してないじゃないかって。俺が本気で恋愛の意味でしのが好きなら、どんなえげつない手を使ってでも邪魔したはずだって」

「えげつない、……」

いくら何でもその言い方はどうなのか。思った尚斗に、レイは他人事みたいに肩を竦めた。

「実際えげつないだろ。アンタに対する復讐方法、思い出してみな」

「それ、は」

「考えてみたらさあ、俺ってしののこと本気で抱きたいと思ったことがなかったんだよな。ものすごく好きでとんでもなく大事で、だから手なんか出せなくて当たり前で、しのが望むなら他の男とつきあうのも容認するしかないと思ってた。――けどさ、アンタがもし今他のヤツとつきあってたら、俺は絶対、何が何でもどんな手段を使ってでも別れさせる。アンタがどんなに厭がっても、監禁してでも自分のにして離さない」

言葉がない尚斗を逃がさないとばかりに見据えて、レイは言う。

「そいつじゃなきゃ厭だとか、もっと一緒にいたいとか思ったことなんかこれまで一度もなかったんだ。けど、アンタは別なんだよな。抱きたいし可愛がりたいし泣かせたいけど、それ以上に笑っててほしい。あと、絶対他の誰にもやりたくない」

「――、……」

熱烈な物言いに、別の意味で言葉を失った。そんな尚斗に顔を寄せて、レイは言う。

「アンタは？　そういう俺でも、好きだって言ってくれる？」

「だ、……でもおれは『ナオ』なんかやってたろくでなしで」

「それが何。アンタ、アヤから俺の噂、聞いてるんだろ？　二重人格の人でなし」

むしろ不思議そうに言われて、尚斗は咄嗟に返事に詰まる。それを肯定と察したのだろう、レイは肩を竦めて続けた。

「しのに言わせると、アンタより俺の方がよっぽど悪辣《あくらつ》だってさ。本気じゃないから本気になるなって言ってるのは一緒でも、アンタはアンタなりに相手に最大限の配慮をしてる。けど俺は自分の都合で食い散らかしたあげく、飽きたとか面倒とか言って棄てて忘れる。実を言うとさっき、高幡のオッサンからも言われたんだよな。アンタより、俺の方が遥かにまともじゃないって」

「…そこまで課長に言われるって、何――」

一瞬言葉を失った尚斗を近く覗き込んで、レイはにっこりと綺麗な笑みを浮かべた。

「だったらちょうどいいんじゃないの。ろくでなしのアンタに、人でなしの俺。割《わ》れ鍋《なべ》に綴《と》じ蓋《ぶた》でさ。それとも俺の話聞いて厭になった？　ろくでなしはもうやめたから、人でなしは好きじゃないとか言う？」

「――――！」

その言い方は卑怯《ひきょう》だと、口走りそうになった。

頬に触れていたレイの指が、そろりと動く。頬骨の上を辿ってこめかみに行き着いたかと思うと、こつんと額同士をぶつけるようにされた。

「ごめんな。もう無理だ。アンタが俺を厭だって言っても、俺がアンタを離せない。だから、アンタの方が諦めて」

「れ、……――」

やっとのことで絞った声――レイを呼んだはずの残りの一音が、重なってきた唇に飲まれる。ぴったり嵌まる位置を探すように動いたかと思うと、小さな音を立てて離れていく。

触れて離れるだけの、他愛のないキスだ。今時なら中学生ですら、経験があるくらいの。

それを、こんなにも愛《いと》おしく大事なものだと感じるなんて、思ってもみなかった。

「……れいは本当に、おれでいいの……？」

「アンタがいい。恋人って意味なら、アンタしかいらない」

間髪を容れずに返った言葉に、これまでとはまったく別の意味で呼吸が止まるかと思った。

「あ、のさ。だったらひとつ、お願いがあるんだ」

「何？」

ふたつ並んだそれぞれの椅子に腰掛けながら、きつく上体を抱き込まれる。半ば胸元に顔を押し込めるようにされて、伝わってくる体温に――ずっと探し続けたあげくようやく見つけて、けれど失ってしまったと思っていたぬくみに心底安堵した。手加減のない囲いの中、腕や背中が少し痛いのを泣きたいほど嬉しいと思う。

「おれの、こと。名前で、呼んでくれないかな」

「なまえ……あまみや？　じゃないか、そういえばアンタの下の名前って何。その言い方だとナオ、は違うんだよな？」

「違うよ。あれは別人になりたくて――自分でいるのが厭だった時に、人につけてもらった呼び名だから」

「何それ初耳。じゃあ教えて、俺アンタの名前ちゃんと呼びたい。あと、俺もちゃんと名乗っとく。楠見礼明、だからこれからはレイじゃなくてヒロって呼んで」

先んじて言うレイ――ヒロこと礼明の跳ねるような物言いに、喜んでじゃれついてくるネコ科動物を連想した。

告白し合うのも、こんなふうに名乗り合うのも初めてで妙に緊張する。期待に満ちた目を向けてくるレイに、尚斗は囁《ささや》くように自分の名前を告げた。


初めて訪れた礼明の引っ越し先は、先ほどの軽食屋から車で数分の距離にあった。

かつて尚斗も一緒に暮らしたアパートとは、徒歩数分の距離なのだそうだ。何でもあの時点で契約済みだった部屋をキャンセルして、新たに探したのだとか。

「契約をキャンセルって、何か不都合でもあった？」

「あった。狭い上に、前の部屋から遠すぎて最寄り駅まで違う」

運転していた車を降りるなり助手席側に駆け寄ってきてドアを開けたレイが、ほっとしたように笑う。つられて頬を緩めた尚斗は、手を引かれるまま駐車場から煉瓦《れんが》色の建物へと向かった。

「せまくて、まえのへやからとおい、……さっきのお店じゃなくて？」

「万が一、あー億が一か。アンタが俺に会いたいと思ってくれた時に手がかりになるのって、あのアパートくらいだろ？」

「……あ」

「高幡のオッサンが何か知ってるらしいって、しのから聞くまで本当に手詰まりでさ。探偵雇うにせよせめてアンタの顔写真がいるのに、俺もアヤも持ってないし。こうなったらその手の店で『ナオ』の写真を持ってないか片っ端から訊いてみるつもりだった」

訥々と続く内容は尚斗には思いも寄らないものばかりで、何とも複雑な気分になった。

「たぶん無駄だったたし、そもそも無謀だよ。おれ写真嫌いだし、トラブル回避ってことで全部断ってたし……あと、『ナオ』はかなりの嫌われ者で」

「アンタが見つかる可能性があるかもしれないってだけで、十分有効」

外階段を先に登っていくレイが、繋いだままの手をぎゅっと握ってくる。思いついたように互いの指を交互に絡める形にされて、初めてのことに顔が熱くなってきた。

空いていた方の手で玄関ドアを開けた礼明に、先に入るよう促される。新築なのか、部屋の中は新しい匂いがした。

「お邪魔、します……？」

「うん、お帰り」

思わず口にした言葉に、応じたのは噛み合わない台詞だ。なのにやけに嬉しくて、続いて入ってくる礼明を見上げてつい頬を緩めてしまった。

背中でドアを閉じた礼明が、ほっとしたように尚斗を見る。端整な男前がふんにゃりと緩んで崩れるのを目にして、何だか泣きたくなった。

「よかったー……やっと、会えた」

「うん。いろいろごめ……――え、ちょ、れい、？」

「礼明」

「あ、うん、礼明。どうしたの」

「安心、した……もうちょっと、このままでいていい？」

前のめりになった礼明が、正面から抱きついてくる。彼の胸にぎゅうぎゅうと顔を押しつけられ腰に腕を回されて、逃がさないとばかりに背後のドアに押しつけられた。

迷子の子どもに、縋《すが》りつかれた気がした。同時に、先ほどから察していたことを確信する。

「ひろあき、……痩せた？」

「あー……そうかも。いろいろバタついてたし、食べに行くのが面倒で」

「駄目だろ、そんなんじゃ。ちゃんと食べないと……って、さっきの軽食屋？　に行けばいいのに。あそこ、しのさんの店なんじゃないの」

「今はまだ、しののじーちゃんの店。たぶん先々はしのが継《つ》ぐんだろうけど。……でもってあそこは好きだけど、高幡のオッサンが入り浸ってるから行きたくない」

「行きたくないって、ヒロ」

「だってさ。さっきだってアイツ、……尚斗に本当にいいのか、とか言ってた」

「あー……」

二人であの店を出ようとした時のことを思い出す。

触れるだけのキスの後、礼明から「もっとゆっくりふたりで話したい」と言われて快諾した。勝手にいなくなるのはどうかと思い奥に声をかけたら、すぐに出てきた偲と高幡はそれぞれまったく違う反応を見せた。

偲は目を丸くしながらも嬉しそうに礼明を見て、それから気遣うように尚斗に目を向けた。

高幡は顰めっ面でふたりが繋いだ手を眺めて、仕方なさそうなため息をついたのだ。

（念のため聞いてみるが。天宮は、本当にそれでいいのか）

（はい。ええと、その……すみません、課長にはいろいろと）

（いいっていうか、不可抗力だろ。ろくでなしより人でなしの方が我が儘《わがまま》だってハナシ）

尚斗の言葉を途中で引ったくるような礼明の物言いに、渋面になった高幡がもう一度こちらを見る。目が合うなり苦笑がこぼれて、そんな自分に少し呆れた。

（はい。その……やっぱり、おれもろくでなし、なので）

（双方が納得の上ならそれでいい。礼明くんに手を焼くようならいつでも相談しなさい。偲の弟分ともなれば、放置するわけにもいかない）

高幡の言い分に礼明が「アンタは他人だろ」と突っ込んで、そこで店を辞したのだ。改めて振り返ってみれば、早朝からずいぶん慌ただしい日になった――。

「――俺といる時、他のヤツのこと考えるの禁止」

声とともに、軽く額をぶつけられる。軽いと言っても痛みがないわけでもなく、つい顔を顰めたら「そういう顔も、今はしないで」と今度は懇願の響きで言われた。

「しないで、ってひろ、……」

「やっと、俺のになったんだから――今は、俺のことだけにして」

ぶつけた額を合わせたままで、囁かれる。腰に回っていた腕がさらにきつくなったかと思うと、噛みつくみたいなキスをされた。

焦《じ》れたみたいに唇の合間を探られ、性急な動きで歯列を割られて呆気なく舌先を搦め捕られる。渇いた人が水を求めるような、空腹だった人がようやく食べ物にありついたような――とても性急で切実な欲望。

「考えないし、そういう顔？　も、しない。あと、……おれもひろのことしか、今は考えて、ない」

合わせた視線の先にある、以前は冷ややかだった目が熱を帯びて飢えている。あの頃の余裕はきっと今はどこにもなくて、その証拠にドアに押しつける手にも、腰に回った腕にも容赦がない。

「ひ、ろ」

呼吸を共有するキスが、さらに深くなっていく。背中を撫で上げた手が肩を伝って頬に触れ、親指の先で慰撫《いぶ》するように動いている。それがひどく心地よくて、他でもない礼明の手だということに安堵して、与えられたぬくみに思考がぐずぐずと崩れていく。

今の尚斗にとって大事なのは——明白なのは、自分を抱きしめているのは礼明で、その礼明が自分を「尚斗」と呼んでくれることだけだ。それは、ずっと暗闇だった尚斗の内側に確かに灯った明かりでもあった。

何だかおかしいと、熱に浮かされたように思った。

「——ぅあ、……ン、ぁう……」

吐く息が、ひどく浅くて早い。そこに混じる色は、尚斗にとって馴染みのものだ。「ひとり」でいることに芯から冷えきって、少しだけでも暖まりたくて手に入れた、偽物の——。

「ひさと。余所事考えないで、こっち見て」

そういう時にもけして消えない欠落感に、無意識に首を横に振る。その顎を摑まれて、無造作に呼吸を奪われた。背中ごと痛いくらいに抱きしめられて、尚斗は必死で目を凝らす。輪郭の滲《にじ》んだ視界の中、至近距離でまっすぐに見つめる相手――礼明と目が合った。

「ひろ、……」

「うん、俺。大丈夫、だから……俺だけ、見てて」

返事の代わりに何度も頷いて、いつの間にかシーツを握りしめていた手を覗き込む恋人の首に回す。軽く額を合わせられ、啄《ついば》むようなキスをされた。

ぎゅっと首に抱きついたまま、見上げた天井は白い。それも、「ナオ」としてつきあっていた頃のアパートの天井とは違う白さだ。

――玄関ドアを背に長くて深いキスをされて、その場で膝が砕けそうになった。気付いた礼明に掬《すく》い上げられ、互いの指を交互に握るやり方で手を繋いで、奥の部屋へと促されて、その時にはもう「ふたりで話す」というもともとの目的はどこかに行ってしまっていた。

奥の部屋には、以前のアパートにあったのよりも大きなベッドが鎮座していて、いかに言っても広すぎるだろうと思った。それが口からこぼれていたようで、きょとんとした彼に耳元で囁かれたのだ。

（そりゃそうだろ。アンタと使おうと思って買ったんだ）

（おれ、と……って、でも今日会えたばっかりで）

（絶対見つけ出すって決めてたし、何があっても逃がさないつもりだった。――もしかして、今さら怖《お》じ気《け》づいた？）

言葉とともに引っ張られて、ふたり一緒にベッドに腰を下ろす。揶揄めいた顔つきで見下ろす礼明がやけに余裕に見えて、少しばかり業腹になった。腰ごと抱き込まれたまま、彼の頬を思い切り抓《つね》ってやった。

（その言い方はおれに失礼。……でも、怖いのは怖いよ。ひろがやっぱりやーめたって言ったらどうしようかって、今もどこかで思ってる）

（ないよ。さんざん言ったじゃん、俺ひとでなしだって。欲しいものは欲しいから、アンタが泣こうが喚《わめ》こうが離さないし？）

（えー……うん。おれにはそれ、嬉しい、かも）

断言してもよかったけれど、さすがにどうなのかと語尾を濁した。結果、礼明はご機嫌と不機嫌が半々になったようで、「かもって何」と突っ込まれた。――そこからは、互いにほとんど言葉にならなかったと思う。

気恥ずかしさに俯き加減になっていた顎を摑まれ、食らい付くみたいなキスをされる。すぐさま深くなったそれに舌先をなぶられながら、隙間がないくらいきつく抱き込まれて肩や背中を撫でられた。絶対離さないと言いたげな腕は痛いくらい容赦がないのに衣類越しにそこかしこを撫でる手はひどく優しくて、間近に感じる礼明の匂いに安堵した。

柔らかくて執拗で、気遣いがあるのに寛大さがない。長く続くキスは尚斗が知る「礼明」そのままで、それがどうしようもなく懐かしくて、嬉しくて溺れてしまって、ぽすんとベッドに転がされるまで――いつの間にか剝き出しになった背中にシーツが触れるまで、シャツを脱がされたことに気付かなかった。

離れることなく続くキスに溺れながら、肌のそこかしこをなぞられる。尚斗のかたちを確かめるみたいに慎重に同じ箇所を行き来した手がふと喉から鎖骨に落ちて、胸元のそこだけ色を変えた場所を掠めていく。

肌に走った感覚の鋭さに、無意識に背すじが跳ねた。自分のその反応に驚いて、思わず瞠《みは》った視界いっぱいに見下ろす礼明の目が丸くなったのがわかって、――考える前に全身が熱くなった。

(感じたんだ？　そういやアンタ、そこ弱かったよな。けど何か、今日は敏感すぎない？)

(や、そ、し、しらな、)

行為には、いい意味でも悪い意味でも相当慣れている。オモチャにされたこともあったけれど、「ナオ」になってからは手玉に取る側に回ったはずだ。胸元のそこが男でも反応する場所なのはよく知っているし、自分が感じやすい体質なのも知っている。

その全部が、「都合のいい」ことだったはずだ。さほどの好意がない相手をいい気分にさせた上、自分自身も深く考える必要がなくなる。

恥ずかしさなんて、とうの昔に放り棄てたはずだ。なのに——火が点いたみたいに顔が熱いのはどうしてなのか。礼明の視線が、厭ではないのに刺さるようで、消え入りたいような心地になる、のは。

返事に困って途方に暮れて、視線を彷徨《さまよ》わせていたら長い指が頬に触れた。「こっち見て」と笑うような声で言われて躊躇いがちに視線を合わせたら、互いの鼻先をすり合わせるようにされる。

(どうしよ、すんげーかーわいいんだけど)

(ひろ、)

(恥ずかしがってても怖がってても泣いてもいいよ。ちゃんと、俺はここにいるから)

告げられた内容に消え入りそうな心地になって、なのにひどく嬉しくて。それが連鎖したのか肌の感覚はさらに鋭敏になって、指先で繰り返しなぶられた胸元にキスが落ちる頃にはもう、尚斗は半分涙目になっていた。

(ひ、ろ……や、待っ——)

(待たない。我慢しないで堪《こら》えないで、好きなだけ声出して。ここ、防音もそれなりにいいしそのつもりで借りたから)

(何言っ、)

周到過ぎるだろうと突っ込む余裕は、もはやなかった。

胸元に歯を立てられ、脇腹から腰を撫でられる。臍《へそ》のあたりにどうしてか肌が粟立《あわだ》つ箇所があって、それを覚えていたのか笑顔の礼明に執拗にそこをいじられた。半泣きで降参を訴えても指が緩むことはなくて、尚斗はさらに追い詰められる。——礼明の手に膝を割られ、衣類越しに脚の付け根を辿られた時にはもう、その箇所は限界近くまで熱を溜《た》めていた。

知っているのに、慣れているはずなのに、握り込まれたとたんに全身が引きつった。無意識に逃げた腰を上から押さえつけられ、満面の笑みでわざとのように顔を覗き込まれて、……正直ほんの少しだけ「本当にこの男が恋人でいいのか」と思ってしまったのは、絶対に礼明には内緒だ。

「すっご、……えー敏感な割に淡泊な気がしてたけど、こっちが素なんだ？」

「そ、……しらな、」

「うん、それでいいや。アンタの身体のことは、俺が知ってれば十分」

とても身勝手なことを嘯《うそぶ》いて、礼明が動く。抗《あらが》う猶予もなく前をはだけられて、馴染んだ体温にその箇所を捉えられていた。無意識に鳴った喉と一緒に思わず締めた口元を啄まれ、唆すように囁かれる。

「安心していいよ。ここには誰も入ってこない。誰にも合鍵を渡してない」

「ひろ……っン、」

笑みの形を作った唇に、そのまま呼吸を塞がれる。滑らかに動く指先に、溜まっていた熱をさらに先へと煽られる。とっくに慣れた行為であり刺激のはずなのに、ばらばらに動く礼明の指の感触ひとつひとつが生々しくて、それが自分の「恋人」だと思うだけでその場から逃げ出したくなった。

「……っぁ、——ン、ゃ……」

吐く息が切迫しているのが、自分でもよくわかる。相変わらず近く覗き込む礼明は間違いなく尚斗の変化をつぶさに観察していて、それだけでくらくらと目眩がした。

「ちょと待ってひさと、摑むんだったらこっち」

少し不満そうな声とともに、いつの間にかシーツを摑んでいた指を外される。それが当然とばかり巻き付けられた先は礼明の首で、自分から寄る体勢にまたしても顔から火を噴く心地になる。けれどそうして触れた先から伝わる体温は染み入るほど温かくて、気がついたら必死にしがみついていた。

そこからは、記憶が少し怪しくなる。慣れたはずの行為の全部がひどく間近に感じられて、逆に今までのそれが薄いけれど確かな皮一枚を隔てているようなものだったと再認識した。

今の尚斗を支配するのは、弱火でじわじわと炙《あぶ》るような悦楽だ。身体の奥を覚えのある——久しぶりの、けれど馴染んだ指に探られるそれは、高みには到底及ばないのに、その手前の無視できないところまで絶え間なく寄せては戻っていく。すでに一度は熱を弾けさせた箇所はすでに新しい熱を帯びて、宥めるように礼明の指や、時折掠める舌先に煽られている。長く続いて終わらない悦楽は、苦痛に似ている。行き場を失くした熱は肌の底に溜まって逆流し、さらに温度と濃度を上げていく。

引き延ばされた悦楽に、尚斗の視界は決壊したままだ。こぼれた涙が残った眦はヒリつくような痛みを覚えて、上げる声も掠《かす》れていく。

「ひさ、と」

頬を掠める距離で名前を呼ばれて、辛うじて瞼《まぶた》を押し開く。思考が定まらないまま必死で目を凝らすと、至近距離で礼明が見つめていた。

浅い息を継ぎながら、尚斗は半泣きで訴える。

「も、……むり――たの、むから……っ」

「うわどうしよかわい、……うんわかった実はもう俺も限界」

そう言うくせ、瞼に優しいキスが落ちる。続いて頬へ、鼻の頭へと落ちて、掬い上げるみたいに呼吸を奪われた。ほとんど同時に脚を摑まれるのを知って、呼吸を詰めた時には身体の奥を深く穿《うが》たれている。

身体の奥で、何かが音を立ててはじけた気がした。

「ひろ、……っ」

「う、ンだいじょうぶ、――っひさともうちょっと力抜いて?」

耳元で、少し息苦しそうに囁く声がする。擦れ気味のそれに必死で頷いて、さらに奥へと割り入ってくる熱を受け入れた。

奥がこすれる感触に、ぞわりと全身に鳥肌が立つ。堪えきれないそれが嫌悪ではなく過ぎる悦楽なのが本能的にわかって、声だけでなく呼吸も殺した。

「ひさと、……へいき？　まだ、苦しい？」

ようやく呼吸が落ち着いた頃、鼻先に擦り寄る感触にそろりと目を開く。ピントが合わない距離で覗き込む礼明はひどく心配そうで、こういう時にそんな顔を見るのは初めてだと思ったら気が抜けた。

「ちょ、何笑ってんの人が心配してんのに」

「う、ごめ――……あったかい、ね」

どうしてか、そんな言葉が勝手に口からこぼれて落ちた。

きょとんと瞬いた礼明が、甘やかすようなキスをしてくる。それが肌に染み入るようで、尚斗は彼の首に回した腕に力を込めた。

「いい、よ。うご、いて」

「……へいき？」

「うん。ひろ、だから、だいじょうぶ」

互いに舌足らずになった会話に、近い距離で笑い合う。こつんと額をぶつけられ、続きの

ように深いキスをされた。そのまま、上になった礼明が緩やかに動き出す。

「ひ、ろ……っ」

深い場所を衝かれるたびに、押し出されるみたいに声がこぼれる。ぞく、と腰が震えたのに気付いてか、腰を摑んでいた礼明の手が尚斗の脚の間を探った。またしても熱を含み始めた箇所を捉えたまま、さらに深く身体を進めてくる。

「ひさ、と、」

擦れたような、色を含んだ声とともに、喉から鎖骨へとキスをされる。さかのぼって耳朶《みみたぶ》を含まれ、歯を立てられて喉の奥から悲鳴みたいな声が出た。

わずかに残っていた重苦しい圧迫感が、悦楽へと塗り替えられる。気がついた時には、尚斗は礼明にしがみついて自分からも腰を揺らしていた。

「ひさと、」

耳元で囁く礼明の声から、余裕が消える。切迫したような呼吸音に、堪えきれない呻きに似た声が混じる。——彼もちゃんと感じているのだと、そう思うだけでいったん戻ったはずの視界がまたしても滲んでいく。

ひさと、と名前を呼ばれることがこれほど嬉しいなんて——こんなにも望んでいただなんて、思わなかった。

ようやく手に入れた体温をきつく抱きしめて、尚斗は呼吸を震わせる。もう寒くはないと、心の底から安堵した。

12

目が覚めるなり視界に映ったのはとても満足げな、喩えて言うなら満腹になったネコ科の大型動物みたいな顔をしたレイ——礼明だった。

「おはよ。気分はどう?」

「あー……ぅ、あれ?」

返したはずの声が妙に擦れる。慌てて喉を押さえた腕の動きがぎくしゃくと妙に遅く、そこかしこの関節が軋む感覚がある。

目に入る室内もとい天井は見慣れないアイボリーだ。ぐるりと巡らせた視線の先、造り付けのクローゼットにも見覚えはない。

ここは、とぽつんと思ってすぐに思い出す。レイこと礼明の自宅だ。高幡主催のバーベキューに参加した後、当の高幡に呼ばれて行った先で礼明と再会し、思いがけず互いに告白し合う流れになった後でここに来て、それから——

「えと、……ごめん? もしかしてひろ、おれが起きるの待ってた……?」

「当たりだけどハズレ。寝てんのが惜しくてずっとひさとの寝顔見てた」

ベッドに転がったままの尚斗を頬杖をついて見下ろす礼明は、昨日とは違う服を着ていた。開いたカーテンから差す日差しは、朝にしては角度が深い。

「ずっとって、今何時、頃？　……」

言いかけて、はたと思い出す。確か、昨日はずいぶん長く抱き合っていたはずだ。礼明が放したがらなかったし、尚斗の方も離れたくなかった。

……「やっぱりやめた」と言われたらどうしようと、つい思ってしまったのだ。それが顔に出ていたのか、礼明に追及され白状させられそこからまたエンドレスで――……

鮮やかに脳裏に蘇《よみがえ》った記憶に、かあっと顔が熱くなった。

「ご、めん。何かその、面倒かけた、みたいで」

「いや全然？　それよりひさと、半分寝てたのに覚えてるんだ？」

「半分、寝て、た……？」

「夢うつつでさ、目がほとんど閉じてんのに俺にしがみついて離れなかったんだよな。猫みたいに擦《す》り寄ってキスをせがんでくるし、ちょっと離れかけただけで半泣きで見上げてくるしで、可愛すぎてこっちの理性が飛んだ。そんで無茶したのは俺だから、ひさとは悪くないぞ。俺としてはすんごいご褒美だったんで、是非《ぜひ》またやって欲しい」

「う、……いやちょ、ひろ、もう」

続いた内容にはうっすらだがいちいち覚えがあって、その場で蒸発したくなった。

思わず顔を隠した手を摑まれて、あっさりと引き剝がされる。近く顔を寄せ蕩けるように笑う様子に、藪《やぶ》をつついて大蛇を出してしまったようだと思い知る。

「すんごい可愛くて、おかげで完全に箍《たが》が外れた。――そうさせた自覚はある？」

こつんと額同士をぶつけるようにされて、これ以上はないと思ったはずの顔の火照《ほて》りがさらに強くなった。返事に困って視線を泳がせていたら、頰を撫でられ唇を齧《かじ》られる。

「――っン、……」

唇のラインを辿った体温が、そのまま歯列を割って入ってくる。受け入れた舌先を搦め捕られて、朝にしては濃厚すぎるキスをされた。唇の奥をかき回されながらそれでなくとも弱い耳朶を揉《も》まれて、殺しきれない声が喉からこぼれてしまう。

これ以上はまずいと思ったタイミングで、絡んでいた体温がすっと離れた。思わず安堵の息を吐いた尚斗を満足げに眺めて、礼明は笑う。

「とりあえず何か食べよっか。とっくに昼過ぎてるし、腹減ったろ」

「うん……え、ひる、すぎ？」

「十四時回ったとこ。すぐ戻るから待ってて」

あっさり言って腰を上げた礼明が、ドアの向こうに消える。それを見届けて起き上がろうとして、身体がとんでもなく重いことに気がついた。

四苦八苦してどうにか座る体勢を取ったものの、腰から下が溶け崩れるかと思うほど怠い。

ついでに局所的な鈍痛に加えて、そこかしこの関節に軋むような感覚がある。

数か月前まで、馴染みだった感覚だ。もっとも、ここまでなのは初めて——そうなった理由も、うすうす察しているけれども。

……夢うつつに意識が浮かぶたび、間近に礼明の顔があった気がする。貪るような啄むような、あるいは呼吸すら共有するようなキスをしながらベッドの上で重なり合って、あるいは向かい合って座るかたちで身体の奥に断続的に送り込まれる悦楽は苦痛にも似て、途中で泣きが入った上に時折意識が途切れていた、ような。

（おかげで完全に箍が外れたんだけど、そうさせた自覚ある？）

「う、わ……」

先ほど以上に熱くなった顔を押さえて呻《うめ》きながら、ふと自分の恰好が目に入った。

初めて見る淡い青の寝間着は大きすぎて、肩のあたりが泳いでいる。たぶん礼明のものだろうが、今の尚斗はそれ「しか」身につけていない。ついでに、自分で着た覚えもない。

「身体じゅうさっぱりしてるってことは、またお世話されたんだよね……」

あっさり腑に落ちたのとは裏腹に、とても居たたまれない心境になった。

自分の服はと周囲を見回せば、ベッド横のテーブルにきちんと重ねてあった。その上にあるのは愛用の財布と、点滅するように光るスマートフォンだ。

「あれ、……？」

動くたび軋む身体に顰めながら身を乗り出して、どうにかスマートフォンを手に取った。新着で届いていたのは、上司――高幡からのメールだ。

意思表示は明確に、助けが必要な場合は迅速に連絡するように。

端的な内容に首を傾げた時、膝のすぐ傍に紙片が落ちているのに気がついた。あれと思い手の中で広げてみて、すぐに思い出す。

「アヤの連絡先、だっけ。……どう、しよ」

会いたくない、わけじゃない。礼明と一緒に必死で「ナオ」を探していたと言うのを疑う理由もない。

けれど――だからといって、すぐに「じゃあ会おう」と言えるわけでもない。

すぐには出そうにもない結論を保留して、内容をスマートフォンのメモに打ち込んだ。二度確認し保存したところで、横合いから聞き覚えた声がする。

「ひさと？　何やっ……アヤに連絡すんの？　どのみち今日は無理だし、またにすれば」

大きなトレイを手にした礼明が、大股で近づいてくる。露骨に厭そうな言い方に、何とも言えない気分になった。

「今日は無理って」

「外出は無理ってこと。あと、迷うくらいなら放置でいいって。それよりコレ、しのからの差し入れ」

さらりと言ってベッドに腰を下ろした礼明が、尚斗との間にトレイを置く。その上にはスープが入ったマグカップと、彩りもきれいなサンドイッチが並んでいた。

「うわ美味しそ……――え？　偲さん、から？」

「午前中に、あのオッサンと一緒に来た。ひさとに会いたがってたけど、追い払っといた」

「おいはら、……あのさあ、ひろ、それって」

呆れて目をやった尚斗の口元に、コーンスープ入りのマグカップが押しつけられる。温かいそれを握ったまま聞いたところによると、礼明の反応に呆れ顔になったふたりはそれぞれにこう言ったのだそうだ。

（ヒロさあ、天宮くんが大好きなのはわかるけど束縛が過ぎると嫌われるよ？）

（……やはり、天宮には考え直すように言った方がいいか）

「あー……」

そういうことかと、高幡のメール内容に納得する。頷いた尚斗に、礼明は続けて言った。

「あと、しのから伝言。ひさとの気が向いた時でいいからゆっくり話したいって」

「え？　……おれ、と？」

「ちゃんと謝りたいって言ってた。実は俺も謝られたんだよな。俺らがこうも拗れたのは、自分が余計な口を挟んだからだって。それでひさとを混乱させて申し訳なかった、ってさ」

「こっちとしては、むしろありがたかったんだけど。かえって申し訳ない、くらいで」

そもそも最初から、拗れる要素しかなかった関係だ。偲と会ったことで大きく事態が動いたのは事実だが、それだからこそ尚斗は自分なりに覚悟を決めることができた。

そういう意味ではむしろ尚斗の方が、過去にさんざん偲に迷惑をかけておきながら今回助けてもらったことになるわけで——

「それなら会ってくれる？　しのさ、昨日ひさとから関わらないって言われたのが堪えたみたいで」

「……何で？　だっておれ、偲さんには嫌われてて当然だろ」

「嫌うどころかいい意味で気にしてるな。実はコレも『ひさとに』って名指しだったし」

言葉とともに、口元にサンドイッチを突き出された。数秒それを眺めてから、意図を察して顔が熱くなる。こちらを見たまま動かない礼明に根負けし、思い切って齧りついた。

「おいし、……」

「だろ？　まあ、今の俺が食べたいのはひさとの料理の方だけど」

「食べてくれるなら喜んで作るけど、お店やってる人とおれじゃ勝負にならないって。それより、何で偲さんが来てくれた時に起こしてくれなかったの」

「だってひさと、あの時はまだ半分寝てたし。今すぐ会いたいなら連れて行く——よりこっちに呼ぶけど、それでいいんだ？　俺は絶対反対だけど」

言葉とともに、長い指先で頬を撫でられる。意味がわからず見返したら、何かを企むように唇の端を上げた笑みを見せた。

「自覚ないみたいだけど、いろいろダダ漏れなんで」

「ダダ漏れ……？」

「今のひさと、ついさっきまでさんざんサレてましたーって顔してる。相手がしのでもそんなの見せたくないし、オッサンに関しては論外だよな。まあ、元凶は俺なんだけど」

「され、――っ」

齧ったばかりのサンドイッチを、危うく吹き出しそうになった。咳き込む尚斗の背を撫でながら、礼明はにんまりと笑う。

「身体きつそうだし、明日の朝までここにいれば？　それとも、今日中にここに引っ越してくる？　当座の着替えがあれば住むには困らないだろ。車ならすぐにでも出すしさ」

「……当分は却下かな。おれ、春から異動したばかりで仕事覚えるのに精一杯だから、引っ越しするほど気持ちにも、時間にも余裕がない」

「えー」

苦笑した尚斗に、礼明が不満そうに声を上げる。それへ、あえて淡々と言ってみた。

「そもそも、おれとひろは昨日始まったばかりだよね。前はカムフラージュで取り引きだったけど、今度は違うよね？　だったら急ぐよりゆっくり時間をかけたいと思うんだ」

「時間を、かけたい？」

「恋人になったとはいえ、お互いの本名も知ったばかりだし。まだ知らないことだらけだから、一足飛びに同居とかするんじゃなく段階を踏んで進んで行きたい」

とたんに真顔になった礼明が、考えたことはきっと尚斗と同じだ。

前の時は「絶対、好きにならない」前提で、互いを知るのを意図的に避けた。当時の尚斗にはそれが当たり前だったし、昨日の話ではきっと礼明も同じだ。

物事に、「絶対」はない。「今」好きだからといって――恋人になれたからといって、それが永遠に続くとは限らない。

人の気持ちなんてどうしたって変わっていくものだ。けれど、それはけして悪いことじゃない。変わったからこそ見えてくるものや、気付けることだってあるはずだ。

……今のこの気持ちが大事だからこそ、少しずつ一緒の時間を重ねて行きたいのだ。いろんな場面にいるお互いを見て知っていくことで、きっと気づけることがたくさんある。厭なことや噛み合わないことを押し黙ってやり過ごすのでなく、きちんと伝え合って「これから自分たちがどうするのか、どうしたいのか」を見つけていく。

曖昧にして逃げるのではなく、都合のいいことだけを掬い上げるのでもなく。真正面から向き合うことで、「ふたりで過ごす」未来を見つけていきたい――。

訥々と口にした尚斗をじっと見つめていた礼明が、「そっか」と返す。安心したような、少し困ったような、それでいて拗ねたような複雑な顔で息を吐く。

「昨日話したことだって全部じゃないしな。お互い、まともな恋人はこれが初めてだし？」

「うん。でも、おれはもう逃げるつもりはないから」

あえて軽く言ってみたら、何故か礼明は軽く目を瞠った。息を吐いて下を向き、数秒で顔を上げた時にはもう、表情は「拗ね」一色に染まっている。

「わかった。けど今日は泊まってくよな？　あと、アヤに会うつもりだったら絶対事前に連絡して。俺も一緒に行く」

「えー……何それ一気に、おれ明日も仕事なんだけど」

「知ってるから今夜は何もしない。あと、明日の朝は職場まで車で送って行く」

「いや、一度帰って着替えないと……うん、でも今夜は泊めてもらえると嬉しい、かな」

どんどん濃くなっていく礼明の「拗ね」に、やはりと言うか根負けした。どうにも離れがたいと思ってしまうのは、尚斗だって同じだ。

とたんに笑顔になった恋人に苦笑して、尚斗は一応釘を刺す。

「アヤと会う時はひとりで行くから。別に親しいわけじゃないって、ひろは言ってたろ」

「だったら、ひさととアヤが会ってる間はその場から少し離れておく。それ以上の譲歩はなしだから。それと、来週末にデートしよ。どこでもいいから、ひさとが行きたい場所」

「へ？」

後半の問いの唐突さに、きょとんとした尚斗の頬を礼明が撫でる。顔を寄せてきたかと思うと、囁くように言った。

「段階を踏むってそういうことだろ？　できれば行き先は早めに決めて」

「や、でもずっとおればっかり優先だったし今度はひろの希望を」

「だから、それが俺の希望。あの時みたいに楽しそうなひさとをもっと見てみたいし、何があればひさとが安心して、喜んで楽しめるのかを知りたい」

大事な何かをくるみ込むような、とても柔らかい貌で言われてどきりとした。

顔を寄せてきた恋人に、唇を啄まれる。触れて離れていくだけのままごとみたいなキスなのに、妙に気恥ずかしくなった。

言われた内容そのものは、「カムフラージュ」だった以前と同じだ。なのに、意図はまるで違う。それがひどく嬉しくて、改めて染み込むように思う。

ここにいるのは、「尚斗」と「礼明」だ。「ナオ」と「レイ」じゃない。

さっきのキスも、間近にある笑みも。他の誰かのものではなく、紛《まが》い物でもなく――間違いなく「尚斗」に向けられたものだと、信じていい。

膝の上に置いたままの手に、もっと大きな手が重なってくる。ぎゅっと握られて目を上げると、優しい顔の礼明がじっとこちらを見つめていた。

身体の奥から、とても温かいものが溢《あふ》れてくる。それを、尚斗はそっと唇に乗せた。

「ひろも、隠さずにちゃんと言って。おれももっと、ちゃんとひろのことを知りたい」

あとがき

おつきあいくださり、ありがとうございます。『光陰矢のごとし』という諺を、現在進行形とつくづくしみじみ実感中の椎崎夕です。

今回は、いつも通りの「面倒臭い」ふたりです。

といいますか、ある意味拙作の中での「面倒臭さランキング」ではかなり上位に入ると思います。

実を言えば今回の主な設定のうちのいくつかは、ここ数年ずっと頭にあったもののどうにもまとまらず、プロットだけでもと思ってもまったく形にならずで、いずれ機会がある……とは限らないけどまあそれはそれでいいか、と放置していたものだったりします……。

仕上がってみたら微妙なところで「アレ？　思ってたのと違う？」と思ってしまう、のは白状すると毎度のことだったりするのですが、今回もやっぱりそうなりました。

うん。でも、とりあえず書き残しはないから後悔はないです。

まずは挿絵をくださった乃一ミクロさまに。

毎度人物描写が少ないので今回は頑張ってみた、はずが蓋を開けてみたらやっぱり少なかったとなってしまった中、とても素敵な挿絵をありがとうございます。心より御礼申し上げます。

そして今回、本当に、本気でご迷惑しかおかけしていない結果となった担当さまにも、心より感謝とお詫びを申し上げます。本当に、すみませんでした。

末尾になりますが、この本を手に取ってくださった方々に。

ありがとうございました。少しでも楽しんでいただければ幸いです。

椎崎夕

✦初出　絶対、好きにならない……………書き下ろし

椎崎 夕先生、乃一ミクロ先生へのお便り、本作品に関するご意見、ご感想などは
〒151-0051 東京都渋谷区千駄ヶ谷 4-9-7
幻冬舎コミックス　ルチル文庫「絶対、好きにならない」係まで。

幻冬舎ルチル文庫

絶対、好きにならない

2023年2月20日　第1刷発行

✦著者　椎崎 夕　しいざき ゆう

✦発行人　石原正康

✦発行元　株式会社 幻冬舎コミックス
〒151-0051 東京都渋谷区千駄ヶ谷 4-9-7
電話 03(5411)6431[編集]

✦発売元　株式会社 幻冬舎
〒151-0051 東京都渋谷区千駄ヶ谷 4-9-7
電話 03(5411)6222[営業]
振替 00120-8-767643

✦印刷・製本所　中央精版印刷株式会社

✦検印廃止

ISBN978-4-344-85197-9　C0193　Printed in Japan

幻冬舎ルチル文庫
大好評発売中

発行●幻冬舎コミックス　発売●幻冬舎